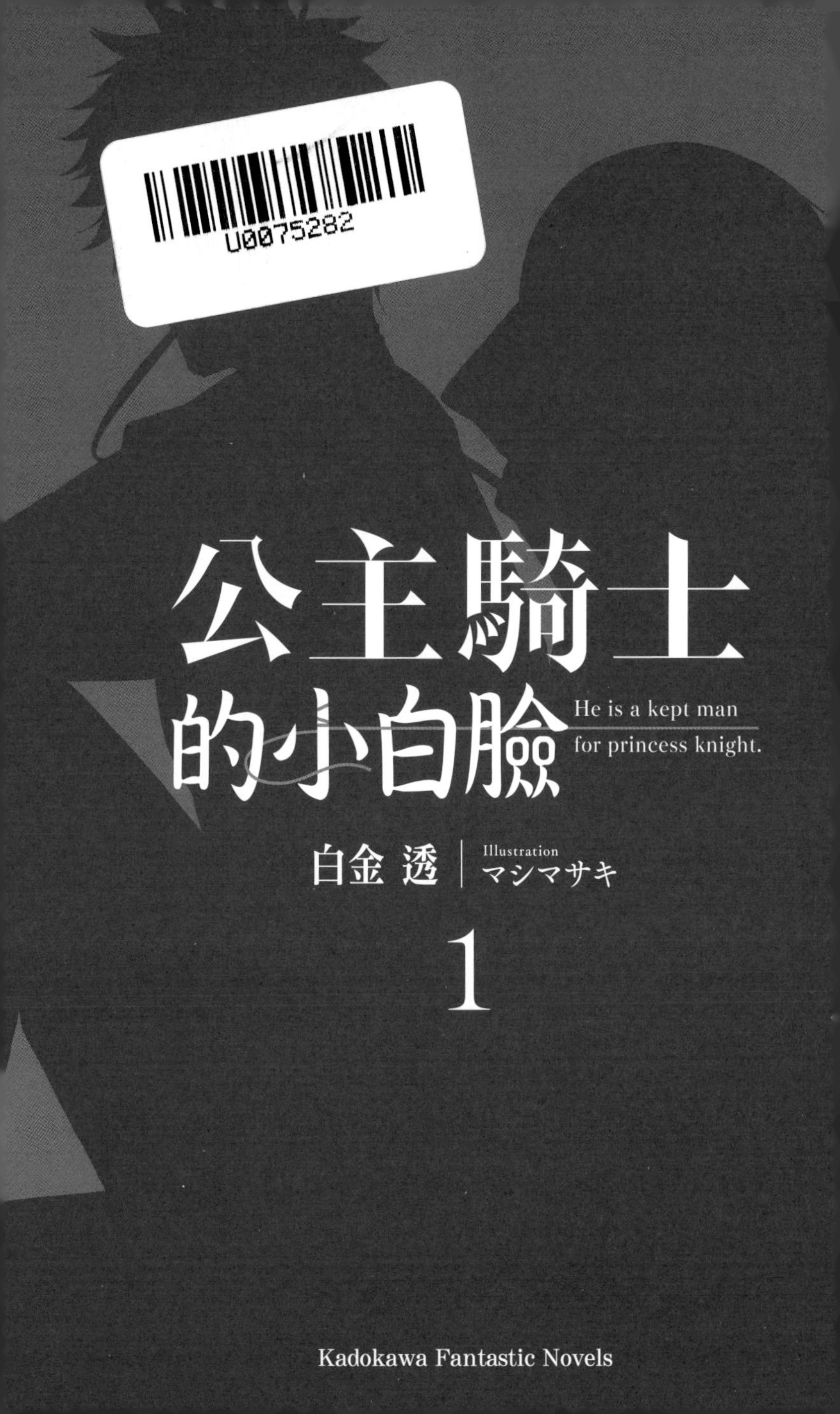

公主騎士的小白臉

He is a kept man for princess knight.

白金 透 | Illustration マシマサキ

1

Kadokawa Fantastic Novels

CONTENTS

第一章

平凡小白臉的日常生活

「我跟妳同居就快滿一年了。」

我感受著掌中銀幣的輕盈重量，深深地嘆了口氣。

「想不到妳居然把我當成五歲孩子看待。」

「馬修，你在不滿什麼？」

艾爾玟有些不耐煩地如此反問。她有一頭及腰的紅髮，還有翡翠色的眼睛，是我美麗的公主，也是命運之女。

她是這個城鎮屈指可數的優秀冒險者團隊「女戰神之盾（Aegis）」的隊長。

「我只離開三天。那些應該夠用了吧？」

她在家門口把三枚阿爾納銀幣塞到我手裡。誠如她所說，只要有一枚這種俗稱大銀幣的亞爾納銀幣，就算一天要吃三餐，順便喝上兩杯麥酒，也還綽綽有餘。

「我可沒那麼不諳世事。」

她的全名是艾爾玟·梅貝爾·普林羅斯·馬克塔羅德，是過去位在大陸北方的馬克塔羅德王國的前公主。

「我知道。妳現在是個能獨當一面的冒險者。」

大量湧出的魔物毀滅了王國，也殺死了國王與王妃。雖然存活下來的她向世界各地的親戚求助，卻沒能得到正面的回應。據說魔物的數量多達數千萬，甚至好幾億，而且其中還有龍和貝西摩斯這種傳說與神話級的魔物。就算整個大陸的所有國家傾盡全力，也不可能消滅那群魔物。

「那就別讓我多費脣舌。我賭命戰鬥，可不是為了滿足你的任性。」

唯一的希望，就只有號稱能實現任何願望的傳說祕寶「星命結晶」。為了得到那個祕寶，她召集了志同道合的夥伴，向大迷宮「千年白夜」發起挑戰。

「那是當然。我能理解妳那崇高的志向，我甚至想要跟妳並肩作戰。天曉得我有多麼痛恨自己的無力。」

大迷宮絕非浪得虛名，「千年白夜」裡的環境極度惡劣。那裡可不是普通的地下室或洞窟，可怕的魔物會不斷出現，而且到處都設置了陷阱。那裡本身就是名為「迷宮」的巨大魔物。不僅如此，身為競爭對手的其他冒險者也會從旁搗亂，前方充滿著許多困難。

「那你就乖乖在家裡等我回來。征服迷宮的時間拖得越久，奪回國土的速度也會跟著變慢。我剩下的時間並不多。」

然而，為了心愛的國民，也為了復興王國，這位美麗的公主沒有停下腳步。這讓她得到了

「深紅的公主騎士」這個稱號。據說那些馬克塔羅德王國的遺民還把她當成女神或女武神崇拜。而在旁邊服侍這位公主殿下的人，就是現在的我。

「我非常清楚妳的志向，但還是要請妳慷慨解囊。錢是世界上最重要的東西，如果沒有錢，就買不了食材，也無法得到祕寶。更何況，迷宮也不是這短短幾天就能成功征服的地方。」

我聽說他們今天要去挑戰地下十七層。不過，沒人知道裡面到底有幾層。自從「千年白夜」被人發現以後，還不曾有人成功抵達最底層。

如果要完全征服迷宮，就只能破壞或拿走位在最底層的心臟。而那個心臟就是「星命結晶」。據說那個祕寶過去曾在一瞬間把沙漠變成綠地，甚至連死人都能復活。

「最重要的是，妳好像有所誤會。」

「我誤會什麼了？」

「就是男人的自尊。如果只有我一個人，這些錢當然夠用。可是事實並非如此。我今天還跟別人約好要去喝酒。」

「那你就去赴約啊。」

她露出覺得無聊的表情。

「可是，妳想嘛，男人總是免不了要交際應酬，不可能只有坐著喝點小酒。」

「那我問你——」

艾爾玟眯起眼睛。

「為什麼我非得出錢讓你去找其他女人？」

我的工作就是世人口中的小白臉。雖然除此之外還有男寵、情夫、小狼狗、愛情騙子、牛郎、花花公子、廢物與渣男這些說法，簡單來說就是讓女人去工作賺錢，自己整天遊手好閒，過著無聊且頹廢的生活，偶爾還會喝酒賭博，有些甚至還會跟別的女人偷情，儘管受人輕蔑，卻又人人稱羨的一種「職業」。

「沒那種事。我真的只是去喝酒。」

我好聲好氣地向她解釋。我是個容貌端正的成熟型男，這頭乾淨俐落的深褐色短髮與這雙茶褐色的眼眸，過去曾經迷倒無數婦女。不過，現在這一切全都獻給公主騎士殿下了。

我目前穿著的深藍色長袖上衣與黑色寬鬆長褲，都是用艾爾玟的錢買來的。

「少騙人了。要是你以為我什麼都不知道，那你就大錯特錯了。」

「別這麼生氣嘛。」

「撒嬌也沒用。」

我伸向她肩膀的手被拍掉了。如果這樣就退縮，就無法服侍她了。我再次伸出手，但她果然還是不願接受。

「真的嗎？」

我趁機用另一隻手撫摸她的秀髮。為了避免傷到髮絲，我的動作細心又溫柔。摸起來的手感就跟高級絲綢一樣舒服。她明明每天都在戰鬥，這頭秀髮卻充滿光澤，不知道是天生的還是後天培養的成果。我聽說地位高貴的人都是用把蜂蜜、藥草與香料混合在一起的汁液洗頭髮，但艾爾玟使用的洗髮劑材料可能還要更好，畢竟她是個公主。

「啊……喂。」

我無視她軟弱無力的抗議，用手指梳理那頭紅髮，從變紅的耳朵旁邊劃過，又經過後頸來到背後。當手指從玲瓏有致的腰際通過小巧的臀部後，我又反過來從臀部沿著背後往上梳。我同時還用另一隻手幫她梳理頭髮，這隻手主要是從髮旋開始，用指尖輕輕往外梳。她總是非常努力，真是個好女孩。

「喂，別這樣。」

「妳不是就喜歡這樣嗎？」

我在她耳邊小聲細語。

「嗯……」

她羞紅著臉，發出舒服的呻吟聲。她拚命忍耐的樣子真可愛。

光靠一張英俊的臉蛋還不足以當個小白臉，床上功夫當然也是不可或缺。不過，如果只有肉體關係，也不可能維持太久。要是被女方玩膩拋棄，一切就結束了。當小白臉還需要具備討女人歡心的話術，以及一定程度的體貼，時而安撫女人，時而哀求撒嬌。雖然有些惡劣的傢伙還會動粗，硬是從女人身上拿走錢，但我可不會那麼做。更重要的是，我不認為自己打得贏艾爾玟。

「別這樣。」

艾爾玟抓住我的雙手手腕，從我身邊逃開。

「你的意圖太明顯了，別以為這樣騙得了我。」

她吐出溫熱的喘息，親手整理好自己的頭髮，恨恨地瞪了過來。

這招失敗了嗎？看來同一招果然不會每次都管用。這下子該怎麼辦呢？正當我盤算著接下來該如何出招時，家門被人敲了幾下。

「公主殿下，要是我們不快點出發，太陽就要升起了。」

對方是戰士拉爾夫。他是「女戰神之盾」的成員，還是個二十歲出頭的年輕人，卻一直醉心於艾爾玟。那個跟屁蟲竟然那樣嬌聲嬌氣。

「你看吧，誰叫你要為了那種無聊的小事煩我，人家都已經到門口來接我了。」

「妳說得對。我們沒時間了。」

我下定決心，握著她的手這麼說。

「那就快點做出決定吧。看妳是要給我一枚金幣，還是要讓我當一個無法請朋友喝酒的可憐男人。」

「公主殿下。」

門被打開了。金髮男子轉眼間就變得滿臉通紅。

「你在做什麼！」

他一把揪住我的胸口。照理說，我現在應該嚇得渾身發抖，但我這個人就只有體格特別好，比這位拉爾夫小弟弟還要高出一顆頭。因為這個緣故，他看起來就像是一隻拿不到飼料，氣得咬牙切齒的猴子，讓我不知道該做何反應。

「我什麼都沒做。」

我搖了搖頭。

「因為我們昨天玩得有些激烈，我正在確認她身上有沒有留下吻痕。」

我聽到了吹口哨的聲音。轉頭一看，四名男女接連走進屋內。他們全是艾爾玟的隊伍成員，再加上拉爾夫小弟弟，這六個人每天都會踏進「迷宮」展開冒險。

「臭小子，別跟我開那種爛玩笑。」

「我可沒有開玩笑。我跟你都是為了美麗的公主騎士殿下在奮鬥。你每天都在『迷宮』裡揮劍，我則是在床上扭腰。我們的工作沒有貴賤之別。」

拳頭轉眼間就打進我的臉頰。我的腦袋劇烈搖晃，整個人倒在地上。我想爬起來，但肚子與腰部又被拉爾夫小弟弟踹了好幾腳。

「你這個臭渣男！去死！去死！」

「別再打了。」

出面制止他的人，是同樣身為「女武神之盾」成員的路特維奇。他穿著一套銀白色的板甲，有著一頭白髮與滿是皺紋的臉孔，是一位外表很像侍衛長的老頭子。聽說他原本是在馬克塔羅德王國任職的騎士。

「我們晚點就要去挑戰『迷宮』了，別在這裡浪費力氣。馬修，你也是，開玩笑也該有個限度。」

「是是是，都是我不好。」

我拍了拍滿是腳印的身體，從地上坐起身。拉爾夫小弟弟的拳打腳踢並不會很痛，因為耐打是我為數不多的優點之一。稍微挨幾下拳腳，就跟被人撫摸沒什麼分別。

「抱歉，我不該捉弄你。要吃糖果嗎？是我親手做的。」

「不需要！」

這個明明很好吃……

「馬修。」艾爾玟朝在地上的我伸出手。

「我必須出門了。你別再耍任性了。」

「好啦。」

我拉住那隻手站了起來，然後像是要抱住她一樣，順勢把嘴巴貼近她耳邊。

「『那件事』沒問題吧？妳忍得住嗎？」

「……沒問題。」

「如果妳又想要了，隨時都可以回來找我。要是因為忍過頭而無法集中精神，那可就得不償失了。」

「你放心，我不會有事的。」

艾爾玟別過頭去，就這樣推開拉爾夫小弟弟等人走出家門。她逞強的樣子也一樣可愛。

「祝各位武運昌隆。」

我拿著手帕輕輕揮舞，拉爾夫毫不掩飾地發出咂嘴聲，把門重新關上。我在心中默默數到五十後，攤開手掌一看。

我看到了想要看到的閃亮金幣，忍不住揚起嘴角，把綠色的糖果放進嘴裡。

看來我今晚能在二號館跟娼婦翻雲覆雨了。

這座城市名叫「灰色鄰人（Gray Neighbor）」，位在大陸西方的亡靈荒野正中央，是一座城塞都市。這裡就是世人口中的「迷宮都市」。

理由很簡單。因為大迷宮「千年白夜」的入口，就在這個城市的正中央。正確來說，這個城市是圍著「千年白夜」的入口，逐步往外發展而成。

世界上曾經有為數眾多的「迷宮」，像這樣的「迷宮都市」還有好幾個。不過，隨著歲月流逝，那些「迷宮」一個接一個被人類征服，而那些功成身退的「迷宮都市」也就此荒廢。據說這裡是世界上最後一座「迷宮都市」。

為了征服「千年白夜」，名為冒險者的螞蟻每天都聚在一起，踏進這個巢穴。這讓以冒險者為客群的生意也跟著變得興盛。雜貨店裡擺上緊急口糧、繩索、小刀與提燈這些冒險者的必備用品，旅館、武器店、防具店、打鐵鋪、酒館與娼館也四處林立。

冒險者是一種每天都與死神為伍的職業。雖然可以賺到大錢，運氣不好的傢伙也會殞命。不過，為了得到名聲與報酬，他們依然主動以身犯險。

我過去也曾是其中之一。

但現在是公主騎士殿下的小白臉。

完事後，我倒頭往床上一躺，裸女也慵懶地把身體貼了過來。她是位娼婦，名叫辛西亞。因為常找的娼婦今晚沒空，我才會找上她，但我們的肉體還算契合。她還會體貼地倒水給客人喝，這點也有加分。

「你這人還真是奇怪。」

「怎麼說？」

「你都已經有那麼漂亮的公主騎士殿下了，還跑來這種地方。難道她不會生氣嗎？」

「妳也很漂亮啊。」

不管是那頭黑長髮，還是充滿彈性的肌膚與乳房，全都好得無可挑剔。

「她是個心胸寬大的女人，不會限制我的自由。」

艾爾玟現在應該在「迷宮」裡，對著牛頭人與食人魔揮劍吧。

「光是公主騎士殿下還無法滿足你嗎？」

「沒那種事。我家的公主騎士殿下是全世界最棒的女人。」

為了捍衛她的名譽，我堅決否認了辛西亞的質疑。

「她太完美了，憑我的本事實在應付不來，所以我必須經常鍛鍊自己。這是我身為近侍該做的事情。」

「所以我只是你練習的對象嗎？」

「我不否認。」

「你好壞。」

我的側腹被她捏了一下。我想也沒想就喊痛，讓辛西亞小聲道歉，伸手撫摸她剛才捏過的地方。

「原來公主騎士殿下連床上功夫都很厲害啊。話說，你們兩個開始交往的原因是什麼？」

自從我們開始同居後，就經常有人這樣問我。我真的很常聽到這種問題，不是問我：「你到底是怎麼追到她的？」就是問我：「跟她上床的感覺怎麼樣？」可是，艾爾玟不准我說出這件事，我也不打算說出來，所以我總是這麼回答。

「沒什麼特別的原因。她也是個人，不但會哭泣，也會肚子餓，只是周圍的人擅自把她看得很特別罷了。」

「也就是說，你對她說了些甜言蜜語，就成功追到手了嗎？」

「嗯，大致上就是這樣。」

「這樣啊……」辛西亞興致勃勃地探頭看向我的臉。

「原來公主騎士殿下喜歡你這樣的男人啊。」

「或許吧。」

「你的體格確實不錯，不過長相就不是我的菜了。」

辛西亞這次把手伸向我的腹部，用指尖輕撫腹肌之間的線條。

「你的體格明明這麼棒……你真的是不會打架的軟腳蝦嗎？」

「我前陣子才在比腕力的時候輸給一個十三歲的女孩。」

「你以前不是也當過冒險者嗎？」

「是啊。」

為了還以顏色，我在她的肚臍附近到處亂摸。辛西亞似乎覺得很癢，身體扭來扭去。

「你為什麼不做了？我看你不像是有受過傷的樣子。」

「因為食人魔對我來說太弱了。對付那些傢伙太過輕鬆，讓我覺得很無趣，才會決定跟女人『以劍交心』。」

「你那方面的實力倒是還很厲害。」

辛西亞意味深長地笑了。

「話說，你接下來有何打算？」

也許是不想繼續聊天，辛西亞看向擺在床頭桌上的盤子。盤子裡是正在燃燒的紅紫色香草。每間娼館計算時間的方法都不同，而這裡就是用火燃燒香草。在香草全部燒成灰之前，都是女方的服務時間。順帶一提，這種香草似乎還有能讓人興奮的效果。從還沒燒完的香草看來，時間還有一半吧。

我應該還能再跟她大戰一回合。當我抱住辛西亞的肩膀時，窗外突然傳來一陣怪聲。

我探頭看向窗外，發現娼館門口有一名看似年過三十的男子抱著自己的腦袋發出怪聲。不對，那應該是慘叫聲才對。

「哎呀，那不是亞蘭嗎？」辛西亞來到我旁邊，說出了這句話。

「妳認識他？」

「他差不多在半年前都還是這裡的客人。他是個冒險者，風評還算不錯。」

「看起來不太像。」

他的衣服下襬與手肘附近都破了，而且就算遠遠看過去，也看得出他身上很髒，至少那不是從事危險工作的冒險者該有的打扮。仔細一看，還能在他的脖子與手腕發現黑色的斑點。

「他在不久前受了重傷。雖然撿回了一條命，但之後就再也不曾踏進『迷宮』，整天在街上徘徊。」

「是『迷宮病』啊……」

冒險者是與死神為伍的職業，只要走錯一步，就得去冥界報到。

尤其是「千年白夜」這樣的「迷宮」，裡面的環境更是危險。魔物會從黑暗中突然出現，而且到處都設置了陷阱，還會被其他冒險者從旁阻礙，同伴之間有時候也會發生內鬨。與死亡的距離比自己的老媽還要近。冒險者必須在生死關頭徘徊，就算成功存活下來，也不可能完全恢復成原本的樣子。那種一腳踏進地獄的恐懼會永遠深深地烙印在心裡。一旦體會過那種恐懼，就再也無法踏進「迷宮」了。不但如此，還會變得再也無法從事需要賭命的危險工作，最後甚至會無法擺脫恐懼，連想要過普通生活都辦不到。這就是「迷宮病」，也是所有冒險者的宿疾。

「不過，他那種發狂的樣子並不尋常。」

「應該是『禁藥』吃完了吧？」

「迷宮病」沒有特效藥。就算有，也不是尋常冒險者買得起的東西。因此，絕大多數的冒險者都會服用「禁藥」舒緩「迷宮病」的症狀。而市面上最多的「禁藥」就是「解放」。看上去只是普通的藥粉，但據說只要服下那種藥，就能讓人感到亢奮，覺得這個世界好像變成了樂園或是理想鄉。可是，那種東西只要服用過一次，就再也戒不掉了。服用者會無法控制自己的情感，時而生氣，時而哭泣，時而大笑。最後還會出現幻覺與幻聽，甚至會精神錯亂。皮膚上冒出黑色斑點就是典型的中毒症狀。

「之前都是『三頭蛇（Tri-hydra）』在掌管那種東西，不過最近市面上好像沒有流通，結果那種人就變多了。」

不光是這座城市，大陸上的絕大多數國家都禁止人民使用那種「禁藥」。而一旦某種東西被國家禁止，人們就會越想弄到手，這也是人之常情。那些危險分子與組織一手包辦「禁藥」的製造與販售，把「禁藥」賣給「迷宮病」患者與想擺脫世俗煩惱的窮人，從中牟取暴利。在一年多前被擊潰的「三頭蛇」，正是其中一個這樣的組織。

窗外的亞蘭被一群凶神惡煞纏上。那些人是這間娼館的圍事。亞蘭毫無抵抗能力，就這樣被拖進附近的小巷。如果他運氣夠好，應該只會被打斷兩三根骨頭，但如果運氣不好，就得變成躺在垃圾與嘔吐物上的屍體。這裡就是這樣的城市。雖然有點同情，但我也救不了他。

我關上窗戶，辛西亞哀憐地看了過來。

「難道說……你也得了『迷宮病』嗎？」

「妳想太多了。」

我又不是那種屋裡一片黑暗就不敢去上廁所的小鬼。我只是沒辦法活著從迷宮回來罷了。要是在中途遇到一隻哥布林，我就死定了。雖然這種人生比老鼠屎還不如，但我一點都不想自殺。公主騎士殿下就是我現在唯一的生存意義。

「讓妳見識一下我戰鬥的英姿吧！」

如此宣言的同時，我撲向辛西亞的胸部，立刻就聽到誘人的嬌喘聲。因為這是第二回合，她似乎早就熱身完畢，身體的反應還算不錯。她緊握床單，不斷發出呻吟。看來她準備好了，正當我準備提槍上陣時，她似乎達到輕微的高潮，用白皙的玉腿踢倒了床頭桌。放有香草的盤子伴隨著響亮的聲音打翻。

「糟糕。」

我離開辛西亞身旁，重新扶起床頭桌。幸好盤子沒有摔破，不過萬一引發火災就糟了。

「嗯？」

我不經意探頭往床底下一看。那應該是辛西亞的私人物品吧。籃子裡裝著女人的衣服，衣服上還小心翼翼地擺著一條形狀怪異的項鍊。

「怎麼了嗎？快點繼續啊。」

辛西亞仰躺在床上，用嬌滴滴的聲音呼喚我。我拿起那條項鍊。

「這是妳的東西嗎？」

「是啊。那是我之前在後面那間教會拿到的護身符。」

「我記得那裡是信奉太陽神的宗派對吧？」

「嗯，希望我將來也有機會聽到『啟示』。」

身體的火熱似乎稍微平息下來，辛西亞鄭重其事地從床上起身。

在神話裡，太陽神是其中一位創世神。雖然擁有諸神中最強等級的力量，但也因此被其他諸神疏遠，最後連同自己的宮殿遭到封印。因為太陽神無法自由行動，才會下達「啟示」給信徒。據說那些聽到「啟示」的信徒都會得到奇蹟之力，不是被太陽神授予睿智，就是會發明全新的技術或是得到遠超常人的體力。許多人都是為了見證奇蹟而信仰太陽神，就連在這個城市裡，也有兩間太陽神教會。

「『萬物皆無法逃過太陽神的法眼（Sol Near Spectus）』。」

辛西亞小聲唸出太陽神信徒經常掛在嘴邊的祈禱文。據說只有使用其他大陸的古代語言詠唱，才能算是正式的祈禱。

「要是太陽神真的看著我們就太可怕了。那可是偷窺呢。」

辛西亞輕聲笑了，但我笑不出來，撿起剛才脫掉的衣服重新穿上。

「咦？怎麼了嗎？」

「抱歉，我想起還有一點事情要去處理。我會再來的。」

「可是還有時間……」

辛西亞心急地看向盤子上的香草。雖然香草已經幾乎都燒成灰了，沒燒完的部分還在冒煙。

我拿起水壺，把水往上面一倒，火焰就「咻」的一聲熄滅了。

「時間結束了。」

我丟下傻眼的辛西亞走出房間。關上房門後，我嘆了口氣。她並不是個壞女孩，但我恐怕再也不會來找她了吧。我可不想連跟女人上床的時候都想起「那個混帳」。

回去前，我先到庭院用井水洗過身體，然後才離開娼館。太陽已經下山，天色完全暗了下來。即便穿著兜帽大衣，我還是冷得發抖。當我戴上灰色兜帽，縮起身體準備踏上歸途時，我不經意地探頭看了看巷子裡面。亞蘭還在那裡，雖然被打得遍體鱗傷，但他還有一口氣在。

「喂，你沒事吧？」

「……別來煩我，你這個沒用的小白臉。」

他似乎知道我是誰，畢竟我也變成名人了。既然還有罵人的力氣，那他應該死不了吧。

「你的故鄉在哪裡？」

「咦？」

「你不是本地人吧？我是問你的故鄉在哪裡。」

我猜他應該是懷著一夜致富的夢想，才會來到這個城市。

「……帕拉迪。」

「什麼嘛。那不就在附近而已嗎？」

那是位在「灰色鄰人」所在的列菲爾王國南方的國家。那裡的農業與釀酒業十分興盛，這座城市消耗的食材也有一部分是從那裡進口的。

我拿出放在口袋裡的紙片，用掉在地上的炭塊在上面寫字，然後塞到那傢伙冒出黑色斑點的手中。

「在東邊的『青犬街』有個名叫托比的老頭，他是把你這種笨蛋送到城外的專家。只要把這張紙拿給他看，說是馬修介紹你過去的，他就會把你送到城外。」

這「灰色鄰人」的周圍有著高聳的城牆，如果要出城，就一定要通過城門。城門當然有衛兵在看守。雖然那些衛兵都是廢物，但還沒蠢到會放過那些明顯藥物中毒的傢伙。如果身上沒錢，那就更不用說了。

「你這是什麼意思？」

「回去你的國家，然後慢慢調養身體吧。這裡不是屬於你的地方。」

「誰要你多管閒事了。」

亞蘭瞥了自己手中的紙片一眼。上面只寫著一句話，那就是「讓他出去」。

亞蘭整個人無力地靠在牆壁上。

「原來你不是要給我錢啊。」

「我看起來有那麼蠢嗎？」

要是把錢拿給這種藥物中毒的傢伙，很快就會被拿去買「禁藥」，不用打賭也能知道結果。

我上次幫托比老頭猜中鬥雞比賽的結果，他還欠我一個人情，也認得我的筆跡，這張字條絕對管用。

「還有這個。」

我從懷裡拿出一個小袋子，把裡面的東西塞進他的另一隻手。那是杏仁。我猜他應該什麼都沒吃。要是餓著肚子，腦袋裡也不會冒出什麼好的想法。

「再見。希望你珍惜自己的生命。」

我離開現場。只要還有一條命，就應該還有扭轉人生的機會，至少比橫死街頭來得好多了。

「你……」

「別誤會。我這不是出於善意，只是不想看到你這種傢伙到處亂晃罷了。」

我回過頭這麼說。

「因為這會弄髒我家那位公主騎士殿下的眼睛。如果你想得到拜見公主殿下的榮譽，就先把自己變成一個更有出息的人吧。」

「灰色鄰人」的酒館全年無休，直到天亮都會有冒險者在裡面大口喝酒，不然就是把整顆頭都塞進酒桶。他們可能是想慶祝自己平安歸來，也可能是想忘記「迷宮」的可怕。

我彎著腰走過酒館與娼館林立的街道。這裡是俗稱「剝皮街」的紅燈區。要是在這裡閒逛，可是會連屁毛都被拔得一乾二淨。我一邊拒絕那些拉客的皮條客與流鶯，一邊快步穿越這條街。在踏進貧民窟的瞬間，周圍突然靜了下來。如果要回家，比起往東走到大馬路上，直接穿越這裡要來得快多了。

人潮也大幅減少。這裡只有路燈與透過窗戶照到路面上的燈光，感覺實在不太可靠。路上還有一群看似乞丐的傢伙用毛毯裹住自己的身體，隨意躺在路邊，但也有一些熱衷於工作的傢伙，像烏鴉般圍住醉倒的男子，忙著脫掉對方的鞋子與褲子。看了感覺真可憐。

我強忍著呵欠，在腦海中盤算明天的計畫。

就在這時——

從一棟三層樓房屋旁邊的巷子裡傳來令人討厭的氣息。

我打架的本事並不高明，不過冒險者時代的本領並沒有完全消失。我還有這個耐打的身體，以及敏銳的直覺。我在過去練就了察覺別人氣息的本領，不管是些微的空氣流動，還是衣服摩擦的細微聲響，以及肌肉收縮與眨眼睛時的動靜，我都能透過皮膚感受到。這種本領無法用理論來說明，但好幾次都讓我撿回一命。

拜此所賜，我對自己玩鬼抓人的本事很有信心，尤其是對方毫不隱瞞殺氣的時候。

不曉得對方是強盜還是我的仇家。不幸的是，這兩者都很有可能。我最敬愛的公主騎士殿下今早賞賜的金子，現在還在我身上；我的仇家也不在少數，對方可能是女人被我睡走的傢伙，也可能是打牌出老千被我抓包的賭徒。

我沒有停下腳步，也沒有出聲喊話。沒必要特地告訴對方其實我早就發現他了。那是自殺行為。我假裝忘記東西，慢慢掉頭往回走。

我希望這招管用，但看來是我太天真了。

躺在路邊的乞丐迅速起身。

乞丐丟掉了手中的毛毯，一位年約三十歲的長臉男子現身了。稀疏的鬍子與蒼白的肌膚讓他這個人不太起眼，但他的眼神跟腐爛的泥巴一樣汙濁。絕對錯不了，那是曾經殺過人的眼神。他穿戴著皮鎧與手甲，手裡還握著短劍。

我身後也跟著傳來動靜。

我剛好瞥見一名身材矮小的男子從巷子裡走出來。他身上也穿著皮鎧，手上好像握著某種武器。這傢伙用布遮住了臉，但眼神同樣殺氣逼人。

「你穿著那種東西，難道不會睡不著覺嗎？」

我重新看向長臉男，說出了這句話，拚命裝出還搞不清楚狀況的樣子。

「我在趕時間，要是不早點回去，我老婆可是會抓狂的。如果你們有事情找我，可不可以快點搞定？」

對方沒有回話。鬍渣男緊盯著我的手腳。他沒有把我說的話聽進去，一直在等我露出破綻。

「好吧，我明白了。」我慢慢把手伸進懷裡，拿出錢包丟到地上。錢包就掉在男子的腳邊。

「你們想要那個對吧？送給兩位。你們儘管拿去吧。」

鬍渣男行動了。他踩著大步走了過來，彎下腰去撿錢包。

就在這一瞬間，我身後的男子也行動了。我回頭一看，他那嬌小的身軀像蜘蛛般跳了起來，朝著我揮下短劍。

我往旁邊一跳，同時主動撲倒在地。在石磚上翻滾時，我聽到刀刃削掉石頭的聲音。我迅速在牆邊站了起來，這次卻換成鬍渣男衝了過來。他把短劍擺在自己的腰際，整個人往我撞過來。

銀色的刀刃閃爍著光芒。刀刃像蛇一樣襲來，我看準時機往旁邊閃躲。我聽到低沉的聲響。

我在閃躲的同時側眼一看，正好看到短劍完全刺進用石磚打造的房屋牆壁。鬍渣男焦急地用腳踩著牆壁，一口氣把短劍拔了出來。

交錯堆疊的石牆被削掉了一小塊，掉落在地上發出聲響。在路上睡覺的乞丐們不想遭到波及，紛紛起身逃跑。

「失火啦！失火啦！」

我大聲喊叫。想要叫人的時候，這是最好的方法。就算喊著「搶劫啊」或「殺人啦」，大家也只會躲在家裡不敢出來。只有火燒到自己屁股的時候，人們才會出來看看情況。

如我所料，周圍的房屋都傳來了動靜。

我還聽到了笛聲。短促的笛聲不斷響起，逐漸往這裡接近。那是城裡的衛兵用來呼叫同伴的笛子。

矮小男子的眼神顯得有些猶豫不決。我趁機與他們兩人拉開距離。笛聲越來越響亮。

鬍渣男發出懊悔的咂嘴聲，然後就轉身跑進巷子裡。矮小男子也跟著跑走了。聽著他們逐漸遠去的腳步聲，我背靠著牆壁癱坐在地上，忍不住嘆了口氣。晚一步趕到的兩名衛兵跑了過來。

他們都穿戴著灰色的頭盔與板甲。因為板甲底下還穿著鎖子甲，每當他們有動作的時候，都會發出金屬摩擦的聲音。

他們一個是年約四十歲的翹鬍子男人，另一個則是二十歲左右的黑皮膚男子。我不知道他們叫什麼名字，但見過他們好幾次了。

「又是你……」

翹鬍子男人一臉厭煩地板起臉孔。看來他還記得我上次喝醉，結果吐在他腳上的事情。

「怎麼樣？發生什麼事了？」

黑皮膚男子這麼問。他的菸酒嗓很有特色，讓我印象深刻。

「其實也不是什麼大事。」

我聳聳肩膀。

「我好像被人誤以為是劇場的演員了。有一位金髮女子露出自己的肚皮，拜託我在上面簽名。我剛才解開誤會後，她就重新穿好衣服，往那邊走掉了。要是你們看到她，可以幫我轉告一下嗎？叫她睡覺時記得蓋好肚子，免得在夜裡著涼了。」

黑皮膚男子毫不掩飾地皺起眉頭。

「剛才喊著失火的人是你嗎？」

「我不知道。」

聽到翹鬍子男人這麼問，我故意裝傻。我可不想因為謊報火災，被他們找麻煩關進牢裡。衛兵還負責城裡的警備、犯罪防治與取締工作。不過，只要看看這個城市的慘狀，就能明白他們的實際績效了。

「剛才好像有幾位紳士在那邊快活，也許是他們玩得太亢奮了吧。」

聽到這裡，翹鬍子男人就失去興致轉過了頭。看來他是把這些話當成醉漢的胡言亂語了吧。

事實上，我也真的有喝酒。

「快滾吧。」

「遵命。」

我從地上站起來，拍掉背後的灰塵，然後把手伸向掉在石磚上的錢包。

「呃……這是我的錢包，是我剛才掉的。我沒騙人。」

因為兩名衛兵用責難的眼神看了過來，我只好這樣解釋。他們還沒開口追究，我就把錢包放進懷裡，縮著身體走掉了。

我們兩人的家就位在北方的上游地區，周圍全是貴族的別墅與富商的宅第。當然，我們跟那些人之間沒有交流。

房屋是石造的兩層樓建築。因為牆壁漆成白色，雖然屋齡不算新，看起來還是很漂亮。院子沒有大門，只有低矮的石牆圍住房屋。雖然比周圍的房屋來得小巧，住起來還算舒適。當然，這些全是拜公主騎士殿下的地位、名譽與收入所賜。像我這種傢伙，就算身上有錢也不可能住在這種地方。這種房屋對她來說就跟僕人的家沒兩樣，但我從來不曾聽她口吐怨言。

我打開門鎖。點燃燭臺上的蠟燭後，玄關立刻被微微的火光照亮。

剛進門就是通往二樓的樓梯，以及通往屋內的走廊。旁邊的門可以通往外面的獨立倉庫與廁所。走廊的盡頭是廚房與飯廳。不過，我家的公主騎士殿下完全不會做菜。我一個人的時候也經常在外面用餐，只要往南方走一段路，就能找到許多以冒險者為客群的餐廳。因為艾爾玟才剛踏進「迷宮」，我今天當然也是在外面吃過飯了。

只有她在家的時候，我才會下廚。特別是她從「迷宮」回來的時候，我都會親手做菜給她吃。剛才做了預期外的運動，讓我的肚子有點餓，但我懶得找食物來吃，就這樣走上樓梯。

二樓有三個房間，分別是艾爾玟的寢室與我睡覺的地方，以及庫房兼武器庫。在「迷宮」裡可以找到罕見的武器與礦石，那些東西大多會拿去賣掉，但也有一部分會被收藏在這裡。鑰匙由公主騎士殿下負責保管。自從我以前偷偷把那些收藏品拿去賣給認識的贓物商人，結果被艾爾玟發現之後，我就被禁止踏進那個房間了。

我走進自己的房間。房間裡有木窗、床鋪和椅子。床上擺著我今天早上脫掉的衣服。只要到了早上，洗衣業者就會來拿衣服，把衣服拿給他們去洗就行了。把燭臺擺在椅子上後，我往床上一躺。今天真是累人，我還是早點睡覺吧。反正艾爾玟不在家，我也不需要服務她。閉上眼睛後，睡意很快就向我襲來。

當我睜開雙眼時，屋裡還是一片漆黑。從屋外的空氣與由窗戶隙縫射進來的光線看來，現在應該還沒天亮吧。我從以前就很好睡，如果沒有做特別的服務，都能一覺到天亮。我會在這種時間醒來，是因為樓下傳來了聲響。我閉上眼睛，側耳傾聽。果然有人站在家門前。我的朋友不會來這間屋子找我，而且現在根本不是會有客人上門的時間。

是小偷嗎？當我提高警覺時，我聽到了敲門的聲音。

「我們是冒險者公會的使者，請開門。」

我故意不回話，結果對方又再次敲門，說出了同樣的話。我嘆了口氣。我沒有發出聲音，小心翼翼地推開木窗。

只要從我的房間往斜下方看過去，就剛好能看到家門。我瞇起眼睛確認訪客的長相。門前站著兩名用黑色兜帽完全罩住頭的男子，其中一人拿著提燈敲門。雖然說話的聲音不一樣，我很快就認出他們就是剛才那兩個傢伙。我想了一下今後的方針，然後走下樓梯，隔著門這麼問道：

「有什麼事嗎？」

「事情不好了，公主騎士殿下在『迷宮』裡受傷了。她說想要見你，我們才會來找你過去。請你立刻跟我們走一趟。」

「我明白了。」我這麼說道。

「我立刻準備出門，麻煩等我一下。」

我快步衝上樓梯，前往公主騎士殿下的房間。房門沒有上鎖。

我一手拿著蠟燭，在房間裡翻箱倒櫃，把不能弄丟與不能被人看到的東西裝進麻布袋。這個麻布袋並不重，連我這個手無縛雞之力的傢伙都揹得起來。確認該做的事情都搞定後，我回到樓下，從廚房的後門跑到屋外。

雖然我已經很小心了，但對方的直覺意外地還算敏銳。我聽到從門口那邊跑過來的腳步聲。我的雙腳「現在也變得」不靈光了，要是真的跟對方賽跑，我應該很快就會被追上。但我不是毫無勝算，因為這一帶住著許多大人物，是衛兵的重點巡邏地區。考慮到他們剛剛才被黑皮膚男子等人發現，應該不敢追得太久吧。如我所料，當我拐過幾個轉角後就再也聽不到腳步聲了。

可是，現在還不能掉以輕心，對方說不定還在埋伏。我今晚還是不要回家，找間酒館待到天亮吧。

對方說不定正在家裡翻箱倒櫃。想到那兩個長得像是半獸人卵蛋的傢伙現在正跑進公主騎士殿下的寢室，一邊聞著床單上的香味一邊把手伸向胯下，我就覺得心好痛。雖然其他房間也可能會被對方闖進去，但我並不擔心。畢竟外行人應該找不到通往地下室的門，倉庫裡也沒有太多值錢的物品，裡面有超過一半的東西早就被我掉包成不值錢的廢物了。幸好我早料到可能會發生這種事，偷偷打了備份鑰匙進到裡面，把東西都拿去賣錢了。雖然那些錢都被我拿去喝酒跟玩女人，還是比被那些賊人偷走來得好多了。

黎明降臨了。

人潮重新回到街上。確認沒人躲在附近監視後，我回到家裡。

我原本以為對方會順便洗劫屋裡的財物，但我甚至找不到對方走到二樓的跡象。只有正門留下了些許傷痕。那兩個沒種的傢伙……要是他們把倉庫的門打破，我就能把那些被掉包的東西算在他們頭上了。

我一邊強忍著呵欠，一邊用無法擺脫睡意的腦袋思考今後的對策。

那些傢伙想要我的命，一個晚上就來殺我兩次了，肯定還會有第三次。可是，我並不打算逃跑，我還有負責看家這個使命在身。雖然我無意向人求助，但坐等對方來殺我也只會白白耗費自己的精神。公主騎士殿下預計在後天傍晚回來，如果可以，我想在她回來前搞定這件事。

幸好我並非沒有頭緒。

我前往這個城市的中央地區。「千年白夜」的入口與冒險者公會就在那裡。

冒險者公會是負責接洽並管理冒險者的團體。

各地的城鎮都有冒險者公會，而這些公會底下的冒險者會依照其實力與功績被賦予星級，最高是七顆星。星級越高的冒險者，在冒險者之間的地位也就越高。

簡單來說，就是把一群流浪狗套上項圈，讓牠們去比較誰的項圈更為高級。

不知道這是誰想到的方法，這種手段實在是非常巧妙。那人肯定是個跟我一樣聰明的傢伙。

走進冒險者公會「灰色鄰人」分部的大門後，就能看到前方有一棟跟城堡一樣堅固的三層樓建築。事實上，那間房子確實能在必要時當成堡壘使用。旁邊還有公會職員的辦公室，以及倉庫與交易所。在「迷宮」裡偶爾能找到一些不可思議的東西，那些無法在地上取得的貴重罕見物品也是一種商品。公會會從冒險者手中買下這種稀有且貴重的物品，然後賣給那些收藏家與業者，藉此滿足他們的虛榮心。而其中的利潤就是公會的收入。

我走進正前方那棟建築物。

入口右方是長條型的櫃檯，負責接待的壯漢與疤面男子正惡狠狠地瞪著屋子裡的冒險者。

因為職業本身的性質，絕大多數的冒險者都是男人。也許是因為明白這點，公會也經常讓態度和善的少女負責接待客人。可是，其中也有一些傢伙會誤把櫃檯小姐當成自己的女人，對她們說些性騷擾的話，不然就是把她們當成妓女，光明正大地約炮，甚至是偷偷跟蹤女方，試圖找機會強暴。在這種治安不好的地區，冒險者公會反而會讓這種凶神惡煞負責接待客人，讓為數不多的女性職員負責事務與會計工作。這個部分得看負責管理公會的公會長如何決定。可悲的是，這裡的接待人員全都是些凶神惡煞。雖然櫃檯那邊沒半個客人，但我總覺得過去攀談就會挨揍，心裡完全沒有想要過去的念頭。不過，我正好看到了一個適合攀談的傢伙。

「哈囉，矮冬瓜。」

我對著櫃檯裡面這麼一喊，一位銀髮少女便回過頭來。她穿著黑色連身裙，腰上還繫著皮帶，讓腰身看起來更明顯。她今年十三……不，好像十四歲了吧。她的五官很端正，是個前途無量的女孩。雖然現在這樣已經很可愛了，但我可沒有那方面的興趣。只是因為她離我最近，又是最容易攀談的對象，我才會找上她。

矮冬瓜瞥了我一眼。她有一瞬間氣得鼓起臉頰，但很快就重新看向信紙。

「喂，不要不理我嘛。」

我撿起一顆跟腳趾頭差不多大的石頭，輕輕丟了過去，結果丟到她背上。

「喂，別這樣啦。」

少女一邊大喊一邊衝到櫃檯旁邊。

「沒看到我在忙嗎？別來搗亂啦。」

妳不就只是坐在椅子上看信嗎？

「那是誰寄給妳的信？」

「這不關馬修先生的事。」

這傢伙真冷淡。不過，其實我不用問也知道那是誰寄來的信。看她暗爽的樣子就知道了。

「還有，我才不是矮冬瓜。」

「好啦，艾普莉兒，都是我不好。」

我乖乖為傷害她自尊一事道歉。這位少女跟全是莽夫的冒險者公會格格不入，卻擁有隨時能讓這些冒險者腦袋搬家的實力。畢竟她可是公會長最疼愛的孫女。

「之前跟妳比腕力輸掉，讓我很不甘心，才會做出這種幼稚的舉動。是我不好，我太幼稚了，請妳原諒。」

「真拿你沒辦法。」艾普莉兒露出苦笑。

「不要跟別人起衝突喔。我也不是每次都能幫你解圍。」

「我知道啦。」

她把自己祖父工作的地方當成遊樂場所，經常跑來這裡。雖然還不到可以擔任職員的年紀，她偶爾會幫不識字的冒險者閱讀書信或文件，也會幫他們代筆。她是好心想要幫忙，卻每次都會讓其他職員嚇得臉色發白。因為要是艾普莉兒那張可愛的臉蛋受了點傷，他們就準備要弄丟頭路了。至於到底是弄丟頭路還是弄丟頭顱，就任憑各位想像吧。

「那是信對吧？晚點也讓我看看啦。」

「這個嘛～～我不知道要不要給你看耶。」

她意味深長地看向遠方。

「畢竟這是人家寫給我的信。」

「給我看看又沒差。信裡有提到我嗎？她是不是說見不到我會覺得寂寞，還是說將來想要跟我一樣變成出色的大人？」

「想也知道不可能吧！別說那種傻話！」

艾普莉兒使勁扯了我的耳朵。

「喂，這樣很痛耶。」

「這是回敬你的。」

艾普莉兒掉頭就要回到屋裡，我連忙把她叫住。我差點就忘記正事了。

「抱歉，可以幫我叫德茲出來嗎？」

「我就知道……」艾普莉兒小聲低語。

「沒錯，我就是要找這個公會裡個子最高，腿也最長，而且骨瘦如柴，皮膚又光滑的德茲。妳應該可以看到很難得的畫面喔。妳大概沒看過，我每次來到這裡，那傢伙就會非常開心，慌張地衝過來親我的臉頰。」

「德茲先生在外面的屠宰場。他現在很忙，你不要去打擾他喔。」

艾普莉兒沒理會我的要求，隨手往外面一指，然後就重新開始看信。

「難道妳就不能幫我叫他過來嗎？我這個人最怕聞到血腥味了。」

「只要你在這裡等他，他遲早會回來的。」

冷冷地丟下這句話後，艾普莉兒就走進櫃檯裡面的房間。看來她是打算躲在裡面看信了。這女孩還真是冷漠，一定是她爺爺沒教好。

「沒辦法了。」

我親自過去找他吧。當我懷著這種想法，準備離開櫃檯的時候，身後突然傳來重物掉在地上的聲音。我回頭一看，發現眼前有個黑色的禿驢。我沒有說錯，一位皮膚黝黑的禿頭男子就站在我眼前。

「嗨，馬修。還真是稀客啊。」

我記得這傢伙好像叫比爾。雖然他比我矮一些，體格也算是相當魁梧。他還在腰上掛著一把厚刃劍，黑色的鎧甲上滿是傷痕，塗料也早就斑駁脫落了。他胸前還掛著冒險者公會的會員證，上面有四顆星。

冒險者要提升星級，就必須滿足一定的條件。詳細的條件我早就忘記了，如果要升到四星以上，條件就會突然變得嚴苛。因此，絕大多數的冒險者都只能升到三星，不是在升上四星之前就死掉，就是還沒升上去就退休了。既然這個禿驢是四星，就代表他還算有點本事。

他腳邊躺著一隻有六條腿的黑熊。那是黑暗殺人熊，身長應該有二約魯（三點二公尺左右）吧。這種魔物經常在「千年白夜」的地下八層或九層出現，菜鳥只有被吃掉的份，可說是非常難纏的魔物。這傢伙或許是才剛死沒多久，從背後流出的鮮血把公會的地板染成了紅黑色。這傢伙的毛皮可以賣到很好的價錢。

我不認為他會特地把這種大傢伙的屍體搬回來，他應該是請「搬運者」幫忙搬運的吧。不是只有冒險者會踏進「迷宮」，「迷宮」裡還有負責搬運魔物屍體的「搬運者」，以及在裡面銷售傷藥與提燈這類消耗品的「暗盤商」。他們全都是冒險者公會的一員。

「我記得這裡不是禁止帶寵物進來嗎？」

「你這個『嘴砲王(Wisecrack)』還是一樣嘴賤啊，喂。」

比爾一把揪住我的領口，露出充滿優越感的笑容。

「你這個連冒險者都不是的傢伙，誰允許你出現在這裡了？難不成你是來翻垃圾吃的？你這個噁心的蛆蟲。」

「我勸你最好還是嘴巴放乾淨點。」

我好心地提醒他。

「這裡還有不懂事的少女出沒。要是你讓她學到不該學的用字遣詞，可是會被可怕的老頭子割掉舌頭喔。」

「哼，要是我會怕那種老頭子，哪有辦法踏進『迷宮』？」

比爾故意在我眼前晃了晃紅色的舌頭。

「那種事怎樣都好……你的嘴巴還真臭。」

他對我揮出拳頭。我想躲開，但距離實在太近了，拳頭直接打中我的臉頰。我原本是打算用快如疾風的動作躲開，卻只能跟被埋在泥巴裡一樣慢慢移動身體，這種感覺實在很討厭。

「給我注意你說話的口氣，你這個吃軟飯的傢伙。」

我四腳朝天倒在地上，肚子還被這傢伙使勁踩住。因為他把體重放在那隻腳上，害我快要不能呼吸。

「如果身邊少了那位公主騎士，你也不過就是一個廢物。很遺憾，那女人現在人在『迷宮』裡面。」

「這我當然知道。」

我捏住自己的鼻子。

「不過，我剛剛才知道你沒有洗腳，上面滿是野狗的臭味。」

比爾抬起腳，用靴子的鞋尖踢中我的心窩，讓我完全無法呼吸。

周圍有許多冒險者，卻沒人願意出來勸架。

對這群脾氣暴躁的傢伙來說，打架根本就是家常便飯。萬一鬧出人命，只要把屍體丟進「千年白夜」就行了。公會也不會插手去管冒險者之間的糾紛，就算死了一兩個人，也還有很多可以替代的傢伙。不過，對於冒險者在城裡引起的糾紛，公會就十分敏感了。冒險者公會同時也是從業主那邊接下驅逐魔物與護衛工作這類委託，將之介紹給冒險者的仲介業者。因為公會可以從委託人與冒險者那邊收取兩次手續費，賺得盆滿缽滿，讓人看了就不爽，所以公會非常在意善良老百姓對自己的評價。不管是故意找碴毆打武器店店員的渾球，還是沒穿衣服就逃出娼館想要白嫖的人渣，都會受到冒險者公會的嚴厲懲罰。在最壞的情況下，他們可能會失去頭路。當然，頭顱也可能會順便消失。

因此，冒險者基本上都不會在街上隨便動粗，也不會去找善良老百姓的麻煩。

不過我算是例外。

冒險者公會的人非常討厭我。

理由很簡單。因為他們覺得身為公會明星的公主騎士殿下之所以會被人在背後說是「婊子」或「蕩婦」，都是我的錯。

就算有冒險者找我麻煩，他們也只會冷笑，一點反應都沒有，頂多就是躲在櫃檯後面斜眼偷看。

我很難算是善良老百姓，背後也沒有富豪或掌權者當靠山。他們不會當著公主騎士殿下的面攻擊我，但也不會出手救我。真是個充滿人情味的組織啊。

「喂，給我起來。難道你這傢伙就只有嘴巴厲害嗎？」

比爾一把抓住我的腦袋，把我整個人舉了起來，還順便吐了口口水。

口水噴在我的眼睛上方，沿著眼皮慢慢滑落。

「你在做什麼？」

艾普莉兒從櫃檯裡面衝了出來。她不但會來公會幫忙，還會去育幼院照顧那些無依無靠的孩子或是教他們讀書。她是個善良的女孩。

「我爺爺不是叫你們不准打架嗎？欺負弱者是最差勁的行為。你這樣也算是冒險者嗎？」

比爾猶豫了。看來他還沒那麼蠢，知道對艾普莉兒出手會有什麼下場。

「您別過去。這樣太危險了。」

「我不是千交代萬交代，叫您千萬別跟馬修扯上關係嗎？」

「來，請跟我回到裡面。」

也許是覺得讓艾普莉兒被捲入麻煩不是好事，公會職員集體出動，把她抱回裡面的房間。

「等等，別阻止我，要是放著馬修先生不管，他就……」

艾普莉兒的聲音離我遠去。援軍撤退了，這樣馬修軍就孤立無援了。

「這可真是遺憾啊。」

比爾咧嘴一笑。

「快點求饒吧。要不要舔舔老子的鞋底？還是說……」

比爾再次露出奸笑。

「你要讓我跟那位公主騎士玩玩？」

我很快就發現這傢伙不是要跟艾爾玟玩飛鏢或是跳舞。

「她的叫床聲好聽嗎？你到底上過她幾次？」

「其實也沒有很多次啦。」

我如此回答。

「大概就跟你幹自己老媽的次數差不多吧。」

一陣衝擊向我襲來。這次是打在我的鼻梁上，鼻子深處冒出刺痛。在感覺到痛楚的同時，我的腦袋已經狠狠撞在公會地板上了。腦袋像皮球般彈了好幾次。正當我感到頭暈目眩時，比爾又一腳踩在我臉上。

「混帳東西，你少在那邊胡說八道！」

比爾激動地怒吼，也踩得更用力了。

「你有種就再講一次看看啊！」

「不是這樣的。」

我拚命揮動雙手。

「你誤會了，我剛才沒把話說清楚。我在反省了，請你原諒我吧。」

公會裡響起一陣爆笑聲。比爾把腳抬了起來。

我起身坐在地上，拍掉臉上的泥土。

「其實我是想要這麼說的。」

我定睛看著比爾的臉。

「你老媽應該正在跟半獸人與哥布林開雜交派對，含著那些傢伙的老二使勁扭腰吧。你要不要趕快回去湊一腳？你那頭上長角的弟弟或妹妹會出來迎接你喔，比爾葛格。」

公會裡突然鴉雀無聲。看來我的玩笑似乎讓人笑不出來。我瞥了櫃檯後方一眼，結果看到艾普莉兒不斷眨著眼睛，還有一位女性職員從背後摀住她的耳朵。幹得漂亮。

唯一聽得懂這個笑話的比爾氣到整張臉都變成了紅黑色。他不發一語，直接把手伸向掛在腰際的劍。

下一瞬間，比爾整個人飛到空中。在發出巨響的同時，他的腦袋也插進了天花板。公會再次變得鴉雀無聲。

「那傢伙」揮手拍開掉下來的天花板碎片，一臉不悅地開口了。

「不准把還沒放血的野獸帶進來。」

他有著一雙短腿，身高只到我的心窩附近。他穿著一件無袖上衣配上皮背心，還有茶色長褲。長長的黑鬍鬚遮住了他的半張臉。這些都是矮人族的特徵。

「怎麼又是你？」

矮人德茲一臉厭煩地這麼說。

「我不是叫你別來這裡了嗎？你這傢伙每次出現都會惹事生非。」

我握住他伸過來的手，從地上站了起來。

「正好相反。都是那些麻煩自己找上門來，簡直就像發情的公狗。」

「廢話少說。你來這裡做什麼？」

「我有些事情要問你，你有空嗎？」

德茲瞥了躺在地上的黑暗殺人熊屍體一眼。

「去樓上等我。把這傢伙解體後，我就會上去找你。」

德茲把比自己大上三倍的魔物捲成像鼠婦那樣的球狀，輕鬆地扛到肩上。在場的冒險者全都倒抽一口氣。他們似乎想起了一件事，那就是這位身材嬌小的矮人只要用一根小指頭就能殺掉他們。

冒險者公會的每個分部都會僱用專屬冒險者。

如果要掌管並監督這些名為冒險者的莽漢，就需要握有強大的武力。到處都有那種破壞規矩或不聽命令的蠢貨，更何況是這些對自己的拳腳功夫有自信的冒險者。因為要讓那些蠢貨乖乖聽話，這些專屬冒險者必須擁有夠強的實力。

德茲就是這間公會為此僱用的男子。他表面上是公會的職員，但遇到緊急情況時，他就會前去捕捉並制裁違規的冒險者，或是進到「迷宮」找尋失蹤的傢伙。

德茲的實力遠遠強過其他人。不管是獨自解決掉火龍，還是跟殭屍大軍徹夜戰鬥，這樣的豐功偉業從來沒有少過，簡直就是活生生的傳說。要是沒有德茲，我應該也早就去冥界報到了吧。

我也跟著德茲走向屋外。

「喂，那邊的傢伙。」

當我們走出門時，德茲回過頭去叫住比爾的同伴。

「請……請說！」那人的身體抖了一下，趕緊挺直背脊。

「我會把這傢伙拿去解體。你們晚點再過來領錢吧。」

「我明白了！」

「還有，給我把地板擦乾淨。」

那人使勁點了點頭後，就立刻趴在地板上，用自己的披風與衣服下襬擦拭黑暗殺人熊留下的血跡。

「嘿，順便幫我傳個話給他吧。」

我看著依然插在天花板上的比爾小弟這麼說。

「就說你那根小香腸已經無法滿足你老媽了，我真是為你感到遺憾。」

「快點給我過來。」

小腿被德茲踢了一下後，我也跟著走到屋外。

「所以，你想問我什麼事？」

德茲擺著平時那張臭臉，問了這個問題。

我們來到公會職員的休息室。這個石造的房間裡就只有樸實無華的桌椅、不合季節的暖爐與用來採光的窗戶，給人一種枯燥乏味的感覺。閒著沒事的時候，德茲都會在這裡待命。不過，德茲這個不和善又不擅交際的傢伙，當然也沒什麼朋友。逼不得已，我只好偶爾來這裡陪他聊天。

他家就位在公會南邊的「打鐵街」。他跟妻子與孩子三個人一起，住在一間小小的兩層樓房子裡。

「其實我昨天遇到了一點麻煩。」

當我說完自己昨天兩次遇襲的事情後，德茲的眉毛稍微動了一下。

「我想說你可能知道對方的身分，因為那些傢伙是冒險者。」

「你有何根據？」

「我試著回想了一下，但我不曾見過他們。可是，他們看起來也不像是殺手，他們偷襲別人的時候甚至還會發出腳步聲。但他們也不是那種隨處可見的小混混，他們使用武器的方法並不外行，也懂得該如何暗算我。他們太過習慣打鬥了。」

他們應該也殺過人吧。看起來也經歷過不少生死關頭。

「而且他們的膚色都很白。明明身體鍛鍊過，皮膚卻沒有被陽光曬黑。說到在這個城市裡不需要曬太陽，卻很擅長動刀動槍的傢伙，不就是冒險者了嗎？至少也該是頭號嫌犯才對。」

「也就是說，有人接下『黑單』了嗎？」

雖然冒險者公會裡都是一群無賴，表面上依然是正當的行業，不會接受與竊盜和暗殺這類犯罪行為有關的委託。可是，還是有許多蠢貨願意為了賺錢做些危險的工作。而冒險者不透過公會，私自接下非法委託這種行為，就是公會所說的「黑單」。因為冒險者公會都是把委託內容寫在單子上，貼在布告欄上給大家看，才會衍生出這樣的術語。當然，要是被抓到就會受到處罰。在最壞的情況下，也可能會在強制退會後遭到「處決」。

「我想說你可能認識會接下那種委託，而且外表特徵如我所見的傢伙。你應該有頭緒吧？」

「如果此事屬實，就不是你的問題了。只要向上面報告，我就會出面搞定這件事。」

逮住那些擅自接「黑單」的蠢貨，讓他們再也無法對我出手。德茲應該能輕易辦到這件事。

「我就知道你會這麼說，今天才會直接過來找你。」

我開口說道。

「我希望你把這件事交給我處理。」

「你說什麼？」

德茲睜大眼睛。

「原因呢？」

「我不想把事情鬧大。」

如果我的預感沒錯，這件事應該關係到艾爾玟的名譽。

「你這個無法戰鬥的傢伙，打算怎麼解決這件事？」

德茲知道我的隱情。他知道不管是身為一名冒險者還是戰士，我都已經廢了。

「我不是沒有想法。就算不拿劍，也應該有辦法搞定。」

「你別強出頭。」

「德茲老兄，拜託你啦。」

我探出身體，伸手亂摸德茲的鬍鬚。

「有必要為了公會那點微薄的薪水賭命嗎？交給我處理又有何妨？我們不是好朋友嗎？」

「別亂摸！」

德茲揮開我的手，然後伸出小小的指頭，指著我的鼻尖。

「給我聽好，我要告訴你兩件事。第一，『不准碰我的鬍鬚』。第二，『不准碰我的鬍鬚，你這個白癡』！」

「好啦，是我不對。」

我舉起雙手。

「其實我一直很嫉妒你。因為不管我怎麼留鬍子，都沒辦法變得跟你一樣濃密。」

德茲的怒火沒有平息，依然聳著肩膀握緊拳頭。

拜託饒了我吧。要是現在被德茲認真揍下去，我絕對會沒命。

「德茲，算我求你。」

我決定換個做法。

「你可以娶到美嬌娘，還生了個孩子，都是誰的功勞？是誰讓你每天早上來公會之前都能得到愛妻的吻別？是誰讓你每天早上都能吃到熱騰騰的麵包？是誰讓你每天回家都能抱抱可愛的孩子？」

德茲從以前就擁有過人的實力與膽量，卻對女人完全沒轍。就算有了喜歡的女人，也無法跟對方說上一句話，只會每天跑去那女孩工作的五金行報到，買下一大堆用不到的鍋子、菜刀與鐮刀。他就是個不善言辭的笨拙男人。

照這樣下去，就算再過個一百年，他跟那女孩也不會有任何進展。因為實在看不下去，我才會出手幫忙牽線。

德茲的臉瞬間變紅，不是因為生氣，而是害羞。他無法動手揍我，只能鬆開拳頭，用巨大的手掌輕撫自己的下巴。

「那種陳年往事你到底要說幾遍？」

「那種話麻煩等你跟老婆離婚後再說吧。」

雖然我知道他完全無意跟老婆離婚就是了。

德茲發出咂嘴聲，重新坐回椅子上。他的雙腳無法踩到地面，只能跟個孩子一樣在空中晃來晃去。

「是亞斯頓兄弟。」

我花了點時間才理解他這句話的意思。

「你是說那些襲擊我的傢伙嗎？」

「如果你的描述正確無誤，應該就是他們了。」

德茲輕撫自己的鬍鬚，讓不愉快的心情沉澱下來。

「亞斯頓兄弟總是一起行動。那個矮子是長男內森，鬍渣男是次男尼爾。」

那個比較矮的傢伙竟然是哥哥嗎？

「他們在公會裡的風評也很差，經常找其他冒險者的麻煩。不是說別人搶走他們的獵物，就是說別人態度過於囂張。以前還曾經有菜鳥被他們弄死。雖然個性爛得像坨屎，實力還算不錯，都是三星冒險者。」

既然是三星，就代表他們都是能獨當一面的冒險者。

「他們最近明明不曾踏進『迷宮』，但經濟情況還算不錯。還有傳聞說他們跟黑道有來往，不光是要來殺你這件事，他們應該還做了不少骯髒事吧。」

「既然知道這麼多，為何不把他們抓起來？」

「因為找不到證據。」

德茲無力地搖了搖頭。

「這陣子不曾發生強盜案件，我也去找過一些贓物商了，但他們都說沒見過疑似亞斯頓兄弟的傢伙。如果不是強盜，就應該是殺人了吧。突然失蹤的傢伙在這個城市裡並不罕見，沒人知道那些傢伙是欠了錢就連夜潛逃，還是事蹟敗露被人丟到『迷宮』裡面。他們只要說那些錢都是自己的存款，就沒人有辦法繼續追究了。」

看來這位大鬍子也做過不少調查。他應該是拖著那雙短腿，忙碌地四處奔走吧。薪水明明沒多高，卻還這麼努力工作，真是個死腦筋的傢伙。

「好吧，辛苦你了，感謝你的配合。」

我站了起來。

「那些傢伙住在哪裡？」

「他們就住在『雙子金羊亭』。」

那是一間以冒險者為客群的便宜旅館，房間髒亂，還會有外面的風灌進屋裡。只要從公會所在的大街走進巷子，在複雜曲折的巷子裡走個兩百步就到了。

「謝啦。」

我從錢包裡拿出銀幣，用手指彈了出去。看到銀幣掉到德茲粗壯的手掌後，我丟下這句話。

「順便拜託你幫個忙，要是那些傢伙有來這裡，麻煩你幫我隨便找藉口留住其中一個。不管用什麼理由都好，只要能幫我爭取時間就夠了。再見。」

「喂，我可沒答應要幫忙……」

還沒聽他把話說完，我就走出房間了。反正他肯定會幫我這個忙，因為德茲就是這種人。

「雙子金羊亭」的一樓是餐廳兼酒館，二樓有六個房間。老闆是個年過七十的老人，頭髮完全變成灰色，背也跟牛屁股一樣圓。他聽力不好，只要聲音別太大，就不會有任何反應，而且總是坐在櫃檯裡打瞌睡。拜此所賜，要偷看客人名簿並不困難。

尼爾與內森的房間就在二樓的尾端，而且還剛好是一間雙人房。因為現在是白天，旅館裡沒什麼人。一旦到了晚上，從「千年白夜」回來的冒險者就會讓這裡熱鬧起來。老闆會重聽，八成也是這個緣故吧。

房門鎖上了。我從懷裡拿出兩根鐵絲，往鑰匙孔裡一插。我過去認識的盜賊曾經教過我開鎖的技巧。雖然我的技術很難說是熟練，如果是這種便宜旅館的門鎖，憑我的技術也有辦法搞定。

房間裡擺著兩張床，還有木桌與兩張椅子，內部陳設簡單樸實。天花板上還有裸露在外的巨大樑柱。

房裡還有兩個疑似他們行李的麻布袋，裡面裝著提燈、繩索、小刀與打火石這些冒險用品，但沒有值錢的東西。看來他們沒那麼粗心，不會笨到把錢財寄放在這種便宜的旅館。我暗自嘖了一聲，同時開始動手準備。

我借用了他們的繩子，先在其中一頭做出一個大圈圈，接著往上一丟，讓繩子繞過樑柱。然後，我調整繩子的長度，同時把另一頭繞過自己的腰，並且緊緊綁住避免繩子鬆開來。接著我又把椅子搬到門的旁邊，整個人站到椅子上。再來只要等他們回來就行了。

到了太陽下山，冒險者們也差不多該陸續從「迷宮」回來的時候，我聽到有人爬上「雙子金羊亭」樓梯的腳步聲。我從門縫探頭看出去，發現那個鬍渣男正一臉不爽地對著樓梯吐口水。肯定錯不了，他就是昨天偷襲我的傢伙。我記得他好像叫作尼爾。

「那個臭矮人……竟然為了那種無聊的事情找我麻煩……」

看來德茲果然有遵守約定，幫我把人留在公會。謝啦，兄弟。

我把頭縮了回來，屏息等待對方的到來。

我感覺到有人伸手握住了門把。

「喂，內森，我們今天去喝個痛快吧。記得叫上那兩個傢伙。」

房門被打開後，尼爾走了進來。

他停下腳步，因為有一枚銀幣就掉在房間中央的地板上。那是我撒下的誘餌。

「那是什麼？」

尼爾彎下腰，把手伸了過去。我趁機用繩子套住他的脖子。用眼角餘光確認繩子有套住脖子後，我從椅子上跳下來，然後就聽到一聲悶哼。

我回頭一看，發現尼爾整個人被吊了起來。我成功了。

就算臂力弱如螻蟻，我也還有勝過常人的魁梧身軀與體重。雖然不曉得正確的體重，但我應該比公主騎士殿下重上一倍吧。

我全身的重量現在都壓在尼爾的脖子上，完全足以絞死一個人。

尼爾發出不成聲的呻吟。他把手指伸進繩索與脖子之間的空隙，掙扎著想要找尋踏腳處。我聽著他的呻吟聲，用腳關上房門。

「哈囉，沒先跟你說一聲，我就自己進來了，真是不好意思。」

聽到我這麼打招呼，尼爾眼冒血絲。

「你這混帳……！」

尼爾出腳踢了過來。我趕緊往後一躺。

因為我的身體下沉，讓尼爾的身體稍微上升了幾分。他再次發出慘叫。

「時間不多，我就趕快把事情問清楚吧。」

我提防著尼爾的飛腿，小心翼翼地繞到他背後，拔出插在腰際刀鞘裡的小刀。

「是誰要你們來襲擊我的？」

「我不知道你在說什麼。」

「你還是別裝蒜了吧。」

我從背後用小刀揮砍尼爾的右大腿。因為刀子磨得很利，憑我的臂力也能隔著衣服劃傷他。紅黑色的鮮血飛濺而出。傷口應該不是很深，但似乎傷到了大血管，出血完全沒有要停止的跡象，不斷沿著褲管往下流，在地板上留下了斑點。

「救命啊！快來人啊！」

「沒用的。」

我早就確認過這間旅館裡沒有別人，只有一位耳朵不太靈光的老爺爺。

在這個城市裡，冒險者之間起衝突可說是家常便飯。明知賺不到錢，還願意介入這種麻煩事的好事者，也就只有我家那位公主騎士殿下了。

「照這樣下去，你不是被我活活勒死，就是失血過多而死。讓我們敞開心胸說話吧。你應該也不想死吧？」

我從後面探頭看了過去。不知道是因為生氣還是呼吸困難，尼爾的臉已經紅到發黑了。

「想也知道是誰吧。」

尼爾露出奸笑。

「就是那位公主騎士殿下啦。她嫌你太礙事了，才會拜託我們把你殺掉。」

「這樣啊……」我假裝很難過地這麼說。「那可真是遺憾。」

我再次在他的左大腿上劃了一刀。雖然沒有剛才那麼猛烈，鮮血還是逐漸染紅了褲子。

「這樣你的壽命就變得越來越短了。」

「我要宰了你！」

「你看啦，都是因為你不說實話，地板都濕掉了。不過這樣還算好的。再這樣下去，你會窒息而死，在這裡拉屎放尿。你知道嗎？那可是很難打掃乾淨的。」

「我要……宰了……」

尼爾還在繼續掙扎。雖然他不再反抗，但也沒有要求饒的跡象。他似乎打算把委託人的名字帶進冥府。不過，他應該不是要對委託人負責，而是故意要找我麻煩吧。真是好樣的。

「硬撐可不是好事喔。你看那邊。」

我伸手一指，尼爾露出恍然大悟的表情。看來他總算發現其中一張床的床單往上隆起了。枕頭旁邊還能隱約看到一個人的後腦杓。

「內……內森？」

「我趁你還沒回來的時候，下藥讓他睡了一下。如果你不肯說，我就只好去問你大哥了。」

我拿著沾著鮮血的小刀做出狠狠刺下去的動作。

「你這個惡魔……！」

「如果要做自我介紹，就請你等到下次再說吧。」

一個拿了錢就意圖殺死陌生男子的傢伙跟我比起來，還真不知道是誰比較惡劣。尼爾眼冒血絲，緊咬著牙。他還不打算開口。他應該是還在懷疑，覺得就算自己說出實話，我也不會遵守約定吧。

「你可沒時間猶豫了喔。」

流出的鮮血已經在他腳底下變成一灘血泊。照這個樣子看來，還沒數到一千，他應該就會死於失血過多了。

「……」

「別擔心，如果你願意實話實說，我就會直接離開房間，不會傷害你那個躺在床上的哥哥。當然，因為我沒有同伴，也不會做出派別人來殺掉你們兩個這種卑鄙的行為。」

也許是被我真誠恭敬的口氣打動了吧。

尼爾終於願意開口了。

「我就知道。」

果然，我聽到了意料之中的名字。

「辛苦你了。」

在這種時候說句「笨蛋，你們兩個已經沒用了」，然後吐出舌頭給他致命一擊肯定才是正確的選擇吧。但是，我對此有所猶豫。

我用小刀割斷綁在腰上的繩子。發出沉重的聲響後，尼爾倒在地板上。也許是因為流了太多血吧。他在血泊裡痛苦地打滾。

「看來你就快要死了。」

剛才死要硬撐似乎反倒害了他自己。他連要站起來的力氣都沒有，就算現在才要綁住傷口止血，雙手也無法隨意活動了。

「內……內森……」

尼爾在地板上爬行，伸出滿是鮮血的手。

「對了，我有件事忘記告訴你。」

我拉開床單。矮小男子已經翻著白眼死掉了，脖子上還留有繩索造成的勒痕。

「我剛才沒有控制好力道。雖然同樣都是用繩索勒住脖子，但我好像不小心折斷他的頸骨了。不過，他走的時候沒有感覺到痛苦，這點你倒是可以放心。」

尼爾蒼白的臉孔染上了絕望。

「你……你會下地獄！」

「是喔。」我打開窗戶，從褲子口袋裡拿出鈴鐺搖了幾下。

「那你就先去那裡等我吧。我晚點也會過去的……大概一百年後吧。」

稍微等了一段時間後，我聽到急促的敲門聲，於是打開房門。

來者是個頭上戴著帽簷很大的帽子，還穿著一身黑衣的男子。

「哈囉，布拉德雷，我等你很久了。」

我在對方的黑色手套上放了六枚銀幣。布拉德雷默默點了頭後，在內森旁邊攤開一塊細長的白布。他把內森的屍體移到白布上，接著又用白布裹住屍體，最後用繩子綁起來。

這傢伙當然不是什麼善良老百姓。他的本行是製作棺材的工匠，但現在反倒是副業這邊比較賺錢。在這個城市裡，窮人與無名死者的屍體都會被丟進「千年白夜」。他們沒有墳墓。上面的大人物似乎認為多蓋一間賭場或娼館，要比蓋墳場來得好賺多了，才會默許這種做法。

那些被遺棄的屍體會在不知不覺間消失不見，只留下衣物。因為「千年白夜」這樣的「迷宮」本身就是一個超巨大的魔物，會把那些屍體當成餌食吃掉。

因此，想要訂做棺材的人非常少，取而代之出現的新行業便是「屍體處理業」。這些業者會在城裡的各種地方出現，不管是自殺還是他殺，都會協助雇主把不好處理的屍體拿去「迷宮」裡丟掉。因為他們不是冒險者，也不會受到公會規定的束縛。

這種需求並不少。這個城市裡有很多法外之徒，每天都會製造出許多不能曝光的屍體。因此，他們得到了「掘墓者（Gravedigger）」這個別名。只要錢給得夠多就行了，不用擔心他會洩密，因為他是啞巴。

把內森打包完畢後，布拉德雷在尼爾旁邊攤開白布。他無視染上紅色的白布，從尼爾腋下抱起他的身體，準備把他搬到白布上面時，卻聽到了細微的呻吟聲。尼爾還活著。

布拉德雷放開其中一隻手，把手移到背後拔出小刀，朝著尼爾的心臟刺了兩下。確認尼爾終於完全不會動了以後，他才恨恨地盯著我。

「好好好，我知道。要加錢對吧？」

我又交給布拉德雷兩枚銀幣後，他點了頭，默默地重新動手收拾屍體。這種認真做事的態度是他的優點，也是他的缺點。

屍體都打包完畢後，布拉德雷用雙肩扛起兩具遺體走出旅館。屋外停著馬車，可以把屍體搬到「迷宮」那邊。雖然「迷宮」的入口隨時都有衛兵看守，但他們也能藉機賺點零用錢。

「問題還是出在主謀那邊。」

這些傢伙只不過是拿錢辦事的棄子。一旦主謀知道他們搞砸了，應該會派出第二或第三批刺客來殺我吧。因此，我得在那之前主動出擊。

為了達成這個目的，我需要足夠的資金。幸好我剛剛才從好心的第三者那邊得到資金，所以這也不成問題。就算付清他們自己的喪葬費也還有剩。我看著兩個變得空空如也的錢包掉在血泊中逐漸染成紅黑色的樣子，悄悄地關上房門。

隔天的黃昏時分，我來到「晚鐘亭」喝麥酒。雖然這間酒館只有不太好喝的便宜酒，還是有一個優點，那就是從這裡可以清楚看見「迷宮」的大門。在冒險者公會那邊也能清楚看見，但我前幾天才剛在那裡與人爭吵，不是很想去招惹麻煩。

我一直坐在這裡，等待公主騎士殿下一行人出現。我不是要去迎接她為她獻上祝福之吻。雖然也不是不能這麼做，但我還有其他目的。照原本規劃的行程，他們也差不多該出現了。

當我快要喝完第二杯麥酒時，「迷宮」的大門打開了一半，公主騎士殿下一行人終於出來了。看來她的隊伍中沒有出現犧牲者。睽違三天的太陽讓每個人都瞇起眼睛，像是在為自己平安回到地面一事感到慶幸。

照理來說，他們會先回到公會，向公會報告自己平安歸來後就解散，各自自由行動，但今天的情況有些不同。有個十歲左右的孩子衝到他們身邊，把一封信交給公主騎士殿下身旁的「那傢伙」。那傢伙不明所以地接過那封信後，慢慢把信打開來看。他的動作十分自然，移動時還不忘要避開他人的目光，免得被人看到信裡的內容。那傢伙板起了臉孔。他馬上把信紙折起來，放到自己懷裡。他的臉色很難看，像是受到了震撼。我知道那封信上寫了什麼。

因為那封信是我寫的。

用嘴巴說明明只需要一句話，要寫成文字卻很累人。也許我該多學習怎麼寫字比較好。

我從尼爾口中問出了主謀的名字，但那也可能是他在臨死之前隨口亂掰的。為了確認尼爾是否有說謊，我只好多費點功夫，而那傢伙在一瞬間露出彷彿世界末日到來的絕望表情，讓我確信他就是主謀。他直到剛才都還一派輕鬆的臉，現在已經變得蒼白無比。

跟艾爾玟等人閒聊了幾句後，那傢伙就踏著緩慢的步伐離開團隊。他八成是要去擬定今後的對策吧。那我也不能繼續坐著喝酒，必須去做點準備。當我站起來時，背後好像撞到了東西。

「喂！很痛耶！」

一個滿臉通紅的醉漢拿著酒杯來找我麻煩。他穿著茶色的皮鎧，腰上還掛著劍，以及冒險者公會的會員證。

我隨口道歉就要離開，但醉漢伸手揪住了我的領口。

「帥哥，麻煩跟我走一趟吧。我有點事情要拜託你。」

看來這不是偶然或意外，對方是故意撞過來要找我麻煩，而且他好像也知道我是公主騎士殿下的小白臉。

「還是算了吧。」

我出於善意給他忠告。

「就憑你……是無法應付我家那位公主騎士殿下的。『太陽還掛在頭頂上』，你要不要先喝杯水，讓頭腦冷靜一下？」

「耍我啊，混帳！」

醉漢憤慨地拖著我往外走。

我們來到酒館後面的小巷。這條巷子很狹窄，只能勉強讓兩個成年人並肩站在一起。陽光像是一把灼熱的劍，從西邊射了進來。我背對著太陽與醉漢對峙。

「要是惹到你了，我願意道歉。不過，你應該也會進去『迷宮』吧？如果在這種地方受傷，難道不會覺得很不划算嗎？」

「受傷？哈，你是說我嗎？」

醉漢面帶冷笑，一把抓住我的腦袋，用蠻力讓我向他低頭。

「對付你這種軟腳蝦，我怎麼可能受傷？你只不過是個虛有其表的大塊頭罷了。」

因為我好聲好氣地說話，似乎讓他誤以為我在害怕。他把我的臉按在牆壁上磨擦，壓低聲音出言威嚇。

「給我聽好，你只要負責讓我跟那個女人來上一發就好。反正她也是個淫蕩的賤貨不是嗎？我不久前才看到她在『夜光蝶大道』附近亂晃。會跑去那種地方的傢伙，也就只有嫖客跟妓女了吧？」

「是這樣嗎？」

我伸出空著的那隻手，抓住醉漢的脖子。

「你說了不該說的話。」

現場發出沉悶的聲響。

被我抓住的脖子突然變得沉重。醉漢的身體整個軟掉了。我放開手後，醉漢便跪了下去，就這樣倒地不起。要折斷頸骨並不是難事，但連他那因肌肉而隆起的脖子上都還留有明顯凹陷的手印。確認醉漢徹底死透後，我快步離開現場。看來又得多付錢給布拉德雷了，真傷腦筋。

當我走出巷子的瞬間，夕陽的光芒突然變亮，燦爛地照耀在我身上。即便對逐漸西沉的太陽感到不滿，為了比公主騎士殿下早一步回家，我還是加快踏上歸途的腳步。

因為艾爾玟還得去向冒險者公會回報，想要比她早一步到家並不困難。我必須先為款待她做好準備。

我早就完成做大餐的事前準備了。再來只要重新加熱，簡單烹煮一下就完成了。今晚的菜色是香草菠菜沙拉、香料蘑菇湯與悶燒雞肉，紅酒是產自蘭伯特地區的二十五年老酒。雖然我不會做太精緻的料理，但我從傭兵時代就經常露宿野外，很擅長用手邊現有的食材製作即興料理。只要隨便把肉與蔬菜切碎，統統丟進鍋子裡煮，再放一點鹽巴與胡椒，基本上沒有不能吃的道理。

只要我有心，就算要我烤麵包也不成問題，但這間房子沒有石窯，所以我都是去附近的麵包店買現成的麵包。

當我忙著把餐點擺到桌上時，玄關傳來了敲門的聲音。我親愛的公主騎士殿下回來了。

「親愛的，歡迎回來。」

我原本想要過去抱住艾爾玟，給她一個歡迎之吻，但她直接從我旁邊走過去，二話不說就走向自己的房間。

「哎呀，這位大人真是冷淡。」

我咬著手帕追上去。艾爾玟穿著特製的鎧甲，想要脫下來得花上不少功夫。雖然一個人也有辦法穿脫，有人幫忙還是會快上許多。

先敲過門後，我開門走進房間。她呆呆地站在自己房間的角落。我進到房裡後，她沒有回過頭，就這樣舉起雙手。

「辛苦了。妳應該吃了不少苦頭吧？過程還順利嗎？」

我從背後幫她脫掉披風，解開鎧甲的金屬固定器。護胸被分成前後兩塊。因為現在的我拿不太動，旁邊就擺著專用的陳列架。

「很順利。」

「那就好。」

我同樣幫她解開護手與護腿，然後擺在鎧甲旁邊，最後把劍立在牆邊放好。艾爾玟現在只穿著上下成套的黑色內衣褲與開衩連身裙。這身打扮很樸素，卻反倒突顯了衣服主人的美麗。比起教會裡的女神像，她看起來尊貴多了，讓人想抱緊處理。畢竟石像摸起來硬邦邦的，也不會發出美妙的呻吟。

「那我們先去吃晚餐吧。」

艾爾玟沒有回答我。她看起來好像在鬧彆扭，不太高興地小聲抱怨：

「噁心死了。」

「我可以哭給妳看嗎？」

「不是說你。」

她略顯歉疚地更正說法。

「我們在回程遇到一群冥界魔狼（Garm），最後演變成一場大亂鬥，害我身上都是野獸的味道，難受得要死。那種野獸的味道，臭到讓我在回來的路上差點昏倒。」

「我倒是沒那種感覺。」

我把鼻子貼近她的脖子，做了個深呼吸。我只聞到平常那種好聞的香味。啊，不過好像真的有點汗臭味。

「我想先洗個澡。」

艾爾玟輕輕推開我，說出她的想法。

「那妳現在就要去一趟浴場嗎？」

這間房子裡沒有浴室。我們通常都是去庭院用井水沖澡，不然就是用濕布擦拭身體。我是前者，艾爾玟則是後者。如果天氣變冷，也會用煮過的熱水洗澡。如果想泡澡，就只能去街上的公眾浴場了。浴場現在應該還有營業。艾爾玟每次都會花上大筆銀子，包下那裡的單人浴室。

「不用了。我不想讓料理涼掉。」

艾爾玟說完就背對著我開始脫衣服。那頭紅髮披在她的肩膀與背上，蓋住雪白滑嫩的肌膚。

「你來幫我擦乾淨就好。」

「我很樂意，但如果妳要脫衣服，還是先跟我說一聲吧。」

她每次都這樣，對我的心臟實在很不好。這位貴族大小姐有些缺乏羞恥心，讓我十分頭痛。想到她將來說不定會直接在外面把衣服脫了，就讓我一直很擔心。

「等我一下，我去把洗衣盆拿過來。」

要不然會弄濕地板。

「那頭髮也要麻煩你了。」

「遵命。」

我得犒賞一下努力的艾爾玟。剛買的洗髮劑也一起拿出來吧。我還得幫她煮熱水才行。

我辛辛苦苦地把洗衣盆搬到房間裡，讓艾爾玟坐在洗衣盆的中央，把溫水淋在她頭上。在水聲響起的同時，水滴也沿著髮絲與肌膚滑落。我先用雙手把洗髮劑搓出泡沫，才開始幫公主殿下清洗頭髮。為了避免傷到頭皮，也為了避免拔斷頭髮，我用指腹細心地搓揉頭皮，還用手指慢慢地梳洗頭髮。她難得有著一頭美麗的秀髮，我得幫她徹底洗乾淨才行。只要我還有一口氣在，就絕對不會讓她有任何一根分岔的頭髮。

「嗯……」

雖然看不到表情，她好像覺得很舒服，雙手緊抓著洗衣盆，還稍微仰起了上半身，就好像貓一樣。小巧的屁股也抖了一下，讓洗衣盆的水面掀起了波紋。

「妳真的很喜歡被人撫摸頭髮。」

「那是因為你摸的技術太好。」

「不是因為摸的人是我嗎？」

「討厭鬼。」

艾爾玟回過頭來，臉龐跟耳朵都紅透了。

幫她洗好頭後，我開始幫她洗脖子與背後的頭髮。我用沾滿泡沫的雙手捧起那頭深紅色的長髮，用指縫一束一束地梳洗乾淨。

多出來的泡沫從肩膀流向前方，沿著美麗的弧線滑落。真羨慕，我也想要變成泡沫。如果可

以，我想走到她面前，仔細地幫她把身體洗乾淨。不然就是從腋下把雙手伸到前面，盡情地揉個過癮。

艾爾玟突然左右甩頭。泡沫四處飛散，跑進我的眼睛。痛死人了。

「妳不要突然亂動。」

「抱歉，有泡沫進到眼睛裡了。」

她用快哭出來的聲音向我道歉。

「沒關係。那接下來就輪到背後了。」

我改用稍熱的熱水，幫她把泡沫沖掉。讓那頭紅髮披在身體前方，就能看到髮際與泛紅的後頸……果然很顯眼。晚點幫她塗上白粉吧。

「需要幫妳洗前面嗎？」

「不需要。」

「妳不用跟我客氣，我會讓妳很舒服的。」

「我已經說過不需要了！」

若繼續捉弄她，她可能會真的動手揍人，我只好乖乖幫她擦背。反正我遲早會等到機會吧。

「麻煩用力點。你的力氣就跟小孩子差不多，我每次都沒有感覺。」

「知道了啦。」

我現在完全就是她的僕人，但我覺得這種生活也不錯。我不曉得這種生活會持續多久，不過為了維持這種生活，我想把麻煩的事情解決掉。

——如果情況允許，我希望可以不用鬧出太多人命。我懷著這樣的期待，繼續清洗公主騎士殿下的美背。晚點還得拿出糖果犒賞她。

「灰色鄰人」是個被荒野圍繞的城市，但也有不是荒野的地方。只要往南方前進一段距離，就能揮別植被低矮的草原，看到許多四處散落的小型樹林。

因為樹林附近有危險的魔物出沒，而且這裡離通往帕拉迪的道路有點遠，幾乎不會有人來到這個地方。

在那片樹林的正中央，有一片面積不大的草原。這裡的地勢略低於周圍，旁邊還有蒼翠茂密的樹木，從外面的草原完全看不到這裡。

這裡原本長滿那種很高的雜草，但我都會定期來割草。

我不是園丁，也沒有人拜託我做這種事，只是因為草長得太高對我來說並非好事。我上次過來是大約三個月前的事，但草已經長到我的腰際，讓我不得不拿起鐮刀割草。看來我跟對方約在下午見面是正確的。

因為昨天忙到很晚，艾爾玟應該還在睡。

我馬上就要跟那位公主騎士殿下的隊伍成員對決了，說不定還會演變成生死決鬥。想到她會有多麼難過，我就覺得心痛，但我可不是那種願意乖乖被殺的聖人。誰想殺我，我就殺誰。我向來都是這麼做的。

當我完成割草的工作，坐在倒下的樹幹上休息時，我感覺到有人接近。對方一邊踩碎樹林裡的落葉一邊走了過來。最後，那傢伙走出樹林現身了。

「哈囉，我等你很久了，聖童貞騎士閣下。」

路特維奇・路斯塔卿板起了臉孔。

「你這個該死的傢伙，少給我得意忘形。」

路特維奇用毫不掩飾敵意的眼神瞪著我。

雖然頭盔還抱在手上，他現在可說是全副武裝。他穿著銀白色的鎧甲與紅色披風，還揹著厚重的大劍，完全就是會出現在吟遊詩人之歌裡的騎士。

「偶然可不會接連發生那麼多次。我這次要親自動手，確實解決掉你。」

路特維奇在離我還有十步之遙的地方停下腳步，與我對峙。

「沒有商量的餘地嗎？」

我站了起來。

「真是遺憾。」

「那是我要說的話。」

路特維奇握緊拳頭，手甲也跟著發出聲響。

「讓你這種無能的軟腳蝦整天黏著公主殿下，實在令人感到不快。」

「老大，那種虛情假意的話就別說了吧。」

我聳聳肩膀。

「你以為我沒發現嗎？你早就愛上艾爾玟了。你想殺我不是因為身分地位或名譽那種好聽的理由，只是被人橫刀奪愛心有不甘罷了。我有說錯嗎？」

「你胡說！」

「我一直都很擔心，不知道你什麼時候會脫掉那身鎧甲，直接撲到艾爾玟身上。表面上裝得像是正人君子，結果滿腦子只想著跟女人打炮，這種人最噁心了。」

「住口！」

「我也是個男人，可以體會你的心情。所以就算你懷著下流的妄想，用艾爾玟來打手槍，我至今也都是睜一隻眼閉一隻眼。不過你這次做得太超過了。明明只要你跟我說一聲，我就可以介紹長得像她的娼婦給你認識……」

「我不是叫你住口了嗎！」

路特維奇大聲怒吼，還把手裡的頭盔扔向我。銀色的頭盔一邊旋轉一邊劃過我的右手，就這樣消失在樹林之中。

「我無法忍受你這種人渣繼續纏著公主殿下，我要在這裡宰了你。就算這會讓公主殿下不高興，我也不管了！」

路特維奇高舉著劍，使勁在地上跺了三下。

還不到十秒，我就感覺到有人從樹林裡衝了過來。對方有五個……不，應該有六個人。

從樹林裡衝出來的傢伙全都是做冒險者打扮的男子。他們應該是聖童貞騎士花錢請來的打手吧。這些傢伙全都給人一種狼狽落魄的感覺，就像是在暗巷裡逃竄的老鼠。還有個穿戴著鐵甲、頭盔與鎖子甲，外表像盜賊的男子微彎著腰，雙手拿著短劍，像貓一樣找尋撲過來的機會。

「你已經無處可逃了。我早就確認過這裡沒有你的援軍與伏兵。」

「這裡才沒有那種傢伙。」

因為只要有我一個人就夠了。

「『嘴砲王』，別以為你今天有辦法活著回去。」

頭上還纏著繃帶的比爾手裡拿著出鞘的劍對我嗆聲。

「哈囉，你也來啦。」

看來他接受了聖童貞騎士的邀請。可憐的傢伙。

「你能逃過亞斯頓兄弟的追殺，也是那個臭矮人幹的好事吧？可是，他今天沒辦法來這裡救你了。因為他正在『迷宮』深處幫愚蠢的菜鳥收屍……」

「滾開。」

比爾被人從後面推了一下，整個人倒向前方。他想出聲抗議，但看到對方的臉就閉上了嘴。

「你就是馬修？」

推開比爾走到前面的傢伙是一位壯漢。雖然身高跟我差不多，肩膀卻比我還要寬上一截。他扛著疑似特別訂製的巨斧，榛色的眼睛裡燃燒著怒火。

「我叫納許。我要幫內森和尼爾報仇。」

「你是他們兩個的同伴？」

根據德茲的說法，他們應該沒有其他同伴。

「我是他們的弟弟！」

我無言以對。

「我從前天就再也沒見到兩位哥哥了。我回到旅館，去他們的房間找人，卻在地板上發現了血跡。那是你幹的好事對吧！」

我仰天長嘆。那個可惡的大鬍子竟然沒告訴我他們是「三兄弟」。

「我不管你有什麼理由。可是，我絕對要殺了你。」

「等等，拜託你不要這麼衝動。」

納許往前踏出一步，我只好趕緊伸出手，叫他不要過來。

「這一切都是誤會。只要我們好好談過，你一定可以理解的。他們兩個的死是一場意外，我並不打算殺死他們。是真的，我願意對神發誓。」

「讓繩索繞過天花板上的橫樑把人吊死，也能算是『意外』嗎？」

「……」

「橫樑上還有繩索留下的痕跡，椅子上也留有巨大的鞋印。穿著那種大尺碼鞋子的傢伙，在這個城市裡可不多見。而且我逼問過旅館裡的臭老頭後，他就全部告訴我了。他說你去過旅館的二樓，而且不知道在忙些什麼。」

「原來如此……」

我發自內心感到欽佩。他調查得很仔細。看來他有別於粗獷的外表，觀察力很敏銳。

「你沒有把我交給衛兵處理，想親手砍下我的腦袋，才會接受那位聖童貞騎士的邀請吧？」

「很遺憾。我要在這裡慢慢玩死你。」

「不，其實我很感謝你。」

我開口道謝。

「多虧有你的好意，我才不需要與衛兵為敵。簡單來說，只要能封住在場所有人的嘴，我就能得救了不是嗎？」

「你腦袋壞掉了吧？」

在旁邊聽我們對話的比爾往地上吐了口口水。

「獨自對付這麼多人，你以為自己還能撿回一命嗎？就憑你手上那把鐮刀？」

聽到他這麼說，我才發現自己手裡還拿著鐮刀。

「我就是這麼認為的。」

我把鐮刀往後面一扔。生鏽的鐮刀在空中劃出一道弧線，就這樣消失在樹林之中。因為晚點還得把鐮刀撿回來，我記下了鐮刀掉落的位置。納許滿臉狐疑地皺起眉頭，但我其實並沒有什麼計策。那把鐮刀真的只是用來割草的工具。

而且我早就準備好武器了。

「你們以為我為什麼要把你們叫來這裡？理由就跟你們一樣。因為我要在衛兵看不見的地方把你們全部解決掉。」

我微彎著腰，用雙手抓住剛才坐著的樹幹。這根樹幹長達五約魯（約八公尺），而且應該有一個成年人的身體那麼粗。我感受著頭頂上的陽光，把樹幹舉了起來，扛在肩膀上。沉重的樹幹陷進了肩膀，但是問題不大。唯一的問題就是，表面粗糙的樹皮刺痛了我的肩膀。

「這才是我的武器。」

「怎麼可能。」

路特維奇睜大雙眼，往後面退了幾步。

「你怎麼會有那種力量……」

「這種程度不算什麼。」

我單手扛著樹幹上下晃動。雖然有點重，但跟我舉起「獨眼巨人(Cyclops)」的腳那時候相比，這根本不算什麼。更何況，現在還是這種萬里無雲的晴天，太陽甚至大得令人不爽。

我伸出空著的手，向敵人招了招手。

「放馬過來吧。小鬼們，你們應該不是來野餐的吧？」

儘管有些畏縮，對方還是動了起來。那位身上裝備最輕巧，打扮得像是盜賊的男子，揮舞著手中的短劍繞到我身後。我能感覺到他先是虛晃一招，假裝要左閃右閃後就往前跨步衝了過來。

「看招。」我朝向感覺到敵人的地方揮舞樹幹，下一瞬間就聽到了沉悶的聲響。

我回頭一看，發現那個打扮像盜賊的矮小男子腦袋已經狠狠撞上樹林裡的樹，開出了一朵紅花。既然連腦子都出來透氣了，我想也不需要給他致命一擊了吧。

「先解決一個。」

突然失去同伴，讓冒險者們同時慌了起來。

「大……大家小心！這個混帳的力氣大得嚇人！」

聽到比爾如此警告後，其他人點了點頭，遠遠地包圍著我。雖然同伴被一擊打死似乎讓他們心生動搖，但他們很快就振作起來。

一個用鎧甲與頭盔包覆著全身，手裡還拿著盾牌的男子，從前方向我逼近。他背後還有兩名手裡拿著劍的冒險者。

在他們的視線前方，也就是我的背後，比爾和納許也拿著巨大的武器虎視眈眈。

敵人打算讓我前方的持盾者負責擋住攻擊，然後趁機從背後解決掉我。如果我打算先解決背後的傢伙，正面的傢伙就會趁機發動攻擊。雖然這種戰術很單純，但同樣難以破解。

我把手裡的樹幹高舉過頭，朝著正面的持盾者揮下去。那傢伙很快就做出了反應。他面無血色地丟掉盾牌，直接往旁邊跳開。這也是很正常的反應，天底下沒有伐木工會蠢到想接住倒下來的樹。

不錯喔，這個判斷很正確，如果對手不是我……

在往下揮舞的樹幹撞到地面的前一刻，我把力量灌注在手臂上，硬是改變樹幹揮出去的方向。橫向甩出去的樹幹精準地從持盾者的腦袋將他打飛，還順勢旋轉半圈，擊中揮劍砍過來的比爾的手臂。比爾整個人像是被猛牛撞飛一樣在空中飛舞，最後摔落在草叢裡面。他似乎在墜落的時候摔斷了頸骨。我還以為他會發出呻吟，結果他直接就一動也不動了。

持盾者依然戴著將近一半都凹陷下去的頭盔，整個人吊掛在樹枝上。看來也沒必要確認這傢伙是死是活了吧。

那兩個躲在持盾者背後的傢伙嚇得臉色發白，轉身就跑。

「別忘了你們的東西。」

我用雙手把樹幹丟過去。樹幹水平飛向天空，最後擊中他們兩人的背後，就這樣把他們壓在底下。

「食人魔……」

「你這傢伙真沒禮貌。」

聽到納許這麼小聲呢喃，我氣得鼓起臉頰。

「我這種帥哥哪裡看起來像食人魔了？」

儘管這種說法無懈可擊，但納許並沒有接受，他把戰斧當成小熊玩偶一樣緊緊抱住，緩緩退向後方。

「放馬過來吧。我都已經赤手空拳讓你了，你不是要幫兩位哥哥報仇嗎？還是說，你已經嚇到尿褲子了？」

然而，納許還是沒有要跟我打的跡象。照這樣下去就太浪費時間了。我稍微清了清喉嚨後，說出了違心之論。

「趕快過來啦，膽小鬼。想知道你的兩位哥哥最後說了什麼遺言嗎？他們竟然喊著『媽媽，救命啊』。如果你還不想死，就趕快滾回去找你老媽，記得別再喝奶了，叫她改餵你喝尿吧。你這個吃狗屎長大的沒種屁孩。」

納許發出怒吼。他情緒激動地高舉戰斧。

雖然那把戰斧不是很鋒利，要是被打中，腦袋還是會被劈開。我側身避開劃破空氣揮下來的戰斧，同時繞到納許的側面，揮出右勾拳打在他的臉頰上。

我揮出這拳原本只是想要牽制對方，卻害得他另一邊的臉頰也撞到地面，而且還在地上留下了臉印。

「你好熱情。該不會是對我一見鍾情了吧？」

納許露出驚恐的表情，身體也不斷痙攣。看來他並沒有昏死過去。

「你……到底是何方……神聖？」

「你不需要知道那種事。」

我撿起掉在地上的戰斧。

「慢……慢著！」

「那我們也差不多該道別了。去到那邊之後，你們兄弟也要好好相處喔。還有就是……對了，等我去到那邊後，希望你能介紹可愛的女孩給我認識……啊，拜託別告訴艾爾玟這件事喔。

還有就是……哎呀？」

當我想著這些事情的時候，因為這把戰斧太過沉重，害我不小心就放到地上。納許的腦袋跟身體已經分家。

我環視周圍，找尋敵人的餘孽，結果聽到被樹幹壓住的傢伙那邊傳來了呻吟聲。其中一名男子被壓斷背脊死了，另一名男子正試著拔出被壓在底下的腿。

「不好意思，讓你久等了。」

我扛起納許留下的戰斧，臉上露出微笑。我並不喜歡讓敵人痛苦太久。

「慢……慢著。」

男子努力翻滾到樹幹的另一側，用彷彿要吐血的聲音這麼說。在他的右眼上方，有一塊像是燙傷的胎記。

「我投降，我認輸了。我保證再也不會接近你。」

男子把劍丟掉，雙膝跪地，還舉起了雙手。

「這可就傷腦筋了呢。」

我不忍心殺死手無寸鐵的人，便把戰斧放到地上。

「對了，既然說要認輸，那你就是俘虜了。如果你願意付贖金，要我放你一馬也行。」

「我……我馬上給你。」

對方把手伸進懷裡。我用拇指彈出一顆指尖大小的石頭。胎記男大聲哀號，按著自己的手縮起身體。從他懷裡掉出一顆用紙包裹固定住的小球。

他應該是想把這東西丟過來，趁我看不到時把我殺掉吧。

「好久沒看到這種『煙霧彈』了。」

「真是太好了。」

我把「煙霧彈」丟了出去。看到樹林裡冒出黑煙後，我鬆了口氣。

「這樣我就能放心宰了你。」

「請……請你饒我一命！」

他拖著受傷的腿，根本沒辦法逃跑，只能含著眼淚不斷後退。

「我只是受人所託，而且……我還有家人，我還有妻子和剛滿八歲的女兒！要是我死了，她們都會失去依靠！」

「要是我見到你的家人，會幫你傳話的。」

我再次舉起戰斧。

「我會告訴她們，說妳們的丈夫與爸爸死得毫無意義。」

沉悶的聲響蓋過了求饒的聲音。現場只剩下一具腦袋跟生日蛋糕一樣被剖開的屍體。我不恨他，但讓他活著也沒有好處。

「你要怎麼做？只剩下你一個了喔。」

當我準備回頭的瞬間，背後就感覺到一陣寒風。我趕緊丟掉戰斧往後跳開，聖騎士的大劍也在下一瞬間砍進地面。

「沒自報名號，突然就從別人背後偷襲嗎？難道最近的聖騎士都流行用這種卑鄙的戰術？」

「給我閉嘴！」

路特維奇大聲怒吼，修剪整齊的鬍鬚也微微抖動。

「你這傢伙……竟然故意隱瞞自己的真實身分。」

「你這話是什麼意思？」

「別跟我裝傻！擁有那種蠻力的人可不多！」

他的聲音裡充滿了憤怒與恐懼。

「你就是那個『巨人吞噬者（Giant Eater）』……『百萬之刃（Millions Blade）』的馬德加斯對吧！」

「想不到還能聽到這個懷念的名字。」

在大海對面的東方大陸上，曾經有個七人一組的冒險者團隊。在武力、魔法與智慧等方面，他們全都分別擁有優於萬人的能力，立下了輝煌的功績。而且七個人都得到了「七顆星」，是當時公認最強的冒險者團隊。那就是「百萬之刃」。

而他們之中的馬德加斯憑著遠超常人的體力與臂力，更是立下了無數的功績。他曾經絞殺牛頭人、咬斷吸血鬼的喉嚨、用頭槌撞碎山羊頭惡魔（Baphomet）的腦袋、折斷巨龍的牙齒，甚至是赤手空拳在鋼鐵巨人的肚子打出一個洞，因此得到了「巨人吞噬者」這個稱號。當時光是聽到他的名字，其他冒險者就會嚇得逃跑。而且他長得超帥，身高又高，說話風趣，床上功夫也是一流，所以很有女人緣。如果拿掉胸無點墨這個缺點，他可說是一個完美無缺的男人。

「我聽說『百萬之刃』解散以後，那傢伙就銷聲匿跡了……你隱瞞自己的真實身分接近公主殿下，究竟有何企圖！」

「你認錯人了。」

我聳聳肩膀。

「那傢伙早就死了，死在某個菊花開開的『太陽神』手上。站在這裡的男人如你所知，就只是公主騎士殿下的可愛小白臉。」

「我受夠你的屁話了！」

路特維奇煩躁地揮劍砍在地上。劍尖把岩石像奶油一樣切開，直接刺進地面。對了，我記得那傢伙的劍好像是某種魔法劍。根據艾爾玟的說法，那把劍可以透過魔法的力量，在短時間內變得更鋒利，不管是鋼鐵還是岩石都能劈開。

「我要在這裡殺了你。我不能讓你這種可恨的蛆蟲活在世上。」

他把劍拔了出來，舉到胸口附近擺好架式，用滑步慢慢逼近。

他非常謹慎，似乎是打算確實地解決掉我。

我沒必要奉陪，但天上也開始有雲出現。我的時間不多了。

還是趕快把他解決吧。

我展開雙手像是要擁抱愛人一樣，大搖大擺地走過去。

路特維奇的表情很僵硬。因為他穿著鎧甲，身手無論如何都會變得遲鈍。要是被我抓住身體壓倒在地上，他就死定了。不管是要破壞關節還是要折斷頸骨，都是隨我高興。

只要我再前進幾步，就會走進那把大劍的攻擊範圍。路特維奇在這時大聲怒吼。他靠著滑步縮短距離，拿著大劍往下劈。我舉起雙手。

猛烈下劈的大劍在我頭頂上定住不動，因為我用雙手夾住了劍身。

「什麼……！」

「不好意思。我的目標從一開始就是這把劍。」

我依然用雙手夾著劍，就這樣改變姿勢，側身靠了上去，像是要鑽進路特維奇的懷裡。被我使勁夾住的魔劍就這樣從路特維奇的雙手中鬆脫。被我空手奪劍的聖童貞騎士失去平衡，整個人倒向前方。踉蹌了幾步後，他就往前摔倒在地，而且還很自然地把屁股對著我。

「啊……哎呀，該怎麼說呢……」

我面露苦笑，搔了搔頭。

「不好意思，我的『魔劍』早就獻給公主騎士殿下了。就算你主動勾引，我也不可能乖乖騎上去，我這人還不至於那麼沒節操。你至少也得先把那身鎧甲脫掉吧。如果讓我看看你光溜溜的小屁屁，說不定就會改變主意了。」

「你這個混帳……！」

路特維奇回過頭來，整張臉都被染成紅黑色。他無視鬍鬚與臉上的泥土，揮拳朝我打過來。

「算了吧。」

我把魔劍往後一扔，接住了他的拳頭。

「就算被女人甩掉，也不應該隨便動粗。」

我使勁握緊他的拳頭。聖騎士大聲慘叫。赤紅的血水從銀色手甲的隙縫流了出來。為了逃離這種痛楚，路特維奇改用左手揮拳打過來。

我不想挨揍，只好把抓住的右拳高舉過頭。右手被我這麼一拉，讓騎士被吊在空中，身體緊貼著我。路特維奇的臉也自然貼了過來。

「想要我吻你嗎？」我咧嘴一笑。「但是我拒絕。」

我轉身背對他，使勁拉扯他的手臂。路特維奇的身體連同鎧甲一起飛越我的背後，直接一屁股摔在地上，發出巨大的聲響。

「還沒完，再來一次。」

我用同樣的方法，再次把路特維奇整個人連同手臂一起甩出去。這次是背後，下次則是讓他用肚子跟地面接吻。我準備再次把他舉起來，但他已經無力反抗。光是要忍受全身上下的劇痛，似乎就讓他拚盡全力了。看來連續跟地面接吻三次，重創了他腰部跟背部的骨頭。

「你太拚了喔。也不想想自己都幾歲了，次數還是節制一點比較好。」

「殺了我。」

他有氣無力地這麼說。

「受到這種屈辱，我也活不下去了。而且只要你向公主告狀，我一樣會完蛋。」

他那種看開一切的說法讓我覺得很不爽。

「喂，大叔。」

我讓趴倒在地上的聖騎士抬起頭來。

「你只懷著這種程度的覺悟就跑來當艾爾玟的護衛嗎？別說那種傻話了。難道你不知道她是懷著什麼樣的覺悟在挑戰迷宮？」

「我當然知道。」路特維奇驕傲地這麼說。

「為了拯救被魔物滅亡的祖國，儘管年紀尚輕，還是永遠身先士卒，帶領著我們前進。那副模樣就像是傳說中的女武神，讓我們……」

「就這樣？」

我想聽到的可不是吟遊詩人傳頌的英雄傳說。

「我原本也認為征服『迷宮』是不可能實現的願望。可是，公主殿下沒有放棄希望。在沒有光明的黑暗之中，她也總是率先衝向魔物，為我們指引前進的方向。為了復興王國，幫人民與家臣奪回土地，替死去的國王陛下與王妃殿下報仇，她一直賭命戰鬥。就算失去了同伴，她也不曾停下腳步。一切都很順利……『直到你出現為止』！」

「夠了。」

我放開手。聖騎士第四次跟地面接吻，下巴直接撞在地上。

到頭來，這個大叔根本什麼都不懂。他不知道自己該保護的女性到底是個什麼樣的人。他應該只看重「公主騎士」這個頭銜，對其內在完全不感興趣吧。想到這裡，就讓我覺得為了這種事情生氣實在是很蠢。

我撿起魔劍，在路特維奇面前往下一刺。魔劍深深地陷進地面，直到被劍柄卡住才停下來。劍柄的飾物上映照出一張蠢臉。

「給我聽好，今後不准再有想殺我的念頭。如果你乖乖照做，這次的事情我可以幫你保密。可是，要是你又打算殺我，或是告訴別人今天的事情，我就會對公主騎士殿下說出一切，毫無保留。」

「你不殺了我嗎？」

「要是我有這個打算，早就動手了。」

我嘆了口氣。為什麼這位聖騎士如此遲鈍？

「要是我殺了你，還有誰能在『迷宮』裡保護艾爾玟？」

「不是還有你嗎？」

「拜託別說那種傻話。」

我搖了搖頭。

「我有屬於我的使命。我不是這麼告訴那位小弟弟了嗎？我們的工作沒有貴賤之別。總之，你什麼都不用想，只管保護好艾爾玟就對了。」

路特維奇還是一臉茫然的樣子，就這樣躺在地上不動。算了，反正我該做的都做了。

「再見，我先走一步了。對了，這裡就交給你善後嘍。」

我轉身走進樹林，準備去撿剛才丟掉的鐮刀。下一瞬間，我的身體就像泡在熔化的鉛裡，突然變得無比沉重，連要動一根手指都很困難。雖然我「早就習慣」了，還是覺得很不爽。不過，我必須站穩腳步，不能讓人看到自己狼狽的一面，因為我還能感覺到來自身後的目光。那位聖童貞騎士就這麼在意我的屁股嗎？

我撿起飛得比預期還要遠的鐮刀，穿過樹林來到荒野。這裡連草都長不出來，岩石與乾燥的地面上刻畫著扭曲的紋路。

呼嘯而過的風讓我魁梧的身軀微微顫抖。我抬頭看向烏雲遍布的天空。要是現在跟別人打起來，別說是路特維奇了，我恐怕連個無賴冒險者都打不贏吧。想不到我連要跟別人「打架」，都得看老天爺的臉色，實在是太沒出息了。這一切都是那個垃圾太陽神害的。

當時，我們「百萬之刃」正在探索「太陽神之塔」這個遺跡。據神話所說，那是太陽神替自己打造的地方，裡面藏有堆積如山的金銀財寶。在那個直達天際的高塔中，我們跨越無數魔物與陷阱，最後終於成功抵達最上層。正當我如此認為時，腦海中直接響起了聲音。

【汝今後只能在吾目光所及之處，發揮原本的力量。】

被我們擅自闖進寢室似乎讓太陽神非常不爽，那個屁眼狹窄的太陽神對我們下了「詛咒」。有人失去了視力，有人變得無法使用魔法，有人失去了當冒險者的目的，而我則是被奪走了「力量」。

因為那個尿失禁太陽神的「詛咒」，我變得無法隨心所欲使出全力。只有受到那傢伙監視，也就是陽光照在身上的時候，才能發揮真正的實力，在陰暗的地方不行，天上有雲也不行，在建築物裡更是沒辦法。而冒險者是一種見不得光的行業，別說是「迷宮」了，我連森林與洞窟都去不了。一旦天色變暗，就算是在開闊的草原或荒野上，實力也會變得比普通人還要弱。我身為冒險者的生命就此結束。

隊伍因此解散，我也不做冒險者了。

有些同伴當上了大官，也有人靠著過去的人脈找到工作。

可是，我的頭腦不是很好，也不會使用魔法，就連要我寫字，我也只會寫自己的名字。我唯一的長處只有戰鬥，根本找不到正當的工作。不光是這樣，以前被我欺負過的傢伙跟他們的同夥還發現了這件事，紛紛跑來要我的命。我只好落荒而逃。

我失去財產，捨棄名字，四處流浪，最後飄洋過海來到名為「灰色鄰人」的「迷宮都市」，但這裡是屬於冒險者的地方。我在這裡還是找不到正當的工作，卻在混吃等死的時候遇到艾爾玟這位「深紅的公主騎士」，又經歷了許多事情，最後才走到今天這一步。

我明明是為了艾爾玟在努力奮鬥，卻還是得看老天爺……不，是那個太陽神的臉色，實在是讓人幹不下去。可惡，想到就不爽。

太陽從雲縫中探出頭來。好幾道炫目的光芒讓我瞇起眼睛，對著天空豎起中指。

回到城裡後，我為了抄近路回家，從大馬路轉彎走進「剝皮街」。因為現在還是大白天，街上只有小貓兩三隻，但也有一些傢伙早就喝醉，站在店門口嘔吐。每天不弄髒馬路一次就活不下去的蠢蛋，在這個城市裡多到不行。

當我捏著鼻子前進時，有兩名男子拿著擔架從後方逐漸接近。擔架上扛著一名男子，男子的臉上蓋著白布，拿著擔架的兩個人也表現出一臉厭煩的樣子。看來他們正準備把死在路邊的窮人搬到「千年白夜」裡丟掉。男子的胸口被染成紅色，看起來像是被強盜襲擊，不然就是跟別人打架了吧。

當擔架從我身旁經過時，擔架上的男子正好失去平衡，身體晃了一下。

就在那一瞬間，有個小小的東西從擔架上掉了下來。

那是一顆杏仁。

我回頭一看，發現擔架上的男子無力地垂著手，手腕還冒出了黑色的斑點。

目送擔架離去後，我撿起那顆杏仁。我拍掉上面的灰塵，把杏仁放進口袋，然後繼續在「剝皮街」前進。這個城市就是這種地方。那傢伙運氣不好，就只是這樣罷了。身後傳來清脆的聲音，應該是有人踩碎杏仁了。這也是常有的事。掉在地上的東西，不見得全都會被人撿起來。

我是在兩天後的晚上才聽說路特維奇離開團隊的事情。

「聽說他走在街上的時候，被一群無賴纏上了。他勉強打跑了那些人，但腰部也受到重傷，據說就算用魔法也很難治好。他只能暫時回到親戚那邊專心靜養。」

艾爾玟難掩失望之情。

「這樣啊。那可真是遺憾。」

我表面上說得好像很同情他，其實暗自鬆了口氣。他似乎打算徹底守住我們兩人的祕密。雖然他為此脫離團隊令我感到遺憾，但這也是他自作自受。

「那『迷宮』那邊要怎麼辦？」

「他親戚那裡似乎會派人過來支援。他也想過要在這個城市裡招募新隊員，但還是找可以信任的人比較好。」

雖然馬克塔羅德王國騎士團已經瓦解，其倖存者依然散在各地。路特維奇似乎打算透過這層關係招募新隊員。

「在新隊員抵達之前，我們只能暫時在上面的樓層冒險，以免判斷力與身手退化。」

對想盡快征服「迷宮」的她來說，這無異於原地踏步。

「最近真是禍不單行。不但家裡遭小偷，還失去了同伴。」

她不在家的時候有小偷闖進來的事，我已經告訴她了。

「妳也別太氣餒了，總是會有好事發生的。」

為了幫她打起精神，我努力表現出開朗的樣子。

「別心急。要是太過逞強，反而會讓征服『迷宮』的時間延後。」

「你說得對。」

「坐下來等等我吧。再一會，一流主廚親手做的豪華全餐就要上桌了。」

今天的晚餐是沙拉、炒鱈魚和燉牛肉，湯裡還放了雞肉和豆子。

當我站在廚房裡品嚐湯頭的味道時，突然有種溫暖的感覺貼了上來。我聞到甜甜的香氣，衣袖還被人輕輕扯了幾下。

我忍不住苦笑。

「馬上就要吃晚餐了耶。」

「我知道。」

從背後傳來的聲音聽起來像是小孩子在鬧脾氣。

「妳已經忍不住了嗎？」

我感覺到她似乎點了頭，抱在我腰上的雙手正微微顫抖。

「聽說路特維奇離開之後，我覺得很不安，又看到你的臉，所以……」

「真拿妳沒辦法。」

我丟下還沒煮好的湯，直接弄熄爐火，然後輕輕摟著艾爾玟的肩膀。

「東西就放在二樓，我去拿過來。」

「我也要去。」

「遵命。」

我帶著艾爾玟爬上樓梯前往二樓。

這位公主騎士殿下還真是喜歡使喚別人。

當個小白臉也不輕鬆呢。

第二章

小白臉總是晚出早歸

因為跟公主騎士殿下同居，似乎讓世人以為我是個大情聖。

這讓許多人都會跑來找我商量戀愛方面的事情，不是問我該怎麼把到那個女人，就是問我男友花心該怎麼辦。

凡妮莎跑來找我商量的事情也是如此。

「史達林最近好像怪怪的。」

坐在櫃檯後方的她說出這句話的同時，露出擔憂的表情。

我現在人在交易所旁邊，獨立於冒險者公會大樓之外的鑑定室。房間中央有一道石牆，像是從右到左拉了一條線般區隔出兩個區域。最左邊有一扇小門，但總是上著鎖，只能從另一邊打開。房間的中央是櫃檯，半透明的玻璃板上加裝了可以打開的蓋子，用來讓物品出入。冒險者只要把想要委託鑑定的物品放進蓋子裡，就能把東西交給櫃檯後方的鑑定師。

凡妮莎是冒險者公會的鑑定師。

公會會收購罕見的花草或魔物的皮毛、鱗片與骨頭這類貴重物品，然後賣給工匠或貴族收藏家。

可是，冒險者拿來的東西不見得全是真貨。有些智能不足的傢伙會硬把雞骨頭說成是龍骨，頭腦比較好的傢伙還會故意把東西弄髒，讓東西看起來像是真貨。就算他們不打算騙人，有時候也會因為無知，誤把沾著狗尿的烏頭當成傳說中的藥草。

而鑑定師的工作就是鑑別這些外行人拿來的東西。

他們必須擁有廣泛的知識，從魔物的生態到製作與看穿冒牌貨的方法都得了解，還需要具備能鑑別真偽的眼光以及豐富的經驗。我在冒險者時代也去過許多地方的公會，沒有優秀鑑定師的公會通常都不怎麼樣。就某種意義來說，鑑定師是冒險者公會裡最重要的職務。

凡妮莎可說是一流的鑑定師。聽說她是藝術品商人的女兒，從小就練就了出色的眼光。在她十七歲的時候，因為家裡生意失敗，家庭分崩離析，她才會來到冒險者公會任職。

在滿是腦袋空空的退休冒險者的公會裡，她算是少數的聰明人。

她有著栗色的眼睛，微微泛紅的茶色頭髮整齊地綁在脖子旁邊。雖然一臉倦容，肌膚還是很有光澤。我不知道世人對她的評價，但在我看來，她完全可以算是一位美女。

我是在跑來公會找德茲討零用錢的時候認識凡妮莎，她跟其他人不同，沒有對我抱持偏見。

在這個冒險者公會裡，也只有德茲、艾普莉兒與凡妮莎願意正常地對待我。

我以前閒著沒事幹的時候，曾經在旁邊觀察她鑑定物品的樣子，發現她真的很厲害。她在堆積如山的藥草之中成功找出唯一一根貴重的藥草。她可說是暗中支撐著這間冒險者公會的臺柱。

雖然公會裡還有其他鑑定師，只有凡妮莎擁有屬於自己的鑑定室。

「史達林那傢伙不是一直都很怪嗎？」

我整個人靠在椅背上，冷冷地這麼說。

「他不是又把從紫色的海裡爬出來的觸手怪物說成是妳了嗎？那傢伙生病了，不是腦袋，就是眼睛。也可能兩邊都被酒精搞壞了，妳最好帶他去看醫生。」

「才不是呢。你誤會他了。」

凡妮莎搖了頭。

「他只是用抽象的畫風描繪出自己的心象風景。那是兩百年前在多里姆納王國曾經流行過的一種手法，因為他是個知識淵博的男人。」

「他就只是個廢材，跟妳過去交往過的那些男人沒兩樣。」

凡妮莎長得漂亮，工作能力又強，但有個致命的缺點。那就是她沒有看男人的眼光，還是無藥可救的那種。

我流浪到這個城市差不多有兩年之久，她也在這段期間換了不少男人，那些傢伙不是人渣就是廢物。

瓦特金是個最喜歡喝酒與欺負弱者的傢伙，整天不是喝酒就是打小孩，結果不小心打到黑道的兒子，後來就再也沒人見過他了。達尼因為沉迷於鬥雞，不但從凡妮莎家裡偷走金錢與寶石，甚至還想對公會的鑑定品下手，結果被人砍掉了手臂。歐拉夫把腳踏多條船當成理所當然的事，最後得了病死掉了。奧斯卡是賣「禁藥」的藥頭，因為私吞黑道手中的貨，永遠從這個城市裡消失了。

而她目前交往的男友名叫史達林，是一個小她兩歲的畫家。史達林是柔弱的斯文男子，長著一張帥臉，但毫無繪畫的才能。連我這個外行人都看得出來，他畫得超級爛。如果只是沒有才能就算了，他還總是喜歡找藉口，不是說今天沒那種心情，就是喊著手痛，不願意認真畫畫。

我是沒有資格說這種話，但她應該慎選男人才對。

不過，就是因為凡妮莎是這種女人，她才會願意跟我這種人出來喝酒，偶爾還會借我錢用吧。她簡直就是我的救贖之神。雖然太陽神那種傢伙比廁紙還要沒用，如果是為了她，就算要我立刻剃度也行。反正公主騎士殿下心胸寬大，不會對我個人的信仰說三道四。

「妳想找我商量什麼事？除了床事之外，我好像也沒辦法給妳什麼建議。」

我還得忙著照顧公主騎士殿下。既然特地抽空，就不可能白白幫忙，而且酬勞當然得事先付清。如果是凡妮莎這樣的美女，我也願意讓她用其他方法支付酬勞，可惜目前為止都只有現金交易。看來我好像「不是凡妮莎的菜」，真是太遺憾了。

「如果妳是想找我商量戀愛方面的事情……不好意思，我只能給妳兩個建議。一個是

『跟他拚了（Go for break）』，另一個是『順其自然（Que sera sera）』。」

凡妮莎嘆了口氣，把手放在太陽穴上，像是覺得頭痛。

「史達林最近變得很敢花錢，家裡甚至多了些我給他的零用錢根本買不起的東西。」

「他可能找到金主了吧。」

「他的畫連一幅都沒有賣掉。」

我嚇了一跳。想不到她竟然有辦法區別那些莫名其妙的塗鴉。

「而且鄰居還告訴我，最近好像有奇怪的男人在他的畫室進出。」

「我懂了，應該是那方面的客人吧。」

史達林是個美男子，應該有市場才對。

「不是那方面的客人。」

她加強語氣如此否認。

「我前陣子確認過了，他身上沒有那種痕跡。」

至於她是怎麼確認的，我還是別問了吧。

「簡單來說，就是史達林疑似有靠出賣肉體之外的管道賺錢，妳想知道那是什麼樣的管道對吧？」

「馬修，拜託你幫幫我。」

凡妮莎雙手交握，手勢就像在祈禱。

「這種事我只能拜託你了。就算我直接問他，他應該也不可能告訴我。你跟史達林認識，說不定他願意告訴你。」

「沒問題，交給我吧。」

凡妮莎平常很照顧我，如果只是去幫她探個口風，也不過就是小事一樁。

「那我欠妳的錢可以打幾折？」

「我可以讓你拖到下個月再還。」

她面無表情地這麼說。我嘆了口氣並起身。

「那我立刻去看看情況吧。」

「等等。」

正當我準備走出鑑定室時，凡妮莎從背後叫住我。

「波莉有跟你聯絡嗎？」

我稍微愣了一下後，搖了搖頭。

「沒有，別說是收到她寫的信了，完全沒有她的消息。」

「這樣啊……」凡妮莎的臉蒙上了一層陰霾。

「那女孩到底跑去哪裡了？以前不管日子多麼難過，她還是每年都會去幫自己的媽媽掃墓，現在卻……」

「就算她平安無事，應該也很難回到這裡了吧。畢竟她成了同行們的眼中釘。」

雖然被害者已經離開這個城市，但她的壞名聲即使過了一年也沒有消失。

「她到底跑去哪裡了？想不到她竟然沒跟你說一聲就離開了。」

「因為她不要我了。」

我聳聳肩膀。

「都是我不好。當時的我沒有認真對待波莉。」

「她不是壞女孩。」

凡妮莎露出苦笑。

「她只是比較軟弱。因為太過膽小，容易被人牽著鼻子走。」

「大家都是這樣的，我們兩個也不例外。」

我以前曾經覺得自己跟別人不同，但事實並非如此。如果從我身上拿掉那種過人的武力，我可能比普通的凡人還要不如。

「那她有跟妳聯絡嗎？妳們不是好朋友嗎？」

「完全沒有。」

她略顯寂寞的憂鬱臉龐散發出一種薄命美人的魅力。

「我最近常會這麼想，難道我當時就不能再多為她做些什麼了嗎？」

「妳不要太責備自己。」

我努力安慰她。

「這麼說不是很好，但那件事本來就是波莉自己的錯。為別人著想不是壞事，然而把所有事情都攬在身上也不是好事。」

「你說得對。」

凡妮莎摀著嘴巴小聲啜泣。

「要是她回來了，還請你不要責備她……啊，我好像不該對現在的你說這種話。」

「妳不需要在意那種事。我家的公主騎士殿下心胸寬大，不會為了我過去的風流史生氣。」

史達林就住在城裡南方的「油畫街」。那個地區聚集了一群腦袋壞掉的冒牌藝術家，角落還有一間名叫「山貓黃昏亭」的小酒館，而那傢伙的房間就在那間酒館的二樓。順帶一提，房租都是凡妮莎幫他付的。

我聽著醉漢們發酒瘋的吵鬧聲，爬上酒館外面的狹窄樓梯。樓梯早就變成黑色，還發出快要解體般的聲響。為了方便套出他的話，我帶著較為高級的麥酒。二樓有三個房間，我穿過狹窄的走廊，來到中間那個房間的門口，輕輕敲了敲門。

沒人應門。我隨手一拉，門一下子就打開了。

天花板上有橫樑，傾斜的牆壁上開著小窗，這裡完全就是一個閣樓房間。在這個不算很大的房間裡，勉強擺著許多放有畫布的畫架。畫裡描繪的主題包括風景、花瓶、翹著屁股的大姊姊、頭上戴著皇冠面朝右邊的國王，還有末世的魔王等等，可說是五花八門。唯一的共通點就是，每幅畫都還沒完成。

「嗯？」

我發現房間中央的地板有點滑，低頭往下看才發現只有這附近的地板有些變色。我蹲下來，試著用指尖撫摸地板。我有種不好的預感，整個人趴在地板上，深深地吸了口氣。絕對錯不了。雖然被人擦拭過，但這是血跡沒錯。

那小子到底幹了什麼蠢事？我站了起來，再次環視屋內，發現窗戶底下有個被白布蓋住的東西。因為白布從上方完全蓋住了那東西，讓我無法清楚看出其輪廓，但那東西的頂端把白布像是帳篷一樣撐了起來。如果白布底下藏著這麼大的東西，那東西到底會是什麼？有沒有可能是蹲坐在地上的人類？

我一邊確認有沒有人類的腳從白布旁邊跑出來，一邊抓住白布的頂端，一口氣掀開來。結果我看到一大堆圓滾滾的小石頭。在一張小小的椅子上擺著木箱，箱子裡塞滿了許多小石頭。真是嚇死人了。我終於鬆了口氣，把石頭拿起來一看，這些石頭應該不是寶石，也不是原石。

這到底是什麼東西？正當我對此感到疑惑時，聽到從背後傳來的聲音。我回頭看向聲音傳來的地方，發現這個房間的主人就躺在地板上。

在畫架與畫布的森林深處，史達林就躲在房間的角落，用毛毯裹著身體睡覺。這個房間裡沒有床，因為床好像在他缺錢的時候被拿去賣掉了。他似乎睡得很香，發出的呼吸聲也很平靜。如果他手上握著一枝畫筆，看起來倒還算有模有樣，然而他手裡抓著女人的內衣。看來他昨天玩得很開心。這傢伙整天遊手好閒，靠吃軟飯過日子，拿著那些錢跟別的女人快活，根本爽到不行。

「喂，起床了。」

我用鞋尖在他背上輕輕踢了幾下後，毛毯裡的史達林就動了起來。

「還要再來嗎？我們昨天不是已經轟轟烈烈地相愛過了嗎？」

他一邊說著夢話一邊緩緩抬起頭來。

「咦？馬修，怎麼是你？」

他一副睡眼惺忪的樣子，大大地打了個呵欠。

「我們今天有約好要一起去喝酒嗎？」

「我有點事情要問你，快點起床。」

我再次用鞋尖隔著毛毯踢了踢史達林的腰。

「還是說，你想要來個早安之吻？如果你不嫌棄，我倒是願意獻上熱情的舌吻。」

史達林從地板上跳了起來。

「對了，那邊地板上的血跡是怎麼回事？有人被刀子割傷了嗎？」

史達林搖搖頭。

「那是墨水。是我用寶石獸的血做的。」

寶石獸是一種在「千年白夜」的地下五層附近徘徊的魔物。只要把那種魔物想成是一隻有六條腿，身上還有黑白斑紋的山羊就行了。此外，那種魔物背上還長著蝙蝠翅膀，腳的前端也不是蹄，而是熊掌。順帶一提，那種魔物跑得跟馬一樣快，而且老二也跟馬一樣長。

一旦寶石獸的體液接觸到空氣，黏性就會變強，乾掉之後會緊緊黏在東西上，非常不好清除。因為寶石獸並不是很強悍的魔物，這一帶的人都將其體液當成膠水的替代品使用。

「我正在開發新顏料。如果順利成功，應該能做出很有深度的紅色顏料。」

「那些石頭也是材料嗎？」

「噢，你是說那些嗎？」

史達林從畫布之間探出頭來，疑惑地歪著頭。

「也有一些顏料是把礦石磨碎製成的。」

「我還以為你找到寶石了呢。」

真可惜，如果這就是真相，我就能立刻完成凡妮莎的委託了。

「你不要亂碰我的東西啦。」

史達林站了起來，撿起掉在地板上的白布。

「要是接觸到陽光，這些礦石就會變色，我才會這樣蓋起來。」

「知道了啦。」

我聳聳肩膀。

「對了，我聽說你最近出手很闊綽，是不是找到什麼賺錢的門路了？」

正準備蓋上白布的史達林停了下來。

「這個嘛……」

這種態度實在太明顯了。史達林手繞到背後蓋上白布後，視線開始亂飄。

「你是個好人。」

面對這傢伙的「自白」，我裝出完全可以理解的樣子，嘆了口氣。

「你這個人藏不住祕密。如果你在賺那種不該碰的髒錢，我勸你最好馬上收手。凡妮莎也很替你擔心。」

「你誤會了。事情不是你想的那樣。」

史達林用褲子擦了擦手掌，反駁我的推測。

「我並沒有犯罪，也沒有傷害任何人。不過，做那種事確實不太光彩就是了。」

聽到他這麼說，我突然靈光一現。

「你該不會是在做『搜刮者』的工作吧？」

在「迷宮」裡可以撿到各種東西，例如冒險者在途中掉落遺失的武器或道具，還有死掉的冒險者的遺物，以及被人殺掉的魔物遺骸。對實力高強的冒險者來說，前面幾層的魔物根本毫無價值，所以不會特地剝掉那些魔物的皮，也不會切下它們的耳朵。他們會把那些魔物的屍體全都丟著不管，直接前往更底下的階層。那些屍體不是隨著時間經過被「迷宮」吸收，就是在那之前被人解體，帶回冒險者公會。

這件事本身並不違法，公會也只要能拿到那些魔物的毛皮與骨頭就行了，不會過問東西的出處。

可是，那些冒險者當然不喜歡這種行為，他們會覺得自己辛苦得到的戰果被人搶走了。因此，冒險者們都把那種人看成是會偷挖別人田裡種子的烏鴉，稱呼他們為「搜刮者」，對他們百般輕視。

而冒險者都是一些脾氣火爆的傢伙。要是他們在心情不好的時候遇到「搜刮者」，很可能會隨手打斷對方的幾根骨頭。最壞的情況下，還可能把人帶進「迷宮」裡動私刑。這當然是違反規定的行為，但「搜刮者」都是一些落魄的冒險者，不然就是窮人。只要沒鬧出人命，公會也不會積極行動，就算那些人在「迷宮」裡被殺掉，只要沒有證據，事情也就到此為止，絕大多數的死者都是被當成意外身亡。

「馬修，我知道你要說什麼。」

史達林露出諂媚的笑容。

「我也還不想死，只是賺點外快罷了。」

史達林的眼神就像是惡作劇被抓到的孩子。他害怕挨罵，正在拚命思考可以讓自己逃過懲罰的藉口。

「我只在前面幾層做這種事，也有徹底遮住臉孔。為了避免被人發現，我還拜託別人幫我把東西拿去換錢。我再怎麼樣都不可能去招惹那些冒險者，而且……」

「你去當『搜刮者』這件事不是重點。」

我不太耐煩地這麼說。我才懶得聽小鬼頭找藉口。

「可是，這應該還不是全部吧？『搜刮者』能賺到的錢很有限。考慮到你最近的花費，如果不是每天都撿到『水晶狼』的毛皮，就絕對不可能夠用。」

「你忘記我還有本行了嗎？」

史達林輕輕搖晃畫架上的畫布，就像在推著搖籃一樣。

「如果你是一位宮廷畫家，我還可以理解。」

我看著那幅只畫到一半的花瓶這麼說。

「凡妮莎好像能認出你的每一幅畫。而她很肯定地告訴我，你的畫連一幅都沒有賣出去。」

「偶爾還是會有人來委託我畫圖。我幫忙畫過肖像畫，還畫過麵包店的看板。」

想不到世界上還有這種怪人。

「馬修，還是你比較幸福，竟然可以跟美麗的公主騎士殿下同居，真令人羨慕。我也好想跟你一樣。」

「別說那種傻話了。」

跟艾爾玟一起生活可是很辛苦的。

「再說，你不是已經有凡妮莎了嗎？」

「可是，凡妮莎很少給我零用錢……」

「我家的公主騎士殿下也一樣啦。畢竟挑戰『迷宮』很花錢。」

武器與防具都需要定期保養，要是壞掉了，也必須買新的。除此之外，還需要定期補充食物與傷藥這些消耗品。聽說那些馬克塔羅德王國的倖存者都很吝嗇，幾乎沒有提供金援給她。

「對了，我記得她身上好像沒戴任何飾品，不管是戒指、耳環還是昂貴的項鍊，最近都完全看不到了。難不成是拿去賣掉了嗎？」

「總不可能戴著那種東西去挑戰『迷宮』吧？只會搞丟而已。」

「我知道了。她一定是在戰鬥的時候搞丟那些東西對吧？我下次乾脆去找找看吧。」

「隨你高興。」

聽到他說出這種傻話，我突然覺得自己很蠢。

不管這個小鬼頭是靠著畫畫，還是當「搜刮者」或男妓，憑自己的本事賺了多少錢，其實都不關我的事。我做到這種程度，應該已經對得起凡妮莎了吧。

「我順便問一下，你可以告訴我委託你畫畫的人是誰嗎？」

「你要去確認？你就這麼不信任我嗎？」

「畢竟老闆可是會拿你的畫來當看板的怪人。」

我如此回答。

「就算他在麵包裡加了石灰也不奇怪。這是為了保險起見。」

後來，我跟史達林一起喝光我帶去的麥酒，然後我就跟他告別了。當我走出他家時，黃昏的陽光已經灑滿整個城市。

我曾想過要去確認一下，看看史達林是不是真的有幫別人畫圖，以及跑去做「搜刮者」的工作，但那些事情可以等到明天再進行。凡妮莎那邊也能晚點再去向她報告。

我帶著醉意回到家裡，發現門竟然沒有上鎖。難不成家裡又遭小偷了？

我提心吊膽地把門打開。

「你跑去哪裡了？」

我聽到充滿殺氣的聲音。美麗的公主騎士殿下早就回到家裡等我了。

聽說是因為拉爾夫小弟弟受傷了，他們才會提早回來。總之我先去換衣服，就準備用餐了。

我們在小小的飯廳裡，隔著餐桌面對面坐下來。跟艾爾玟兩人單獨吃晚餐的時候，現場的氛圍總是很安靜，給人一種舒服的感覺。雖然燭火不是很亮，卻別有一番風情。我今天沒時間下廚，所以只隨便去外面買了些現成的料理。

「『搜刮者』啊……」

艾爾玟用叉子切開鴨胸肉，這麼說道。

「經你這麼一說，我好像見過那種傢伙。」

把鴨肉吞下肚後，她疑惑地歪著頭。

「他們不是趴在『迷宮』的地上，就是忙著把魔物的屍體拖到暗處。我本來還不知道他們為何要這麼做，現在總算知道原因了。」

即便嘴裡已經滿是肉汁，她還是照樣喝了一口紅酒。

「如果公會可以禁止那種行為就好了。」

「就算公會想那麼做，也有無法那麼做的理由。」

我向她解釋背後的原因。

「那些『搜刮者』大多是失去戰鬥能力的冒險者，不然就是窮人與他們的孩子。要是禁止這種行為，就等於斷了那些人的生路。」

那些窮人最後的下場不是餓死就是犯罪。那種清心寡慾的老百姓，只是搞不清楚狀況的大人物妄想中的生物，世上可不是只有適合當僧侶與聖職者的人類。

「既然這樣，那個名叫史達林的男子不就等於在跟那些窮人搶錢嗎？」

艾爾玟憤慨地咬碎嘴裡的鴨肉。

「妳這樣很沒禮貌喔。」

我皺起眉頭，然後拿出手帕，幫她把沾著醬汁的嘴角擦乾淨。艾爾玟不耐煩地揮開我的手，還說自己已經不是孩子了。不過，在我看來這種舉動反倒顯得她很幼稚。

「所以他才會偷偷做那種事，畢竟公會裡也有不少人認識他。」

雖然還比不上我，那些冒險者與公會職員也很討厭史達林。他身為一個三流畫家，卻成功追到了能幹的美女鑑定師，這簡直就像在拜託別人去揍他一樣。

「我已經給他忠告，再來就是他自己的問題了。不管那個蠢蛋要怎麼做都與我無關，一切都是他自作自受。」

艾爾玟突然跟雕像一樣一動也不動。她使勁握著刀叉，彷彿在拚命壓下湧上心頭的憤怒與懊悔。

「抱歉，我說錯話了。」

看來我又不小心犯錯了。

「是我不對。」我深深地低下頭。

「你不必放在心上。」

艾爾玟露出充滿氣質的笑容。

「現在的我沒那麼玻璃心，不會因為聽到你說幾句玩笑話就受傷。」

「看來公主騎士殿下的臉皮也變厚了呢。」

「這都是你這位壞老師的功勞。拜你所賜，我現在已經可以把那些冒險者的玩笑話當成耳邊風。我反倒覺得他們太客氣了呢。」

「能聽到公主騎士殿下這麼說，小的實在不勝惶恐。」

我這次故意像個小丑一樣，半開玩笑地低頭行禮。艾爾玟想當作這件事從未發生，那我就該盡全力配合。

艾爾玟笑了好一陣子後，露出寂寞的表情。

「今天發生了很多事。你還記得安迪嗎？」

「記得。妳是說那個當過傭兵的老兄對吧？」

我記得他好像是二十三還是二十四歲的樣子，體格偏瘦，卻總是揹著一把大劍，靠蠻力在戰鬥。他有著一頭紅色短髮，膚色偏黑，是個笑容很討人喜歡的傢伙。我記得他跟艾爾玟的團隊關係還算不錯。

「安迪死了。」

我倒抽一口氣。

「如果他是死在『迷宮』裡，我還可以接受。可是，安迪的死實在讓人不太舒服。他跟衛兵起了衝突，結果被推倒在地，腦袋也在當時受到重擊。當我趕到的時候，他就已經斷氣了。」

這種死法還真是可悲，只能用橫屍街頭來形容。

「聽說他是在武器店裡付錢的時候跟別人起了爭執。就算被說是自作自受，他也怨不得人。不過，有件事讓我很在意，那就是他們起衝突的原因。」

「原因是什麼？」

「聽說在安迪準備拿給店家的錢裡夾雜著一些假幣。」

公主騎士殿下眼裡閃爍著銳利的光芒。

「而把那些假幣交給安迪的人，就是冒險者公會。」

隔天早上，我留下還在床上睡懶覺的公主騎士殿下，獨自來到街上。為了保險起見，我打算去拜見那個委託史達林畫看板的瘋狂麵包店老闆，以及那個想找人幫忙畫肖像畫，自稱皇帝陛下的傢伙。

就結論來說，史達林沒有說謊，那間把深綠色的狗屎說成是現烤麵包的瘋狂麵包店確實存在。我也找到了那個拜託他畫肖像畫，以前曾經當過雜貨商人的老頭，為了保險起見，我還請他讓我看了那幅肖像畫。那幅畫沒有我想像中的那麼糟糕，雖然把人類的皮膚畫成藍色、紫色與灰色的斑紋我實在有些無法接受就是了。

我還不著痕跡地打聽了他拿到的酬勞，金額果然跟老鼠屎一樣少得可憐。我很懷疑他這樣能不能賺到錢，但要不要繼續追究下去就得看凡妮莎怎麼決定了。

總之，為了調查他是否真的跑去當「搜刮者」，順便回報調查的結果，我前往冒險者公會。

我也想向德茲打聽一下偽幣的事情。

艾爾玟給的零用錢幾乎是我唯一的收入。而她的收入則是把在「迷宮」裡殺掉的魔物的屍體與撿到的物品，拿到冒險者公會換來的錢。換句話說，如果讓偽幣在公會裡流通，對我也會造成影響。要是我好不容易拿到零用錢，卻發現拿到偽幣，就真的太悽慘了，我一定會哭出來。

為了避免拿到偽幣，我要事先去警告公會。

我原本是這麼想的，但看來根本沒那個必要。

因為公會門口已經擠滿了人群。

每個人都大聲怒罵，質問櫃檯的職員。

看來偽幣的事情已經傳開了，原因八成就是安迪那件事。大家都懷疑公會給自己的錢裡可能也混了偽幣，才會變得疑神疑鬼吧。公會職員以名為勸說的恐嚇想要逼迫眾人閉上嘴巴，但那種做法只會造成反效果。要對付怒火中燒的笨蛋，還是直接潑冷水比較快。

德茲跑去哪裡了？請保鑣不就是為了應付這種場面嗎？只要他用那雙粗壯的手，當場把幾個傢伙胯下的東西也變成「不能用的假貨」，這群蠢蛋就會立刻嚇得屁滾尿流吧。

「啊，馬修先生。」

艾普莉兒從旁邊跑了過來，臉色不太好看。

「不好了，大家都在欺負德茲先生，你快點去救他。你們不是朋友嗎？」

「少來，不可能會有那種事吧。」

別說是這個公會了，就算找遍全世界，也很難找到有辦法欺負那傢伙的怪物。

「真的啦。你看那邊。」

我看向她手指的方向，發現有一群冒險者在公會的角落圍著某人痛罵。幸好我比那些傢伙還要高，只要在人群後面踮起腳尖，很快就能發現那個被包圍的傢伙正是德茲。德茲坐在椅子上，在胸前交叉雙臂，擺出平時那張撲克臉閉目養神。他的雙腳還是踩不到地板，那雙優點只有耐穿的靴子一動也不動，像是死掉的蛇垂吊在空中，看起來確實有點像是正被人欺負的樣子。

「他從剛才開始就一直都是那種樣子。拜託你去救救他。」

「妳去幫他說話不是更快嗎？」

比起由我出面，這樣還比較不會別生枝節。如果讓這位偉大的公會長的孫女出面，那群冒險者應該也只能乖乖搖尾巴了。

「可是，那等於是靠爺爺的力量解決問題不是嗎？」

「爺爺」啊……這傢伙平時明明喜歡裝成熟，骨子裡其實還是一樣幼稚。

「這種時候還要拘泥於手段？妳不是想幫助德茲嗎？」

不管這樣算不算狐假虎威，能派上用場的手段就該拿出來用，免得將來為此後悔。

「好吧，我知道了。」

艾普莉兒無可奈何地點了頭後，捲起袖子，大搖大擺地走向那群冒險者。

「喂——！我不准你們欺負德……唔唔！」

她還沒把話說完，聲音就突然發不出來了。因為公會職員從後面追了上去，再次把小公主抱回櫃檯裡面加以保護。直到消失在暗處之前，她都用眼神拜託我去幫助德茲。這傢伙真是太愛操心了，德茲根本不需要我去幫忙，因為這裡根本沒人有辦法正面打贏他。

「喂，你有在聽我們說話嗎？」

一名體格高壯的冒險者就坐在德茲對面。他是個光頭，眉毛很粗，嘴巴也很大。他的臉看起來特別紅，應該是因為他的膚色很白，只要情緒激動就很容易表現在臉上吧。

「犯人就是你對吧？」

看來他似乎認為德茲跟製作偽幣的事情脫不了關係。說到矮人族，就是一種跟外表相反，有著一雙巧手的種族。就連那種美到令人嘆為觀止的工藝品，他們也能一邊揉著奶子一邊做出來。

這個城市裡的矮人並不多，而會在這個公會裡出入的矮人，就算把冒險者也算進去，也就只有德茲一個。因此，對方才會認為在公會裡流通的偽幣都是出自德茲之手吧。我不曉得那傢伙是不是主謀，也不知道是不是有別人在旁邊搧風點火，總之現在有一大群人都在痛罵德茲。

德茲一句話也沒說，只把那些怒罵與髒話都當成耳邊風。

不對，他是在默默忍受著那些責罵。他根本不需要理會那些瘋子的廢話，卻乖乖選擇承受。

「說話啊，土豬。」

光頭男不以為意地說出對矮人族的蔑稱。視情況而定，就算雙方當場展開廝殺也不奇怪。然而，德茲依然不發一語，完全沒有反駁。可惡，看了就不爽。

「各位，你們在吵些什麼？難不成是在討論要去哪間娼館？」

聽到我這麼吆喝，現場的冒險者們全都回過頭來。每個傢伙都對我露出充滿藐視、嫉妒與殺意的陰鬱目光。就算只有一個人也好，難道就沒人對我懷有尊敬與憧憬嗎？

「事情我都聽說了。你們懷疑這個大鬍子製造了偽幣，拿到公會裡流通對吧？這個我完全可以理解。」

我擠進人群裡，走到德茲旁邊，把手肘靠在他頭上。

「你們大家說得沒錯。這個大鬍子是矮人，而且薪水不是很高。」

他不但要當保鑣，還得負責搬東西、割草、掃地、洗衣服和擦皮鞋，有時候還得進到「迷宮」，幫忙回收別人的遺物與屍體。每天都做牛做馬，薪水卻只有一點點。照理來說，他心裡的不滿應該會不斷累積。

「所以他才會製造偽幣，故意給公會難看。嗯，這個劇本確實很合理。」

我點頭如搗蒜。

「我就坦白說了吧。那只是你們的誤會。」

「你說什麼？」

「只要想想看就知道了吧。」

光頭男表現出敵意，往我這邊靠過來，但我打斷他的話。

「你們覺得這個大鬍子有那麼聰明嗎？這個笨蛋連自己今年幾歲都算不出來，蠻力卻比別人強上一倍。與其打造偽幣給你們製造麻煩，不如直接動手揍人，這樣不是更快也更爽嗎？」

冒險者們開始議論紛紛，同時抬頭看向天花板。櫃檯的正上方才剛釘上全新的木板。因為德茲前陣子揍飛某位冒險者的時候，在天花板上打出了一個大洞。現場發出稀稀落落的感嘆聲，應該是有人看到那塊木板，回想起當時的情況了吧。

「也可能是某人指使他這麼做的。」

「有人看過這位死氣沉沉又沉默寡言的大叔跟別人說話嗎？啊，我不算喔。如果有人接近這個沒朋友的傢伙，一定很引人矚目不是嗎？」

「是喔，原來是這樣啊。」

光頭男露出恍然大悟的表情，冷冷地笑了。

「換句話說，主謀就是你對吧？」

在這個公會裡，只有德茲這個矮人有辦法製作偽幣。而唯一跟德茲比較親近的人只有我。換句話說，那個唆使德茲製作偽幣的主謀就是我。他應該是想這麼說吧。真是蠢到不行。

「如果我聰明到會製作偽幣，就不會露出這種馬腳了。」

「不然還有誰？你說啊。」

光頭男一把揪住我的領口。

「你這個靠摸公主騎士殿下的屁股混飯吃的小白臉，少給我胡說八道。」

「搞屁啊。原來你很羨慕嗎？那就早點告訴我不就得了？」

我語帶憐憫地這麼說。

「老實說，你完全不是我的菜。不過，如果你堅持，我也不是不能陪你玩玩。」

我把手繞到光頭男背後，像撫摸小貓的頭一樣，溫柔地愛撫他那堅硬又難摸的屁股，還在他耳邊輕輕吹氣。

光頭男激動地揮拳揍我。我整個人飛了出去，狠狠撞到牆壁。當我準備起身時，他又用巨大的靴子踹了我好幾腳。

被他踹到肚子與胸口不會很痛，但有一腳踢到胯下，讓我見到了天堂。

不是只有光頭男跑來踹我，周圍那群得意忘形的人渣也跟著跑來湊一腳。當我開始覺得苗頭不對時，包圍著我的人影就伴隨著巨響與哀號聲消失不見了。

我抬頭一看，發現德茲的背影就跟高牆一樣挺立在前方，他的右手還抓著桌腳。包含光頭男在內的五位冒險者已經疊成一團倒在牆邊。看來他是拿桌子把五個人一起打飛出去了。我在原地盤起雙腿。

「誰要你多管閒事了。」

「那是我要說的話。」

德茲背對著我這麼說。

「你這傢伙每次都不管別人的苦衷，擅自插手管閒事。」

「那下次麻煩你把自己的苦衷寫在板子上，掛在脖子上讓我瞧瞧吧。」

誰教德茲要在我面前那樣逞強硬撐。

「你們這些傢伙到底在吵些什麼？」

從外面傳來一道粗野的聲音。一名身材高壯的老人大搖大擺地走了進來。八成是孫女跑去向他哭訴了吧。冒險者公會裡最偉大的公會長終於現身了。

後來，因為公會長訓了那群笨蛋一頓，事情才總算暫時平息下來。他明明快要六十歲了，但充滿肌肉的身軀與雄鷹般的銳利眼神，一點都不比現役的冒險者遜色。他年輕時可是一位七星冒險者，武藝高強，不光是對這個公會，對這個城市的黑白兩道也很有影響力，一般的三流冒險者根本敵不過他。

雖然我也被趕出公會，但又偷偷從後門溜到德茲的辦公室。

德茲交叉雙臂站在桌子旁邊。看到我走進屋裡後，他立刻轉過頭去。

「剛才真是不好意思。」

這句話就是德茲的「謝謝」了。這位大鬍子伯爵從不向人道謝，我也沒理由讓他向我道謝。

「如果要還我人情，可以直接用這裡還我。」

我輕輕撫摸德茲的屁股，心窩立刻挨了一拳。這是我今天挨過最痛的一拳。

「你這人還真是難搞，從以前到現在都沒變。」

德茲不可能製作偽幣。他已經「被奪走」那種能力了。

「馬德加斯，你沒資格這樣說我。」

德茲現在是名為冒險者公會職員的保鑣，但他曾經也是個冒險者。他在「百萬之刃」這個團隊裡，跟大帥哥馬德加斯一起殺翻無數魔物，然後在那座塔裡受到「詛咒」。

德茲原本打算成為一名金屬工匠。他會跑去當冒險者，是因為可以輕易取得各種罕見的礦石與金屬。他對名聲與榮譽不感興趣，那只不過是讓他成為世界第一工匠的手段。

德茲受到的「詛咒」是「失去靈巧的雙手」。他本來明明很擅長金屬加工與鍛造的技術，現在卻變得笨手笨腳，連要折紙都折不好。而且他跟我不一樣，就算在陽光底下也無法找回原本的能力。

因為臂力沒有變化，他完全能繼續當個冒險者。可是，因為再也無法實現夢想，讓德茲主動放棄當個冒險者。既然他已經失去靈巧的雙手，永遠不可能成為一名工匠，那他繼續當冒險者也沒有意義。他現在只是一個薪水不高，還得替人做牛做馬，有著大鬍子的工具人。

不過，他還是不願意承認自己早就失去靈巧的雙手，也不想被別人知道這件事。這是大鬍子僅存的最後一點自尊。

因為這個緣故，我不打算原諒太陽神。那個混帳奪走了我朋友的夢想，如果要我舔那傢伙的屁眼，我還不如去死算了。

德茲跟我一樣，絕口不提自己曾經待在「百萬之刃」這件事。他沒有改名，但德茲這個名字在矮人族裡很常見，而且人類很難辨別矮人的長相。只要他故意裝傻，別人也拿他沒辦法。

打鬧時間結束後，我們隔著桌子面對面坐下。

「說吧，你今天有何貴幹？」

「我來找你的目的，就跟樓下那群笨蛋一樣，是為了偽幣的事情。」

德茲眉間的皺紋變深了。

「當然，我完全不認為這件事跟你有關，只是想了解一下狀況。畢竟公會給的錢也會影響到我的錢包。」

「我也沒什麼能告訴你的事情。」

根據德茲的說法，冒險者公會是在獲知安迪那件事的前不久才得知偽幣的存在。最早發現偽幣的人是凡妮莎。她注意到公會準備付給冒險者的金幣重量不太對，便把那些金幣拿去秤重，發現那些金幣的重量果然跟普通金幣不同。她又把那些金幣剖開來看，才發現那是由鉛跟銅混合而成，只有表面鍍金的冒牌貨。她立刻調查公會裡的所有金幣，發現其中一共有八枚金幣是偽幣，銀幣與銅幣全是真的。

「這應該是最近才發生的事情，但公會跟其他業者交易的時候本來就經常使用金幣，而且這些偽幣也可能是從其他城市流入，根本無法查出確切的來源。」

「原來如此。」

公會目前的對策似乎是把金幣都拿去秤重。在進行交易的時候，先秤過金幣的重量，確認是真貨之後才會交給別人。這樣應該就能防止偽幣外流了，不過，還是無法阻止偽幣本身的流通。

「更何況金幣這種東西都是在國家的鑄幣廠裡，把金子倒進鑄模裡做出來的。不過那群蠢蛋似乎以為金幣是用人力一枚一枚刻出來的。」

「可以讓我看看那種偽幣嗎？」

「等我一下。」

說完，德茲就把兩枚金幣拿過來。

其中一枚是大陸西方通用的路德金幣，但另一枚已經裂成兩半。那枚斷裂的金幣斷面是深灰色的。沒斷的是真貨，斷裂的是假貨。德茲指著這兩枚金幣，向我如此說明。

「想找出偽幣並不難，因為兩者的重量不一樣。只要拿去秤重，馬上就能知道答案。雖然外表做得很像，在我看來還是破綻百出。你看這邊。」

德茲看向金幣的肖像。那是一位頭上戴著皇冠，留著小鬍子的大叔的側臉。聽說這傢伙是前三代的國王，但我比較希望看到女神大人的奶子或屁股。看著他破綻百出的左臉，就讓我有種想要揮拳揍下去的衝動。不過如果這是真正的金幣，就算要我獻吻也行。

「真貨有四撮鬍鬚，假貨只有三撮。我猜八成是在打造鑄模的時候不小心壓到了。那些傢伙做事還真是亂七八糟。」

雖說是製造偽幣，他好像還是無法原諒別人隨便交差。

我忍不住苦笑，同時把那枚偽幣拿起來仔細研究。仔細一看才發現，這枚偽幣的表面還印著齒痕。看來咬碎這枚偽幣的人就是德茲。真是髒死人了。

「既然金幣都是用鑄模打造而成，在打造鑄模的時候，上面的文字是不是都得反過來？」

「這還用說嗎？」

德茲露出一副「別問我那種蠢問題」的表情。

「希望你不要生氣，我這麼問沒有惡意。」先說出這句開場白後，我繼續說下去。

「如果要你打造偽幣的鑄模，你會怎麼進行？」

「用鏡子。」德茲如此回答。「只要看著鏡子裡的金幣打造就行了。」

「要是金幣在中途就搞丟了……不對，如果不得不把金幣拿去還給別人，你又會怎麼做？」

「那就只能想辦法去其他地方弄來金幣，不然就是靠腦袋裡的記憶繼續做下去了。」

「要是這兩招也不管用，你還能怎麼做？」

「這個嘛……」德茲微微歪著頭。

「只要把金幣畫在紙上不就得了？」

太陽馬上就要下山了。那傢伙這次總算有把門鎖起來。我輕輕敲了敲門後，睡眼惺忪的史達林就出來應門了。

我推開史達林，走進房裡。

我不理會他的制止，找尋我要找的那幅畫。畫布上還蓋著好幾塊布。我把那些布扯下來，結果真的被我找到了。

那是一幅畫著面朝向右邊的國王的肖像畫。

「馬修，你突然這樣闖進來是什麼意思？」

「史達林，我記得你也會雕刻對吧？」

「呃……是啊。偶爾啦。」史達林含糊其辭地點了點頭。

「可是我……」

「這可不是什麼好事。如果你還有幫人製作偽幣，就更不用說了。」

史達林的肩膀抖了一下。看來他好像完全清醒了。

「拜託你不要給我裝傻喔。畢竟證據就擺在我眼前，就是這幅畫。」

我輕輕拍了畫布上那位國王的臉頰。

「這傢伙是某位國王，在金幣上也看得到這張臉。金幣上的國王看著左邊，但這幅畫裡的國王卻看著右邊。因為如果要打造鑄模，金幣的畫像也必須是左右顛倒。」

可是，這傢伙身上根本沒有金幣。就算讓他拿到金幣，他也會立刻拿去喝酒或是玩女人。如果他有辦法控制自己的慾望，就不會一直窩在這種閣樓房間，那些沒能畫完的畫也至少應該可以完成一幅。

「等等，偽幣的事情我也聽說了。可是，你總不能因為我會畫畫就把我當成犯人吧。」

「證據可不是只有這樣。」

我把斷裂的冒牌金幣拿到史達林面前給他看。他無法直視我剛才擅自從德茲那裡拿走的偽幣，不是低頭看著地上，就是別開目光看向其他地方。

「如果是真正的金幣，這位國王會有四撮鬍鬚，但偽幣只有三撮。而這幅畫上的鬍鬚也只有三撮，這有可能只是巧合嗎？」

「有差嗎？不管鬍鬚有三撮還是四撮，不是都一樣。」

「這句話等你被抓到冒險者公會再說給他們聽吧。」

我抓住史達林的肩膀。

「這次的事件傷到了冒險者公會的信譽，讓他們現在氣到不行，決定無論如何都要逮到製作偽幣的犯人。要是被那群野蠻人抓到，你肯定會變得跟廁所裡的髒抹布一樣。」

史達林發出膽怯的驚呼聲。他好像終於搞懂自己的處境，臉色變得蒼白無比，就像個死人一樣。

「看你好像有所誤會，我就先把話說清楚吧。我不打算出賣你，也不打算把你交給衛兵。我是來救你的。」

「救我？」

「我不認為你有辦法憑一己之力做出這種大事。我猜你背後肯定還有主謀，對吧？」

像史達林這種個性軟弱又容易被人牽著鼻子走的年輕人，最容易被別人利用。我猜對方八成是在某間酒館裡請他喝酒，然後他就無法拒絕對方的要求。我實際問了當時的詳細情況，結果完全被我猜中了。

「告訴我，那傢伙是誰？那個請你幫忙製作偽幣的蠢蛋叫什麼名字？」

「他說自己是『白猿』的人。」

我聽了差點昏倒。那是個貨真價實的黑社會組織。那種組織不分大小在「灰色鄰人」裡多得像山一樣，還經常為了爭奪地盤殺得血流成河。當然，那些組織都會塞錢給上面的領主與下面那些衛兵，只要別做出太過明目張膽的犯罪行為，就不會被國家逮捕。

而「白猿」是一個歷史悠久的幫派，他們原本應該是靠著收保護費、開賭場與走私討生活，但聽說最近混得不是很好。據說他們被新興幫派箝制，地盤也變小了許多。他們應該是想幹一番大事業，拚看看能不能翻身。

「史達林，你給我仔細聽好。你現在只差一步就要走上處刑臺了。」

製造貨幣是國家的特權。因為這件事損害到了王國的利益與面子，王國也會認真找尋犯人。要是相關人等被抓到，全都得走上絞刑臺，不然就是斬首示眾。

「別以為『我只是照著命令辦事』或『受到威脅』這種藉口會管用，早在你實際動手的時候就已經無法脫罪了。你的腦袋很快就會變成那些大人物的玩具。」

「那……那我現在該怎麼辦？」

「我說過了吧。我是來救你的。」

我輕輕把手放在史達林的肩膀上。這個廢材是死是活與我無關，但我還欠凡妮莎人情。只要拿這件事跟她好好談談，應該可以讓她把還錢期限延到下下個月吧。

「除了那幅畫，還有其他證據能證明你跟製作偽幣這件事有關嗎？統統拿出來。」

現在也只能先湮滅證據了。

「順便告訴我，跑來找你加入的人是誰？」

這是個非常危險的計畫，知道的人肯定是越少越好。我猜知道鑄模是由史達林打造的人頂多只有幾個，也可能只有一個。

史達林露出畏懼的眼神，用手指在自己臉上畫了一下。

「那人的左眼附近有一道傷疤，年紀跟你差不多。他說他的名字叫泰瑞。」

「原來是『虎手』泰瑞啊……」

我不曾直接跟他說話，但看過他好幾次。他原本是個實力高強的冒險者，因為太愛喝酒，才被公會趕出去。我是聽說過他淪落為黑道中人，想不到竟然是變成「白猿」的人。

「據說他是『白猿』的幹部，現在還負責掌管組織裡的『禁藥』事業。他可是個超級危險的傢伙。」

他是只因為拿到的麥酒比旁邊的客人少一些，就把服務生的眼睛挖出來的瘋子。要是讓他知道史達林背叛了，史達林肯定會被他狠狠宰掉。

「那我該怎麼辦？我聽說那傢伙打架超級厲害。」

雖然那傢伙也擅長對付魔物，但真正的強項是對付人類。徒手格鬥術才是他的真本領。他過去曾靠著快拳與快腿，擊敗了許多體格比他好的對手。現在的我應該完全不是他的對手吧。就算這樣，我也不能夾著尾巴逃跑。我現在有了必須這麼做的理由。

「那傢伙很執著，你最好暫時避一下風頭。」

如果讓史達林躲在公會裡的德茲辦公室，大概就可以放心了。對方應該還不至於瘋到敢直接殺進冒險者公會。就算對方真的殺進去了，只要有德茲在場，管他是「虎手」還是「貓手」，也都只能幫德茲抓癢。只要我趁這段期間去告密，事情就能解決。

「我現在就帶你過去。你快去收拾行李。」

「咦？等一下啦。這樣太突然了，我還跟別人有約。」

「反正你肯定是跟女人約好要滾床單吧？要是被泰瑞逮到，你就準備滾進棺材裡吧。」

這傢伙還真會給人添麻煩。

之後的事情還算順利。我偷偷放出風聲，說製作偽幣是「白猿」幹的好事，結果這招似乎奏效了。那群血氣方剛的冒險者直接殺進「白猿」的老巢。當時衛兵也立刻趕到現場，結果演變成一場火拚。好像有鬧出人命，不過「白猿」已經徹底瓦解了。趁亂逃走的老大也在城門附近被捕，屍體隔天早上就被倒吊在自己老巢的門口。

鑄模也被衛兵帶走，製作者被認為是「白猿」底下的工匠。我趁亂把鑄模的失敗品丟在「白猿」老巢的後門，結果似乎成功誤導了那些衛兵。

我並沒有讓艾爾玟知道這件事。要是告訴她，她肯定會宰了史達林。不過，我有必要把整件事都告訴凡妮莎，畢竟她是這次的委託人。

我為此來到冒險者公會，卻發現門口聚集了許多人。建築物前方的廣場上大約有二十個人，好像正在看熱鬧。到底發生什麼事了？個頭高大在這種時候特別方便，我直接從圍觀群眾的頭頂上看過去。人群裡有一位年輕的黑髮女子，我忘了她的名字，但還記得她的長相。她是這間公會的職員，原本是一位冒險者，因為受傷而退休。聽說是因為她有辦法讀書寫字，才會被這間公會僱用。

她雙手拿著劍，情緒十分激動，毫不掩飾自己的敵意。有三位公會男職員正與她對峙，而且凡妮莎也在裡面。

「請妳冷靜下來，我們這麼做也是為妳好。」

凡妮莎正試著安撫那名黑髮女子。

「妳沒有做錯任何事，就只是生病了。」

「這是我家的事情！我到底什麼時候給你們添麻煩了！」

聽到凡妮莎這樣勸說，對方反倒變得更激動，不斷大吼大叫。那種眼神並不尋常。

「妳會得到『迷宮病』不是因為軟弱。不管是誰遇到那種情況，都會變得不正常。可是，妳服用的那些東西不是治療藥，那是會侵蝕妳的心靈與肉體的惡魔。」

原來她不是只有肉體受傷嗎？所以才會忍不住碰了「禁藥」吧。

「這跟妳無關吧！妳不要多管閒事！」

「不，我不能放著妳不管。」

凡妮莎堅決地這麼說。

「只要好好接受治療，就能再重新回到『正常的』生活。如果繼續這樣下去，妳只會自我毀滅。」

「別開玩笑了！反正我是不會去坐牢的！你們別過來！」

黑髮女子揮劍牽制那些想制服她的公會職員。

「只要把身體醫好，妳肯定能找到不一樣的生存之道。我也會聽妳傾訴，好嗎？」

「不准命令我！全部給我讓開！我要離開這個城市！」

黑髮女子瘋狂地喊叫，一副隨時準備衝出去的樣子，但公會職員先一步擋住她的去路。女子背對著建築物胡亂揮劍，還不時蹲下去撿起沙子亂丟，簡直就像一頭受傷的野獸。

「拜託妳聽我說話……慢著，住手！不要殺了她！」

也許是想討好凡妮莎，冒險者們紛紛準備拔劍，卻被凡妮莎本人制止了。

正當我覺得這樣下去恐怕沒完沒了時，救世主從屋子裡走了出來。

德茲用他那雙短腿走向黑髮女子。眼看著他默默逼近，女子終於沉不住氣，揮劍砍了過去。那一劍意外地刁鑽，不過在德茲眼中就跟兒戲毫無分別。他徒手拍開揮下來的劍，直接鑽到對方懷裡，把女子的手往後一擰。

「抓住她！」

聽到凡妮莎這麼指示，德茲用繩子綁住女子的手腕。即便如此，女子依然大聲喊著「別碰我」，不然就是「殺人啦」，逼得德茲拿東西堵住她的嘴。結果這場衝突很輕易就被他擺平了。

「再來就麻煩你們了。」

黑髮女子被「前同事們」帶進建築物裡。在快要完全看不到她的瞬間，我看到了淚水。凡妮莎難過地望著那名女子消失的方向。

冒險者們就地解散，一副看了場好戲的樣子。完成任務的德茲也沿著原路回去了。我吹著口哨向他獻上喝采，但他完全不理我。這個大鬍子還真是冷淡。現場只剩下我和凡妮莎兩個人。

「馬修，你來啦。」

看到我的身影，凡妮莎走了過來。

「剛才那女人是個癮君子嗎？」

「是啊。」

她一臉遺憾地點了頭。

「我前陣子就發現她有些不對勁。我起了疑心，跑去質問她，結果不小心惹她生氣，事情就變成這樣了。真是傷腦筋呢……」

凡妮莎看起來非常疲倦，還用手指擦去眼角的淚水。我曾經看過好幾次凡妮莎跟那名女子開心聊天的樣子，她們兩人的關係應該還算不錯吧。

「她用的是『解放』嗎？」

「好像是別種『禁藥』。她似乎才剛開始用藥沒多久，但要是放著不管，恐怕就再也無法回頭了。我只是想讓她趁早戒掉。」

聽說那名女子會被暫時關進公會地下的牢房，直到她徹底戒掉「禁藥」。之後要怎麼做得看那名女子的決定，不過她肯定會被逐出公會吧。

「可是，妳這樣難道不會把事情鬧得太大了點嗎？」

就算要勸說對方，也應該還有更好的做法，至少能讓她不必在眾人面前被繩子五花大綁。要是有個差錯，說不定還會有人受傷。

「不會，這麼做才是『對的』。」

凡妮莎毫不猶豫地這麼說。

「在我慢慢考慮要怎麼做的時候，她只會越來越依賴『禁藥』。要是我對她見死不救，只會讓傷心的人變得更多。」

「『就跟妳一樣』嗎？」

「對，我就是這個意思。」

凡妮莎點了頭。

「我已經受夠那種事了……」

她緊緊握住自己的衣襬，眼裡燃燒著恐懼、悲傷、憤怒與憎恨，還有各式各樣的情感。

「啊，抱歉。你是要來談史達林的事對吧？」

凡妮莎突然回過神來，對我露出笑容。

「你應該知道些什麼了吧？可以告訴我嗎？」

也許是因為她急忙擺出笑臉，讓我覺得有些尷尬，實在不想回她微笑。

「真的很抱歉。」

當我在凡妮莎的鑑定室裡說出一切後，她懊惱地抱著腦袋，勉強擠出了這句話。

「那又不是妳的錯。誰教史達林只因為有人請喝酒，就傻傻地被壞人牽著鼻子走，是他自己太蠢了。」

「這次真的多虧有你幫忙，謝謝你。這是我的一點心意。」

她拿出一個小小的布袋。因為她叫我打開來看，我就把繩子解開。

那是個剛好可以一手掌握的小球。這個半透明的小球還會發出微弱的光芒。

「這是我以前得到的東西，可是真正的魔法道具，名叫『片刻的太陽（Temporary Sun）』。」

據說是得到這東西的冒險者拜託凡妮莎幫忙鑑定，卻在鑑定期間意外身亡，結果這東西就被寄放在公會裡。因為那位冒險者沒有親人，也沒人來認領遺物，結果這東西就被交還給她了。

這還真是個令人開心的意外。想不到我只是幫忙照顧一下那小子，就能拿到這種好東西。

「那麼這東西該怎麼用？」

凡妮莎把小球放在自己的手掌上，閉上眼睛詠唱咒語。

「照射（Irradiation）。」

然後小球就自己飄了起來，飛到靠近天花板的地方後停住不動。小球開始慢慢旋轉，同時發出耀眼的光芒。

「這東西會飛到詠唱咒語的人頭上，不斷發出光芒照亮周圍。就算詠唱咒語的人移動了，也會自動跟上去。」

「喔喔……」

眼前的光景讓我難得興奮起來。體內好像湧出了力量，接下來會發生什麼事？該不會也能幫我解開那個可恨的詛咒吧？

小球不斷發出光芒，但什麼事都沒發生。

現場陷入一片沉默。

「所以這東西到底有什麼效果？」

「如你所見，這是一種照明器具。只要在白天讓它接觸陽光，就能在晚上拿來照明。」

簡單來說，就是蠟燭的替代品。雖然有些失望，這東西至少能幫我省下買蠟燭的錢。不對，乾脆直接拿去賣掉吧。感覺好像能賣到不少錢。

當我還在盤算這東西的用途時，小球逐漸失去光芒，緩緩飄了下來。

「我試過了，如果讓這東西接觸陽光半天，效果就能維持三百秒左右。」

凡妮莎重新把「片刻的太陽」擺在手掌上，然後向我如此說明。

「那不就沒屁用嗎？」

「如果這東西可以長時間使用，我就不會送給你了。」

「我想也是。」

「這東西不需要用到魔力，你應該也有辦法使用。儘管拿去用吧。」

「那我就心懷感激地收下了。」

這東西應該可以拿去賣給收藏家吧，也可以等缺錢的時候再拿去賣掉。我仔細觀察這個半透明的小球，發現裡面好像隱約冒出某種圖案。看起來不像文字，應該是某種符號或紋章。不行，圖案太過模糊，我實在看不清楚。

「關於史達林那邊……」

凡妮莎一臉擔心地說出這句話。我把小球從眼前移開，重新看向凡妮莎。

「他什麼時候可以出來？我剛才有去探望他，他好像沒什麼精神。一直被關在屋子裡無法出來，不知道是不是讓他覺得很鬱悶。」

「他只是沒有酒喝在鬧脾氣罷了。」

「可是，要是一直這樣把他關著，我擔心他會生病。我有幫他把畫布拿過來，但他好像連一幅畫都沒畫。」

那傢伙早就生病了，而且還是腦袋有病。他畫不出東西也不是一天兩天的事。

「反正史達林是個笨蛋，不會聰明到跑去碰『禁藥』。妳擔心的事絕對不會發生。」

凡妮莎那個曾經是藝術品商人的父親，當初就是因為被同行欺騙才會賠了一大筆錢。自己太過愚蠢導致生意失敗，似乎讓他精神失衡，就不小心碰了「禁藥」。聽說在那之後沒多久，他原本美好的家庭就徹底破碎了。

「或許吧。」

凡妮莎微微一笑。

「當時店裡明明生意很差，我父親的心情卻莫名地好。有時候他才剛進一大堆便宜的盤子，卻又立刻在隔天全部砸碎。這種事不斷反覆發生，當我們發現的時候已經太遲了。」

據說她們當時打算把她父親關在倉庫裡，卻遭到強烈的反抗。一旦他停止服用「禁藥」，就會因為戒斷症狀而發狂，把自己的妻子與孩子打到骨頭都裂開。他還會看到幻覺，看到窗外出現好幾顆眼睛，便打碎窗戶的玻璃。可是，他又會突然恢復理智，一整天都在哭泣。當他停止哭泣之後，又會整天呆坐在椅子上，就算跟他說話也毫無反應。

房子賣掉了，店也交給了別人。她母親病倒後，沒多久就過世了。她父親最後也為了拿到「禁藥」衝出家門，跑去搶劫黑社會的人，最後反過來被殺掉。當時的凡妮莎沒錢安葬家人，只能把屍體丟到「迷宮」裡面。

「他以前明明是個溫文儒雅的人，卻彷彿變了個人。我真的好害怕。」

就是因為這樣，凡妮莎對中毒者都很溫柔，但也很嚴厲。她會像剛才那樣用「強硬的手段」逼對方戒掉，也會教育那些分不清「禁藥」與「治療藥」的傢伙。

「妳嘴上這麼說，結果不也曾經跟藥頭交往嗎？」

「你是說奧斯卡嗎？」

凡妮莎的臉蒙上了一層陰霾。

「他原本自稱是個藥師，我是在跟他交往後才發現他的真面目。我勸過他好幾次，叫他別做那種壞事，但他完全聽不進去，最後甚至想拉我進火坑。我立刻跟他保持距離，然而他當時突然失蹤，我其實鬆了口氣。」

凡妮莎趴在桌上，用指尖輕撫木紋。

「妳那麼做是對的。」

要是一直跟那種人渣混在一起，恐怕連凡妮莎都會完蛋。

「不過他那張臉真的很好看。那種憂鬱的神情，還有說話方式和聲音都很迷人。」

「妳還真是學不乖耶。」

我不由得露出苦笑。

「不過，我勸妳還是小心一點。聽說道上兄弟還在找尋那傢伙的下落。如果那傢伙有把什麼東西寄放在妳這邊，妳最好立刻交給我，剩下的我會幫妳解決。」

「你又要提這件事？那種東西根本就不存在。」

凡妮莎笑著揮了揮手。

「要是他敢再來找我，我一定會把他趕出去。而且我現在只愛史達林一個人。」
「這我十分明白。」
她很不會挑男人，但不是花心的女人。
「那我要走了。等事態平息下來，妳跟史達林就可以大搖大擺地一起出門了。再稍微忍耐一下吧。」
說完該說的話後，我走出鑑定室，在門前嘆了口氣。果然還是不行嗎？可惡，那個混帳到底把東西「藏在」哪裡了？我已經找了快要一年，真教人不爽。
「啊，馬修先生。」
我想找個地方喝杯酒轉換心情，便走到公會外面，結果遇到了艾普莉兒。她坐在公會外面，看起來很閒的樣子。
「妳在做什麼？坐在這種地方會感冒喔。」
「不要你管。」
艾普莉兒別過頭去。這傢伙還是一樣不夠坦率。我走到她面前蹲下。
「就算妳坐在這種地方乾等，也不會收到信。」
「你很煩耶。」
我只是隨口亂猜，好像就被我說中了。艾普莉兒不開心地撇著嘴。竟然讓這麼可愛的女孩坐著乾等，那個人還真是罪孽深重啊。

「……她明明說過很快就會再寫信給我，可是都已經過一個月了。」

「妳怎麼不去拜託老頭子幫忙？」

世界各地都有冒險者公會，這些公會彼此之間的橫向連結也十分緊密。只要知道對方住在哪裡，想透過關係找人應該很容易。那個溺愛孫女的老頭子八成二話不說就會答應吧。

「爺爺好像很忙。聽說公會的卷軸被人偷走了。」

「那可真是糟糕啊。」

世上還有卷軸這種方便的東西，可以暫時把魔法或魔物存放在裡面。使用者可以在緊要關頭放出裡面的東西，對敵人放出火焰或雷電，或是幫人療傷，也能操縱事先「封印」在裡面的魔物替自己戰鬥。只要詠唱咒語，任何人都能使用。因為這樣，公會一直很謹慎地保管那種東西，畢竟有些卷軸甚至能消滅一座城市。

「是什麼樣的卷軸被人偷走？」

「不知道。我記得他好像有提到魔物這兩個字，但他沒有告訴我那是什麼樣的卷軸，而且那種事跟我又沒有關係。」

艾普莉兒原本還激動地說個不停，卻又馬上抱著腿低下頭。

「她明明說過會回信的……」

「妳不需要心急。」

我把手擺在艾普莉兒的肩膀上。

「我猜她應該是不知道該寫什麼，想著想著就這樣過了好幾天吧。妳的健康比較重要。難不成妳想躺在床上，一邊難受地發燒流鼻水一邊看著寶貴的信嗎？」

我拿出一顆淡黃色的糖果，放在她的手上。

「這顆糖果加了生薑，可以讓身體變暖和。妳就含著這顆糖果，乖乖回家吧。」

「你很煩耶。」

雖然她剛才也說過這句話，但聲音變得開朗多了。這是個好現象。

「再見，要是妳收到信了，記得也讓我看看喔，矮冬瓜。」

「不准叫我矮冬瓜！」

艾普莉兒大罵一聲，站了起來。

「那我要走了。早點回家喔。」

「馬修先生。」

我轉身走了幾步後，她喊了我的名字。我回過頭去。

「謝謝你。」

「別放在心上。我也要謝謝妳。」

因為妳也讓我心情好多了。

向艾普莉兒揮手道別後，我踏上歸途。還是別去喝酒，趕快回家吧。今天晚餐該吃什麼呢？

「偽幣事件已經解決了。聽說那是一個叫『白猿』的犯罪組織幹的好事。」

隔天的黃昏時分，回到家的艾爾玟告訴我這件事。我當然知道整個事件的內幕，但還是故意裝出很驚訝的樣子。

用過晚餐後，我們隔著食堂的餐桌面對面坐著小酌。

「對了，那個畫家的事後來怎麼樣了？」

艾爾玟喝著紅酒，問了這個問題。

「其實也沒什麼啦。」

我告訴她史達林還有其他女人，還從對方那邊拿到了零用錢。我沒有說謊，史達林確實有瞞著凡妮莎跟其他女人亂搞，也真的有拿到一點零用錢，只是金額比幫忙製作偽幣的酬勞來得少。

「凡妮莎利用這個機會讓他跟那個女人分手，也順便讓他放棄當『搜刮者』了。聽說凡妮莎今後會認真援助史達林，讓他能專心靠當畫家維生。」

雖說要援助史達林，也不是只有給錢。她好像還打算用威脅怒罵，甚至是打屁股這些手段逼史達林認真畫畫。這樣對待那個愛撒嬌的小夥子也只是剛好。

「真是不可思議。想不到那個成熟穩重的凡妮莎竟然會跟那種男人墜入愛河。」

「她那已經算是一種興趣了。」

她八成是只要看到那種沒出息的男人，就想幫對方振作起來吧。

「哎，不管別人怎麼想，只要他們本人覺得幸福就夠了吧？別人也沒資格說些什麼。」

「那……」

艾爾玟把酒杯擺在桌上。

「不知道我們在別人眼中又是什麼樣子。」

「……」

在別人眼中，我和艾爾玟就是小白臉與女主人吧。這種既不道德又不得體，而且頹廢又墮落的男女關係，根本不適合出身尊貴的公主殿下。可是，我們的關係比這還要複雜。僕人與主人、寵物與飼主、老師與學生、醫生與患者、惡魔與契約者……這些關係看似全是正確答案，卻又全都不太正確。如果硬要給這種關係取一個名字，我想應該是「共犯」吧。

當我不知道該如何回答的時候，艾爾玟趴了下去，把臉貼在桌上。我有一瞬間還以為她醉倒了，但她剛才只喝了一杯紅酒，她的酒量沒那麼差。

我探頭看過去，不過瀏海遮住眼睛，讓我無法看到她的表情。

「這樣很沒禮貌喔。」

我伸出手，撥開她那紅色的瀏海。她眼裡含著淚水，一副很不甘心的樣子。

「管他的，反正我本來就是個糟糕的女人。」

聽到她說出這種喪氣話，又看到她眼睛看著的方向，我才終於想通。我走到房間角落，從垃圾桶裡拿出一封信。我對這封信完全沒印象，但信封非常豪華，上面還能找到殘留的封蠟。就算沒看過內容，我也能猜到這是誰寄來的信，於是立刻把信揉成一團丟掉。

「如果妳看了會覺得沮喪，乾脆就別看了吧。」

反正我早就知道信裡會寫些什麼了。

舊馬克塔羅德王國的王族與貴族早就逃到大陸的各個角落，靜靜等待東山再起的一天。對那些傢伙來說，艾爾玟是復興王國的希望，也是復興王國的手段。然而，時間已經過了一年之久，她不但還沒征服「迷宮」，甚至還跟一個可疑的男人同居。「那傢伙肯定是看上妳的美貌與財產的凡夫俗子。」「妳墮落了嗎？」「妳忘記大義了嗎？」艾爾玟偶爾會收到這樣的抗議信。那些傢伙還真閒。

「他們要我跟你分手。」

「妳根本不必理那些傢伙。」

反正那些人也不會直接跑來「灰色鄰人」教訓她，頂多就是在她忘記那些人的時候寫信過來。太在意那些只會依賴別人的廢物也不會有任何好處。事實上，在艾爾玟最痛苦的那段時間，那些傢伙也什麼都沒做。

「他們只是把自己不幸的境遇歸咎於妳，想發洩一下情緒罷了。妳沒必要理會他們。」

「他們說你是一個愛玩女人的垃圾，還說你是傷風敗俗的渣男。」

艾爾玟這樣小聲呢喃後，往我這邊看過來。

「我也是這麼想的。」

「麻煩幫我找律師過來。」

我要向她狠狠敲一筆賠償金。

「可是，現在的我需要你。如果沒有你，我應該早就沉到海底溺死了。你對我來說是重要的保命繩。」

「……」

「馬修。」

艾爾玟依然趴在桌上，就這樣把手伸過來，彷彿她就快要從懸崖摔下去了。我走到餐桌的對面，握住了那隻手。

「放心吧，艾爾玟。」

任何人都會有心裡覺得難過，情緒變得不穩定的時候。她在「迷宮」裡的戰鬥，我幫不上忙，我只會扯她後腿，白白送死。就是因為這樣，就算只有現在這一刻，我也想成為她的心靈支柱。

「只要妳還需要我，我就不會放開這隻手。」

我緊緊握住她的手。

「我說過了吧，我是妳的小白臉（保命繩）。」

艾爾玟的嘴唇動了一下。她小聲呼喚我的名字。那聲音非常微弱，卻充滿真摯的情感，聽起來可愛極了。

「所以……」

我露出最燦爛的笑容。

「就小的愚見，為了今後打算，不知道您能不能多給些預算？」

艾爾玟露出最燦爛的笑容，在我的手背上狠狠捏了一下。

七天後，「白猿」的餘孽幾乎都已經遠走高飛，不然就是被逮捕了，於是我跟凡妮莎一起前去迎接史達林。

「馬修，你來得真慢。」

才剛看到我的臉，史達林就含著眼淚抱上來。看來跟德茲待在一起讓他非常不滿。

「現在應該沒事了吧？我們去喝酒吧。」

「太快了吧。」

「有什麼關係嘛。」

史達林像吵著要買衣服的女朋友一樣拉著我的手。

「馬修，我也要拜託你。」

連凡妮莎都這麼央求我。

「他一直被關在這裡，差不多快被悶壞了，需要出去放鬆一下。」

她也未免太善解人意了吧？不過，其實我也不討厭喝酒。結果我還是答應幫她照顧史達林了。畢竟我也拿了她給的零用錢，實在很難推辭。

「走，我們再去續攤。」

史達林在第一間店就喝得醉醺醺了。他把便宜的酒當成開水猛灌，現在腳步根本站不穩，只能一直抱著我的手臂。旁人說不定會誤以為我們兩個是好基友。

「你就不能自己走嗎？」

如果是以前的我，就算要拖著這種瘦皮猴走路也是易如反掌，但我現在已經變成一個弱男子，這樣實在很難走路。

「我們接著要去哪間店？」

史達林嬌聲嬌氣地這麼問，看起來心情好到不行。可以喝到久違的酒似乎讓他非常開心。

「別擔心，那間店你也很熟。」

「咦～～到底是哪裡啦～～」

我們走過鬧區，來到城市的中央地區。

「好啦，我們到了。」

史達林一臉茫然地站在店門口。

「這裡不是冒險者公會嗎？」

「是啊。」

我把他帶到公會後方，開門一看，見到了一位熟人。

「哈囉，德茲。」

我已經向夫人那邊確認過，知道他今晚住在公會裡面。也許是因為剛才正在睡覺，大鬍子看起來超級不爽，但我還是把史達林硬塞給他。

「不好意思，可以麻煩你再讓這傢伙多住一晚嗎？」

「我這裡可不是賓館。」

「我知道，所以我才把他帶來這裡。」

艾爾玟整天戰鬥已經很累了，而且這本來就是我惹上的麻煩。就這點來說，就算會稍微給德茲添麻煩，也完全不成問題。畢竟我幫他洗刷了製造偽幣的嫌疑，而且我們兩個是摯友。

「拜託，只要今晚就好。」

德茲厭煩地嘖了一聲。

「那就拿蒸餾酒（威士忌）來換吧。」

「德茲，我就知道你最好了。愛你喔。」

「趕快給我滾。小心我拔了你的舌頭。」

「知道了啦。」

要是我繼續待在這裡，他可能真的會動手。

「慢著，馬修，你要去哪裡？」

「我不當你的保姆了。我要自己一個人去續攤。」

「不要啊，馬修，拜託你別丟下我。」

可憐的史達林被濃密的鬍鬚森林緊緊纏住，含著眼淚向我求救。然而，君臨於森林深處的鬍子大魔神抓住史達林的後頸，把他往房間裡面隨手一扔。

聽著深夜不該有的吵鬧聲響，我靜靜地關上房門。

這樣就行了。現在是小鬼頭睡覺的時間。雖然那群製造偽幣的猴子幾乎都被抓到了，還有一隻特別凶暴的猴子沒抓到。在半夜出來亂跑的壞孩子可是會被恐怖的老虎吃掉的。

我離開公會。

日期已經改變，天空再過不久就會開始泛白，但街上還很安靜，還在營業的店家也寥寥可數。這種時間還在喝酒的傢伙就只有想靠喝酒忘記煩惱的冒險者，還有連腦袋裡都裝著酒的酒鬼了吧。清脆的腳步聲在寂靜無聲的馬路上迴盪。

正當我忙著找尋可以打發時間的地方，走過一個轉角時，從背後傳來使勁蹬地的聲音。我想也不想就立刻臥倒。下一瞬間，我感覺到有東西衝了過去，還聽到石頭被擊碎的聲音。我抬頭一看，發現牆壁上開了一個洞。

「你也未免太心急了吧？」

聽到我這麼說，那名體格壯碩的男子不爽地嘖了一聲，從牆壁拔出自己的拳頭。那人的左眼有一道很深的刀疤。

「沒那種事，現在正是時候。我要殺了你跟那個臭小鬼。」

「虎手」泰瑞讓從石牆裡拔出的拳頭發出聲響，朝我走了過來。

「那你可能搞錯了吧。」

果然被他發現了。我一邊往後退一邊把手伸到腰後。

「現在還沒輪到你出場，難道你就不能在後臺多等個一百年嗎？」

我丟出碎石。我用眼角餘光看著泰瑞從容不迫地躲過碎石，同時轉身拔腿就跑。我衝過轉角，一溜煙地逃跑。我感覺到好像有一條蛇從後面追了過來。我踹開地上的垃圾，還跨越在地上睡覺的醉漢。別說要拉開距離了，我們之間的距離反倒不斷縮短。我連續衝過好幾個轉角，最後逃進一間教會。

來到這裡就不用擔心會被別人看到了。我從懷裡拿出「片刻的太陽」。這東西基本上就是一種可以儲存陽光的道具。換句話說，只要被這東西發出的光芒照到，不管是在晚上還是暗處，我都能發揮出原本的實力。我還是頭一次在實戰中使用這東西，正好可以測試看看。

正當我準備詠唱咒語時，我聽到了破風聲。我下意識地閃躲，卻沒能完全躲開。我聽到小刀發出的堅硬聲響。銀色的刀刃飛向遠方，而「片刻的太陽」也滾進昏暗的禮拜堂。

泰瑞站在教堂門口，笑著走了過來。

「原來是那個混球幹的好事……」

我原本還想立刻教訓他一頓，但看來只能變更戰略了。

我衝過禮拜堂，從小門進到教會內部，爬上鐘塔的樓梯。我一次踩著兩階，快速衝上狹窄的螺旋階梯。我感覺自己爬得很慢。這樓梯一直讓人轉圈圈，我有種自己變成大便的感覺。肺與雙腳都快要沒力了。

我再次聽到破風聲，下意識地往旁邊閃躲，結果看到一把小刀從旁飛了過去。銀色的刀刃擊中石階彈開，滾落到樓梯上。從樓梯底下傳來了咂嘴聲。真是好險。不過，因為我做出閃躲的動作，讓我們兩人之間的距離又縮短了些。

我應該就快到了。我在樓梯盡頭的旁邊看到一扇老舊的木門。我總算抵達目的地了。

爬完樓梯後，我順勢往門一撞。因為我是用全身的體重撞上去，憑現在的我也還是成功地把門撞開了。

我一邊倒向前方一邊衝進這個四角形的小房間。東西兩邊各有一扇木窗，因為光線從木板的隙縫射了進來，讓我還能勉強看到東西。天花板上象徵性地吊著一個小鐘，小鐘只跟我的腦袋差不多大。

這裡之前還吊著一個更大的鐘，但不知道被哪個異教徒偷走了。

正當我準備起身時，泰瑞走進小房間。

他讓拳頭發出聲響，還謹慎地查看房間裡的每個角落。

「教會啊……想不到你竟然會選擇這麼沉悶的葬身之地。」

「還好啦。」

我從地上爬起來，並拍掉屁股上的灰塵。

「如果這裡還有附天篷的柔軟床鋪跟枕頭，就真的無可挑剔了。你可以去幫我買嗎？最好是能派人直接送過來。」

「屍體當然是要裝在棺材裡面。」

泰瑞側身面對著我，還把拳頭擺在自己前方。

「不過，在這個城市裡，也只有那些有錢人需要買棺材不是嗎？」

「這真是太可悲了。」

窮人死了也只會被丟到昏暗的「迷宮」裡面，連墳墓都不會留下。

「你也會是那種下場。」

泰瑞一口氣縮短雙方的距離。他流暢地欺身過來，揮出連石牆都能粉碎的右拳。當我看到那道弧光的瞬間，左側腹也感受到了一陣衝擊。我無法呼吸，一邊呻吟一邊後退。我還來不及喘息，泰瑞就露出游刃有餘的笑容，再次向我逼近。他的目標依然是左側腹。我放下右手肘試圖擋住拳頭，但那個可恨的拳頭突然像是鞭子般一個甩動，改變軌道擊中我的肚子。我下意識地彎著身體，一道黑影逼近我的左臉。當我發現那是踢腿時已經受到重擊，右臉狠狠撞在石牆上。感覺有點痛。要是可以就這樣一覺到天亮，不知道該有多輕鬆，但那傢伙並不允許我這麼做。黑影再次撲了過來。我想也沒想就一個前滾翻逃離現場。在聽到破碎聲的同時，碎石也打在我的背上。

「好硬……」

即便這裡光線昏暗，我也能看出泰瑞的臉蒙上了一層陰霾。

「我過去也殺了不少人，但這種手感根本不像在毆打人類。這可不是鍛鍊方法不同這種程度的問題，你的身體簡直就跟牛頭人一樣。」

「明明是自己練得不夠，還敢把別人說成怪物，你是想讓我笑掉大牙嗎？你還是滾回深山裡重新練過再來吧。」

「等殺了你之後，我會好好考慮的。」

泰瑞發出短促的呼吸聲跳到空中，順勢朝我踢出一記後旋踢。我連忙舉起雙手防禦，卻感受到撼動骨頭的強烈衝擊，整個人撞在牆壁上。可是，敵人的攻擊還沒結束。泰瑞在空中扭轉身體，又朝我踢出一記迴旋踢，擊中我的太陽穴。

我整個人沿著牆壁倒下，像是要用身體擦掉牆上的陳年尿垢。

我趴在地上，都還來不及喘口氣，泰瑞就一腳踩在我的後腦杓上。

「怎麼啦？『嘴砲王』，你現在還有辦法開那些無聊的玩笑嗎？」

「那個……這位大哥。」

我一邊親吻石地板，一邊語帶同情地這麼說。

「有件事我不知道該不該告訴你，但我還是老實說了吧。」我嘆了口氣。「你踩到貓屎了。別問我怎麼知道那是狗屎還是貓屎，因為味道不一樣啊。貓屎要來得臭多了。」

他踩著我的力道又加重了幾分。

「你的遺言就只有這樣？」

「那是我要說的話。這就是你的遺言了嗎？」

「你說什麼？」

「你應該以為我是不得已才逃來這裡，但是你搞錯了。現在是我把你逼入絕境才對。」

我伸手打開窗戶。

狹窄的房間裡瞬間充滿耀眼的白光。剛升起的朝陽在東方的天空閃閃發亮。

泰瑞用手遮著臉，往後退了幾步。我站起來擦了擦臉，背對著陽光這麼說：

「畢竟窮人連可以刻上墓誌銘的墓碑都沒有，我幫你寫在屁股上好了。就寫『踩到貓屎的男人長眠於此』吧。」

「給我閉嘴！你這個廢物！」

泰瑞從窗戶的死角繞過來，朝我揮出拳頭。他使勁蹬地全力出拳，跟我的拳頭正面對撞，然後發出了慘叫。

泰瑞按著自己滿是鮮血的手，用難以置信的眼神看過來。

「怎麼啦？指甲不小心剪太深了嗎？還是說，你磨爪子磨過頭了？」

「剛才那種力道是怎麼回事？我的拳頭居然……這怎麼可能……」

只要照到陽光，我就能找回原本的實力。像那種只稍微鍛鍊過的拳頭根本不算什麼。

「不行喔，自己爛就算了，怎麼可以怪到別人身上呢？」

「媽的！」

一記旋踢朝我襲來。我直接抓住他的右腳踝，然後使勁一握。

泰瑞發出近似怒罵聲的慘叫。我放開手。泰瑞跌坐在地，緊緊抱著自己變細了一半的腳踝。

「哎～～呀，這次是扭傷了嗎？」

「你這傢伙……！」

我走了過去，泰瑞立刻踢出左腳試圖牽制，但他現在坐在地上，根本使不上力氣，就算被他踢到腳和脛骨，我也不痛不癢。

「踢爽了嗎？」

我從上方對著泰瑞的左腳踩下去，地板與左腳同時碎裂。我再次聽到慘叫聲。泰瑞已經哭了出來，就像一個膝蓋破皮的小朋友。

「我明白了，我絕對不會對那傢伙出手，我敢向你保證。我也會離開這個城市，所以……」

「我有個問題想問你。」

我在泰瑞面前蹲下。

「我聽說你是掌管『禁藥』生意的人。這是真的嗎？」

「是……是啊，是真的。」泰瑞的眼睛亮了起來。

「貨最近變少了，所以價格也跟著水漲船高。我可以統統給你，拜託你饒我一命……」

「也包括『解放』嗎？」

「那東西我也有。雖然最近完全拿不到了，不過只要我一聲令下，就能立刻從其他地方調到貨……」

「這樣啊……」

我舉起拳頭。

「別殺……」

泰瑞交叉雙臂，高舉到自己面前試圖防禦，但他的努力只是白費力氣。我揮出強悍過頭的鐵拳，把牆壁跟泰瑞的腦袋與雙手變成了三明治。泰瑞的雙手骨頭陷進臉裡，就這樣無力地倒在地上。我姑且確認了一下，他毫無疑問已經死了。

「我又搞出一具屍體了。」

想到還得付錢給「掘墓者」，我的頭就開始痛了起來。

當我走下樓梯時，街上已經有人在走動了。這些人一大清早就要起床，實在是太辛苦了。陽光十分耀眼。我平常總是渴望見到陽光，這種時候卻覺得非常討厭。我縮著身體走進巷子，準備抄近路回家，卻發現巷子裡還殘留著黑夜的蹤影。

艾爾玟應該生氣了吧。我邊走邊思考自己晚出早歸的藉口時，突然有一根金屬棍棒從巷子裡揮了過來。那是一根戰棍（Mace）。我被敲得眼冒金星。當我發現自己被某人毆打的時候，我已經倒在地上了。

難不成泰瑞還有其他同伴？糟糕，我得趕快跑到有陽光的地方。我太大意了。

我抱著腦袋微微睜開眼睛，才發現有個眼熟的女人騎在我身上。她留著一頭短髮，曬成小麥色的肌膚上還能看到雀斑。儘管她的外表跟一年前完全不同，但我不可能認錯人。她低頭俯視著我，眼神裡充滿著憐愛與憎恨。

「我一直好想見到你呢，馬修。」

波莉咧嘴一笑，再次揮下戰棍。

第三章

一年前

「我跟妳同居，就快要滿一年了。」

我感受著掌中銀幣的輕盈重量，深深地嘆了口氣。

「想不到妳居然把我當成五歲孩子看待……真的只有這些嗎？」

我的手掌上只有三枚小銀幣。

「難道這些還不夠用？」

波莉悲傷地垂著眼。她那榛色的眼睛滿是淚水，還用手梳著那頭失去光澤的黑髮，像是要壓抑自己起伏不定的心情。她的手背與手指上還有一塊紫黑色的瘀青。那是她之前被客人用劍鞘毆打時留下的傷痕。

「也不是不夠用啦。」

這種銀幣是俗稱小銀幣的伊莉絲銀幣。只要喝一杯麥酒，順便點些下酒菜，轉眼間就能花掉一枚。如果我是個修行僧，這樣應該夠用吧。

「可是，男人總是免不了要交際應酬。我今天還跟別人約好要去喝酒。」

「那你就去赴約啊。」

波莉皺起眉頭，一副要我別說那種蠢話的樣子。

「妳應該也知道吧？男人的聚會沒那麼健全，不可能每個人喝杯酒就立刻解散。」

「這點錢果然不夠……」

波莉身體一晃，整個人幾乎要摔倒。

「對不起，都是因為我賺得太少。沒關係，我會去跟老闆說一聲，多接一倍的客人。」

波莉把臉埋進雙手哭了起來。她只要開始哭泣就會沒完沒了。

「抱歉，都是我不好。」

「你不用安慰我，都是我不好。每次都是這樣。我總是不得要領，連客人都忍不住要揍我，因為我是個愚蠢的廢物。」

「不，這不是妳的錯。」

「不然是誰的錯？」

「是我。」

我原本不想說出這句話，最後還是說出來了。我對自己的意志力薄弱感到厭煩，卻還是繼續說下去。

「都是我不好。」

有人敲了敲家裡的門。除了我跟波莉，住在這二樓的居民就只有老鼠。

「喂，波莉，妳到底還要在裡面混多久？客人馬上就要來了啦。」

對方是娼館的僕人。那個死胖子又發出擾鄰的怒罵聲了。

「你看吧，誰教你要為了那種無聊的小事煩我，人家都到門口來接我了。」

「妳說得對。我們沒時間了。」

我下定決心，對她如此說道。

「好，我決定了，我今晚會乖乖待在家裡。跟朋友喝完酒後，我就會立刻回家。」

目送波莉離開後，我累得倒在床上。這張爛床竟然好意思發出聲響。

仔細想想，我的人生總是任憑別人擺布。我出生於平凡的農家，在八個小孩中排行第五，八歲就因為家裡缺糧被賣給人口販子。後來我成為一個奴隸任人使喚，好不容易逃走後又被山賊撿到，結果還是被人當成奴隸。後來我又從山賊手中逃走，開始獨自浪跡天涯，最後被某個傭兵團撿到。

我在傭兵團裡學到戰鬥的基礎知識與技巧，也實際參加過戰爭，人也殺了不少。

在我十八歲的時候，因為傭兵團裡的同輩找我一起出去闖盪，我成了一位冒險者。

當我忙著對魔物揮舞斧頭與長槍時，同伴也變多了。我還得到名聲與金錢，也很受女人歡迎。那段日子可說是一帆風順，讓我以為自己原本坎坷的人生終於要迎來好運。可是，我忘記凡事有起必有落這個道理了。

我被那個三八太陽神奪走力量，不但當不成冒險者，連普通工作都做不了。我來到這個城市後很快就過了一年，現在是個神經質娼婦的小白臉。

如果我身上至少還有錢，應該不至於淪落到這種地步，但錢全被我花光了。結果就是，我現在只能躺在這間破房子的床上。

這應該算是我自作自受吧。可是，我也不想說出「如果我在跟魔物戰鬥時死去，就不用活得這麼狼狽」這種怨言。既然我還活著，就要掙扎著活下去，這樣才符合我的個性。我不是那種會自殺的人。如果真的要我自殺，我寧可在呱呱墜地的那天直接咬掉那個臭老太婆的奶頭，讓她親手把我殺掉。

「算了，反正船到橋頭自然直。」

沒人知道自己的人生會變得如何。說不定太陽神明天早上就會踩到自己的屁毛，摔倒在地上撞到腦袋，突然就死掉了。

當我從育幼院旁邊經過時，我看到熟悉的面孔。有個打赤膊到處亂跑的小男生正被比他高上一顆頭的女孩追趕。

「哈囉，矮冬瓜。」

「『馬修』，原來是你啊……」

聽到我喊她，艾普莉兒毫不掩飾地露出厭惡的表情。

「別來煩我。我現在得幫這孩子穿上衣服。討厭，你給我站住，這樣會感冒啦！」

兩個小鬼頭再次玩起捉迷藏。她看起來就是個隨處可見的可愛女孩，但這個城市裡沒人會蠢到對她下手。畢竟冒險者公會掌管著一群莽夫，而她可是公會會長的孫女。如果有人膽敢傷到她一根寒毛，恐怕不用半天就得去冥界報到。她明明還是個小鬼頭，卻會跑來育幼院當義工，也會到冒險者公會做一些職員的工作。

「我畢竟是妳的長輩，難道妳就不能多對我展現出一點敬意嗎？」

「可是我爺爺……不對，我祖父曾經告訴我『馬修是個沒出息的傢伙，不要理他』。」

那個臭老頭……居然對孫女灌輸這種奇怪的觀念。

「德茲也是這麼說的。」

該死的矮鬍子，小心我踩扁你喔。

「德茲也有告訴我，聽說妳在這裡教小朋友讀書？妳下次也可以順便教我嗎？」

「可是，你不是大人嗎？」

「我實在不擅長寫字，頂多只會寫自己的名字。」

「我絕對不要。」

我被冷酷地拒絕了。真是個無情的女孩。

「你趕快走開啦，不然我要叫人了喔。」

「知道了啦。」

反正我也只是想打發時間，離開家裡時那種鬱悶的心情也好多了。

「記得在太陽下山前回家喔。這城市最近不太平靜，我還聽說有壞人會綁架小孩子。」

艾普莉兒沒有理我，就這樣走進建築物裡面。

陪小朋友玩耍的時間就此結束，接下來是大人的時間了。

「馬修，你這樣就要回家了嗎？」

也許是看到我站起來，讓他覺得不太高興。滿臉通紅的史達林拉住我的手臂。

「是啊。」

「別這樣，繼續喝啦。馬修，我看你根本沒喝多少不是嗎？」

史達林環抱住我的脖子，就像是我的愛妻一樣。我想揮開他的手，卻無法如願掙脫。就連這種瘦巴巴的小鬼頭臂力都比我還要強。

「喂，你給我差不多一點。」

我還以為史達林終於願意放開手，卻發現他整個人飛向後方，就這樣撞在酒館的牆壁上。他像是靠在牆壁上昏死過去，結果竟然開始打呼。

「我討厭醉漢。」

「謝謝你出手救我，真是個好孩子。」

我輕輕撫摸那頭跟鬍鬚一樣濃密的頭髮。德茲默默地揍了我的肚子一拳，我立刻四腳朝天倒在地上。

「我也討厭裝熟的傢伙。」

這傢伙還真是開不起玩笑。我揉著肚子站起來。

「你也未免太慢了吧？是不是遇到什麼麻煩了？」

我今天原本是跟德茲約好要一起喝酒，卻意外被史達林纏上，害我現在身無分文。

「有兩個蠢蛋在公會裡鬧事。」

「那種小事你應該能輕鬆擺平不是嗎？」

至少在這個城市裡，沒人打得贏德茲。擺平幾個鬧事的傢伙應該比摸他的鬍鬚還要容易。

「如果只是要擺平幾個醉漢，確實不算什麼。可是對方的身分有點難搞，才會讓事情變得麻煩。」

「對方是道上兄弟嗎？」

德茲搖了頭。

「他們是『女戰神之盾』的人。」

那是最近開始嶄露頭角的七人……不，是六人組團隊。他們的首領是艾爾玟．梅貝爾．普林羅斯．馬克塔羅德，她同時也是過去被魔物滅亡的馬克塔羅德王國的公主。她是個劍術高手，誓言復興王國，正在挑戰大迷宮「千年白夜」。因為其強悍的實力與美貌，人們尊稱她為「深紅的公主騎士」，所有吟遊詩人都在傳頌她的英勇事蹟，從她七歲時首次擊敗騎士開始，直到為了拯救蒼生免於魔物毒手而奮戰不懈的過程。因為那些對流行毫無免疫力的傢伙總是會拜託吟遊詩人唱歌，我光是待在酒館裡喝酒，就聽過好幾次讚美她的詩歌。拜此所賜，我現在完全是個艾爾玟博士了。

「鬧事者是他們隊伍新來的跑腿小弟。他們仗著公主殿下的威名，在公會裡耍威風，結果跟其他冒險者大打出手。」

「那公主騎士殿下呢？」

「她剛好不在場。那些傢伙在公主殿下面前會放低姿態，不過在她看不到的地方就會囂張起來。」

「我記得他們之前不是死了一個人嗎？」

「好像是被林德蟲幹掉的。」

林德蟲是一種住在「迷宮」深處的大蛇。這種魔物平常只會縮著身體靜靜沉睡，但只要開始作亂，就會變得很難對付。林德蟲會宛如河流扭動巨大的身軀追殺敵人。它的鱗片就跟鋼鐵一樣堅硬，還有宛如箭矢的尖銳尾巴，以及刀劍般鋒利的長牙。我有一次在其他「迷宮」裡遇到林德蟲，那傢伙只要張開嘴巴，就能直接把我一口吞下。我光是要逃命就已經拚盡全力。我還聽說過林德蟲用身體纏住城堡，把城堡跟裡面的城主與騎士全都壓扁的傳說。

「聽說那傢伙整個下半身都被吃掉了。」

「可憐的傢伙。」

如果上半身也被吃掉，就不用讓人看到自己淒慘的屍體了。

「所以他們就放著『迷宮』不去挑戰，學別人喝酒鬧事嗎？」

如果需要發洩，就應該去娼館才對吧。真會給人添麻煩。

「我可以體會他們的心情。」德茲這麼說。「畢竟明天可能就輪到自己了。」

冒險者是一種與死亡為伍的職業。今天躺在床上睡覺，明天就躺在棺材裡面，也不是什麼罕見的事情。雖然我跟德茲都退出第一線了，至今還是沒能忘記當時的感受。

「害我心情都變差了。」

我起身。

「你這是什麼意思？我人才剛到，你就要回去了嗎？」

「誰教你要遲到。」

因為德茲露出不服氣的表情，我用手指戳了戳他那滿是鬍鬚的臉頰。

「你老婆就快要臨盆了吧？記得早點回家。」

「不用你多管閒事。」

鐵塊般的拳頭再次打中我的肚子。一個新郎官這樣掩飾自己的害羞，好像有些過火了吧？

跟德茲分開後，我在酒館街上閒晃。到處都能聽到醉漢的歡呼聲，烤肉的味道也搔弄著我的鼻尖。我的肚子在叫了。都是因為某個大鬍子剛才刺激了我的胃，害我肚子一直叫個不停。拜託安靜點啦，我可不想因為製造噪音被衛兵抓走。雖然我很想立刻找間酒館，進去裡面喝杯麥酒，但偏偏手頭很緊，也沒有還能讓我賒帳的店家。

這種時候最好的辦法就是找個熟人，讓對方請客。要找史達林嗎？那傢伙還是算了吧。

我停下腳步探頭看向店裡，想知道有沒有熟人在裡面喝酒，可惜沒看到半個熟面孔，只看到許多曾經勒索過我的小混混。因為有個比我矮一顆頭的臭小鬼舔著嘴唇走過來，我只好趕緊離開現場。

「喂。」

當我好不容易逃過一劫時，有人在巷子裡拉住我的袖子。我回頭一看，發現有一名金髮女子穿著露出肩膀的衣服，對我露出諂媚的笑容。我還聞到了刺鼻的白粉味。

「馬修，你今晚有空嗎？」

瑪姬是我認識的娼婦，我以前買過她好幾次。雖然她把自己打扮得很年輕，但應該早就超過三十歲了吧。

「還是算了吧。」

「你是在顧慮波莉嗎？放心啦，我會幫你保密。」

明明知道我是同事的男人，卻還跑來誘惑我，這可不是什麼好事。

「妳自己跑來找我，我是很開心啦，可是妳那邊好像已經有其他客人了。」

一名年約七歲，同樣有著一頭金髮的可愛女孩正在拉扯瑪姬的袖子。

「媽媽。」

「哎呀，莎拉，妳怎麼可以跑到這種地方？」

瑪姬蹲下去，充滿憐愛地抱住那個女孩。聽說女孩的父親是個冒險者，但我也只知道這麼多。反正那傢伙不是早就橫屍街頭，不然就是逃到其他城市了吧。這種年紀的孩子應該還很黏母親，可是，她母親不得不出來賣身賺錢，每晚都睡在不同男人的懷裡。

「媽媽，我好寂寞喔。我們一起睡覺好不好？」

我來回看向瑪姬與女孩。儘管這是女兒殷切的願望，但瑪姬註定只能跟陌生的邋遢男子同床共枕。因為如果她不這麼做，母女兩人都得流落街頭。

我把手伸進褲子的口袋裡，掏出僅有的幾枚銀幣塞到瑪姬手中。

「我幫她付錢，妳今晚就陪女兒睡覺吧。畢竟這陣子不太平靜。」

「灰色鄰人」是一座危險人物盤踞的城市。暴力與走私自不待言，我聽說最近還有某個組織在綁架孩童，賣給某些變態。

瑪姬凝視著掌中的銀幣，感動地向我低下頭。

我在莎拉面前單膝跪地。

「哈囉，大小姐，很高興認識妳。我聽說妳經常陪冒險者公會的那個矮冬瓜玩，我常聽她提起妳的事，她應該沒有給妳添麻煩吧？」

莎拉似乎經常跟育幼院的孩子們一起玩耍，所以也認識艾普莉兒。

「她是個非常好的女孩，個性溫柔，也不會給人添麻煩。她還會請我吃零食，也會教其他孩子寫字。」

莎拉折起指頭數著，對我這麼說道。

「那妳呢？」

「我喜歡艾普莉兒，可是我討厭讀書。」

「我也是。」

我笑了出來。

「她是個好孩子，妳以後也要繼續跟她做好朋友喔。」

「我會的。」

我輕輕摸了摸莎拉的頭後，她也挺起瘦巴巴的胸膛。

我高舉著手離開。當我正要走過轉角時，莎拉突然大聲說話。

「媽媽，我剛才演得怎麼樣？」

我驚訝地回過頭去，發現瑪姬正一臉尷尬地摀著莎拉的嘴巴。

她女兒可是個好演員啊。

「算了，錢就給妳吧。至少我看了一場好戲。」

我聳聳肩，就這樣離開現場。

我穿過狹窄的小巷，來到遠離市中心的街道。可是，這裡還不是這趟放浪之旅的終點。

我非常清楚。如果想喝酒，就只能去賺錢。然而我沒有力氣，也沒有智慧與才藝，唯一還行的只有床上功夫。我對自己的尺寸跟技術都很有自信。

難道這個城市裡就沒有那種留著一頭金髮，身材好到不行，經常空虛寂寞覺得冷，正想找人撫慰自己的有錢寡婦嗎？年紀最好是三十……不，就算更老一點也行。

「咦？」

我來到的地方是「金獅遠吠亭」。有別於我剛才去過的酒館，這裡的常客都是些有錢人。說到這裡跟其他酒館有何分別，就是在這裡喝一杯麥酒的錢，在剛才那間店裡至少可以喝上五杯。因為我這個人重量不重質，如果花費一樣多，我寧願選擇享受五倍的樂趣。我平常都會直接從店門口走過去，但我今天從窗戶隙縫看到一張令人在意的臉。

那人就是「深紅的公主騎士」艾爾玟。我趴在窗邊往裡面偷看。她就坐在吧檯旁邊，一個人喝著酒，身邊好像沒有同伴。

她會跑來喝酒其實也不是什麼怪事。畢竟她應該很有錢，就算是公主騎士殿下，也會有想要一個人喝酒的時候吧。

要是我去拜託她，不知道她是否願意請我喝一杯。

照理來說，她應該會拒絕我，我甚至可能被她痛扁一頓。可是，我無法抗拒自己一直叫個不停的肚子，還有公主騎士殿下那張美麗又寂寞的側臉，最後還是推開了「金獅遠吠亭」的門。

蠟燭的微弱火光照耀著店裡，外面的喧囂聲很不真實地完全消失了。包含公主騎士殿下在內，店裡一共有四位客人，還有一個年約四十的鬍子男在吧檯後面洗東西。他好像是老闆。看到我走進來，他毫不掩飾地用不高興的眼神瞪我。走錯地方的窮人給我滾——那眼神就是這個意思。只要看看桌椅的做工就能知道，店裡的裝潢與器具花了很多錢。就算只是偷走一個盤子，我明天的飯錢應該就有著落了。

我不理會老闆失禮的目光，在公主騎士殿下旁邊坐下。

「給我一杯麥酒。」

「你身上有錢嗎？」

老闆這麼問我。真是沒禮貌的傢伙。

「當然有，而且比你的薪水還要多。」

雖然說謊是不對的，世上還是有比真實更重要的東西。比如說，我那不想在公主騎士殿下面前蒙羞的自尊心。

「先付錢。」

「拿去。」

我讓銀幣滑過吧檯，送到老闆面前。史達林跑來找我討酒喝，自己的錢包裡卻還有八枚銀幣。雖然我拿走的比請客花掉的還多，這些錢就當作是補償金吧。

老闆默默拿起銀幣，把裝在杯子裡的麥酒端出來。

就算我在旁邊坐下，公主騎士殿下還是連斜眼都沒看我一眼。她似乎打算徹底把我當空氣。不過，她好像還是沒有放下戒心。我感覺得出來。如果我不懷好意，想伸手抱住她的肩膀，恐怕轉眼間就會被她打倒，從這間店裡被踢出去吧。

我找不到跟她攀談的機會，只能小口喝著這杯不是很冰的麥酒。連我都覺得這種喝法很小家子氣。

誰也沒有開口說話，整間酒館靜悄悄的。從外面傳來的喧囂聲就像是來自其他世界的聲音，聽起來非常小聲。

跟德茲或史達林說些蠢話很有趣，但偶爾像這樣喝酒其實也不錯。我也已經是個大人，有辦法靜下心來品酒了。如果還有最頂級的美女相伴，那就更不用說了。

「……找我有什麼事嗎？」

不久後，艾爾玟斜眼看了過來，主動找我說話。哎呀，沉默時間已經結束了嗎？我還以為她根本不把我放在眼裡，看來她比我想的還要心急。

「其實也沒什麼事。真要說的話，我想就是像這樣跟妳說上幾句話吧。」

「那你已經達成目的了。」

她再次將視線移回吧檯。即便我這個人比較遲鈍，也明白她在暗示我趕快走開。

「要不要離開是我的自由，我沒必要聽妳的命令。」

我可沒有蠢到會放過接近這種美女的機會。

「那就我離開吧。」

她把金幣擺在吧檯上，起身準備離開。我開口這麼說道：

「……聽說妳失去了同伴。」

艾爾玟的表情僵住了。我果然沒猜錯。冒險者獨自跑來喝酒，通常都是因為這樣的理由。

「我可以體會。那種感覺真的很糟糕，不是只有因為失去重要同伴而感到悲傷這麼簡單。無力感和懊悔與各種情感全都混在一起，在胃裡不斷翻騰，讓人覺得彷彿失去了自己的另一半。別說是出現在夢裡了，不管做什麼事情，腦海中都會浮現對方的死狀。喝酒不是為了品嘗滋味，也不是為了靠著醉意逃避現實，酒其實是一種『預防藥』，免得自己跑去用頭撞牆或是扯掉自己的頭髮與頭皮。」

「……」

「我還有其他同伴，我們不是孤單一人。我應該努力保護現在這些同伴，而不是一直想著已經死去的傢伙。可是，那些都只是空話。『應該』與『必須』這種出於義務的想法絕對無法抹去這種痛苦。就算時間可以解決一切，也無法保證自己能撐到那時候，而且也沒人敢這麼保證。唉，真不曉得這種痛苦要持續到什麼時候。」

當我回過神時，艾爾玟已經重新坐回椅子上，面對我這邊了。她剛才明明還一直面對著吧檯，連臉都不願意讓我看到。

「抱歉，我說這種話就像在挖妳的舊傷。我願意道歉。」

我早就做好挨揍的覺悟了。可是，艾爾玟臉上沒有憤怒與輕蔑，只有驚訝。看來我剛才說了那麼多話，並不是在浪費口水。

「……你也是冒險者嗎？」

「曾經是。」

我在傭兵時代就曾經失去過好幾位夥伴，待在「百萬之刃」的時候也不例外。原因可能是一些無聊的失誤，或是意想不到的危機、背叛、偷懶與偷襲等等，我身邊的同伴經常隨便就死掉了。就是因為這樣，我才會這麼喜歡那個笨拙又誠實，不管是被打、被火烤、被刀子砍，還是被石頭壓在底下，都還是活蹦亂跳的大鬍子。

艾爾玟仔細打量我。

「你受傷了嗎？」

「算是吧。」

我不想提起那個拉野屎的太陽神。難得有機會陪美女聊天，我不想破壞現在的好心情。

「所以這是前輩的忠告。妳可以傷心難過，我也不會叫妳忘記。不管是憤怒、恐懼還是憎恨，妳要懷有什麼樣的情感都無所謂。可是，只有後悔不行，那不是可以『沉迷』的情感。」

「『沉迷』？不是『懷有』嗎？」

艾爾玟露出狐疑的表情。我繼續說下去。

「後悔這種情感就跟『禁藥』一樣。如果為了逃避痛苦，就讓自己沉浸於自我憐憫中，最後就會再也走不出來。」

「……」

艾爾玟低頭看向酒杯。在她放下酒杯的同時，杯裡的酒也掀起紅色的波紋。

「早知道我當時就這麼做，如果我當時可以更早發現異狀就好了——這種想法不管之後要怎麼想都行，但那只是妄想罷了。難道妳不這麼認為嗎？」

她沒有答話，只是一直低頭看著下方，像是在探尋自己心中的情感。

我深深地嘆了口氣。

「如果妳不嫌棄，我並不介意聽妳訴說煩惱。怎麼樣？要不要跟我去其他地方續攤？順便幫我付一下……」

我突然被人從背後毆打。我被打得措手不及，只能抱著頭趴在地上。我回頭一看，正好被一個滿臉通紅的金髮年輕人踢中下巴。我沒能支撐住身體，摔了個四腳朝天。

「拉爾夫，別這樣！」

名叫拉爾夫的男子衝過來，一副要給我致命一擊的樣子，但艾爾玟阻止了他。

「你怎麼可以突然對別人施暴？」

「公主殿下，您不能跟這種人渣扯上關係。」

對方好像認識我。他輕輕搖了搖頭後，就拉著艾爾玟的手走向門口。

「請跟我走吧。路斯塔卿也在等您過去。」

對方似乎打算硬把艾爾玟帶走，也不給她表達意見的機會。

「放開我！拉爾夫！」

「我不放，這句話我今天一定要說。公主殿下，您必須盡快回去挑戰『迷宮』……」

「我叫你放開！」

近似慘叫的吶喊響徹店裡，整間酒館變得鴉雀無聲。連拉爾夫都一頭霧水，整個人愣在原地。我看到成功掙脫的艾爾玟鐵青著臉，也許是不小心太過激動讓她很後悔吧。

「……我已經不是孩子了，我可以自己回去。」

艾爾玟一臉歉疚地小聲說道。

「屬下感到萬分抱歉。可是，您這樣只是在浪費時間。我能體會您的痛苦，但我們真的該走了。」

即便嘴裡說著道歉的話語，拉爾夫好像還是沒有放棄把她帶回去。艾爾玟不情願地點了頭。

「請結帳。」

因為他們兩人準備就這樣走出去，老闆安靜地叫住他們。

拉爾夫沒有答話，直接大搖大擺地往回走，用手在吧檯上拍了一下。從這裡看得不是很清楚，不過那聽起來像是把錢放在桌上的聲音。

在門關起來的前一刻，我從門縫間看到艾爾玟的臉。她看起來就像個迷路的孩子。

……他們走掉了嗎？在心中數到五十後，我起身。就憑那種軟弱無力的拳頭，就算挨上一百拳我也死不了。雖然我也無法反擊就是了。

「那我也要回去了。不好意思打擾大家了。」

既然艾爾玟回去了，這裡沒人能請我喝酒，我也沒必要繼續待在這種地方。醉意早就沒了。我沒有其他地方可去，只好回到自己的狗窩。

房間裡僅有的一張床上沒有人影。難道波莉還沒回來嗎？我打算睡一覺，就這樣不自覺地走向床鋪，但桌子底下突然衝出一道黑影。黑影像蜘蛛一樣抱住我的腿，而且還是手腳並用。

「波莉，如果妳想玩捉迷藏，我們就來玩吧。」

我拉著她的手，想把她從桌子底下拉出來，但她果然不肯出來。

我打開窗戶。月光射了進來，照出波莉淒慘的模樣。她的眼角變成紅黑色，頭髮亂七八糟，嘴角也破了。

「妳怎麼又被人打成這樣？」

下流娼婦的客人當然也都是些人渣。只要是正常的娼館，都不會讓那種不打女人就興奮不起來的變態上門。

家裡可沒有傷藥那種高級的東西。當我打算先幫她擦臉，起身準備去拿水的時候，波莉抱住了我。

「馬修，對不起。」

她把臉頰貼在我的褲子上磨蹭，順便擦掉眼淚、鼻水與廉價化妝品。

「都是我不好，又給你添麻煩了。」

「沒那種事，妳沒有錯。錯的是那個對妳動粗的傢伙。」

「沒關係，你不用安慰我。」

波莉雙眼無神，開始咬拇指的指甲。她每次感到不安就會這麼做，所以她的拇指指甲總是只剩一半。

「都是因為我太廢了。畢竟對方是客人，就算客人比較粗暴一些，也必須笑著接客。我爸爸總是把這句話掛在嘴邊，你應該也知道吧？」

「是啊。」

雖然我不曾見過他本人，但妳已經告訴我幾百萬次了。

「我想成為一個更出色的人。就算是娼婦，也不代表就能被人小看。雖然我沒有讀過書，可能沒辦法變成像凡妮莎那樣，但我應該可以當一個聰明的娼婦。」

「是啊，我也是這麼想的。」

「所以，請你不要拋棄我。馬修，我會努力的。你應該知道吧？我還會寫字喔。只要我有心，也能做幫人代筆的工作。如果手上有本錢，也知道要怎麼做生意。我們將來就兩個人一起做生意吧，就算不是在這個城市也行。」

波莉今晚還是一樣說著那些既像懺悔，又像表明決心的話。可是，我不曾看過她為了改變現狀付出任何努力。這根本連三天打魚、兩天晒網都算不上，就只是一晚的美夢。只要談論著夢想，她就能變得跟現在不一樣，當一個最棒的自己。儘管把自己的不幸掛在嘴邊，一直活在後悔之中，卻完全不去改變現狀，沉醉於自我憐憫。就算沒有沉迷於酒精或「禁藥」，她依然是個喝醉的毒蟲。

「到時候我們該做什麼生意才好呢？雖然賣葡萄酒也不錯，但你可能會把酒全部喝光，我想還是不要好了。你覺得賣鹽、小麥或蠟燭怎麼樣？」

這些東西全是被商業公會獨占經營權的商品。因為這些東西都是民生必需品，國家會嚴格監視違法的交易行為，也會重罰違反規定的業者。就算成功加盟公會，新人也不會有生存空間。波莉的想法總是既空洞又不切實際。

據冒險者公會的鑑定師凡妮莎所說，波莉以前好像不是這樣的人。聽說她出身於一個還算不錯的商人家庭，雖然頭腦不是很靈光，也曾經幫忙過家業。她還有過未婚夫，原本說不定有機會嫁給一個還算富裕的商人。可是，因為家裡的店倒閉了，她母親上吊自殺，父親也把她賣給娼館。波莉不願承認現實，也無法接受現狀，心裡找不到平衡點，只能緊抓著不切實際的解決之道，回過神時才發現自己淪落到社會的最底層。凡妮莎實在看不下去，好幾次都勸她改行，但不要說三天，她連半天都堅持不了。

妳要認真工作，好好正視自己的人生——就算跟她說這些大道理也完全不管用。她當下會表示贊同，但隔天又會故態復萌。因為比起努力改變現狀，一邊喝酒一邊說著喪氣話要來得輕鬆多了。她就這樣徒增年歲，最後逐漸老去。跟我如出一轍。

「是啊，妳沒有錯。我相信妳一定做得到。」

就是因為這樣，我今天也說著一樣的違心之論。

後來又過了一陣子，德茲的老婆平安生下一個男孩。幸好母子都很健康。德茲開心到不行。他在公會裡依然是個不苟言笑的大鬍子，但回到家就會變成和顏悅色的奶爸。看到摯友那麼開心的樣子，我也覺得很高興。這樣我就更好捉弄他了。

當我打算買點東西過去，在街上閒晃的時候，突然看到有個人影要走進巷子。

我下意識地回頭一看，發現那個戴著灰色兜帽的背影往巷子裡頭走。那人有著形狀很棒的屁股，還有優雅的走路姿勢，我絕對不可能認錯。

自從那天以後，我就不曾見到公主騎士殿下。我偶爾會從外面偷看「金獅遠吠亭」裡面，但每次都沒見到她。

對方整天都在「迷宮」裡英勇華麗地戰鬥。我則是日復一日地喝酒，整天在街上閒逛，努力找尋掉在地上的零錢，夜裡就忙著安慰哭泣的波莉。我們之間不可能有任何交集。

我們終究生活在不同的世界。兩個不可能相遇的人，就算有機會聊上幾句，也不過是偶然罷了。雖然我們應該還有機會擦肩而過，不然就是遠遠看到對方，但應該再也沒機會聊天了吧。

她跑到這種地方做什麼？她的服裝好像跟平常不太一樣，不過這一帶可不是那種公主殿下會來的地方。那個名叫拉爾夫的瘋狗好像也不在旁邊。

我猶豫了一下，最後還是決定跟上去看看。我聞著陌生醉漢留下的小便與嘔吐物的臭味，偷偷跟蹤公主殿下。我還以為我這個大塊頭跟在後面應該會立刻被她發現，但她好像沒注意到我。

我們穿過曲折蜿蜒的小巷，最後來到「夜光蝶大道」上一間名叫「紅棺」的娼館後門。她來這裡做什麼？「灰色鄰人」也有不少可以找到男娼的娼館，但那間娼館應該只有女娼。正當我感到疑惑，以為公主騎士殿下可能有那方面的性癖時，一名男子從後門走出來，讓我看傻了眼。

那人就是奧斯卡。他是凡妮莎的男朋友，年約三十的斯文男子。雖然他有著金髮碧眼，還有一張稱得上俊美的帥臉，但我十分清楚，這傢伙是一個跟我半斤八兩的人渣。

奧斯卡露出和善的笑容，小心翼翼地掃視周圍。我躲在暗處，偷偷觀察情況。奧斯卡把一小包東西交給艾爾玟，然後收下一個小小的袋子。我聽到非常細微的金屬摩擦聲。奧斯卡看了看袋子裡面，滿意地點了頭。

「我說到做到了。」

艾爾玟強忍著怒火這麼說。

「請你把『那東西』還給我。」

「我聽不懂妳在說什麼。」

對方的口氣顯然是在裝傻。果不其然，艾爾玟的怒火終於爆發了。

「你這傢伙竟敢算計我！」

「我勸妳最好不要大聲喊叫。」

奧斯卡把食指擺在嘴脣前面。

「畢竟東窗事發會有麻煩的人可是妳。我有說錯嗎？『深紅的公主騎士』殿下。」

雖然只是細微的耳語，口氣卻像是砍下龍頭般得意洋洋。

「頭上戴著那種東西，妳應該很不好說話吧？可以請妳拿下來嗎？」

「……」

「可以請妳拿下來嗎？」

他加重語氣又說了一遍後，艾爾玟不情願地拿下兜帽，露出她亮麗的紅髮。

「這樣仔細一看，妳果然很美呢……嗚哇！」

艾爾玟把手伸向掛在腰間的劍，奧斯卡也在同時迅速往後跳開。

「拜託妳千萬別亂來。要是在這裡把事情鬧大，我們兩個都會有麻煩，難道不是嗎？」

也許是奧斯卡的脅迫奏效，艾爾玟很明顯地畏縮了。那個可以果敢衝進一群魔物之中救出同伴的公主殿下，現在竟然在害怕。

最後她終於放開握著劍柄的手。也許是確信自己贏了，奧斯卡保持著一定的距離，繞到艾爾玟背後。

「妳放心，東西我會還給妳的。只不過，雖然這裡面都是金幣，只有這點錢可能還是不太夠。妳應該比我明白那東西的價值吧？」

奧斯卡故意在她面前搖晃裝著錢的袋子。那筆錢大概是我十年份的生活費吧。

艾爾玟一臉苦惱地緊咬著唇。

「我是這麼想啦，畢竟我們今後還得長期往來，只有金錢上的往來不是太冷漠了嗎？妳懂我的意思吧？」

男子伸手碰觸那頭深紅色的長髮。她有一瞬間想要閃躲，最後還是沒有揮開對方的手。

「如果我說出這個祕密，我們兩個都會完蛋。我是無所謂啦，反正我也沒什麼可失去的。不過，妳就不是這樣了吧？我有說錯嗎？」

「……」

「只要我們不說出去，也不會有人知道這件事。讓我們進一步深交好嗎？」

奧斯卡把手伸向她細長白皙的脖子。我捏住自己的鼻子。

「喂！你在那裡做什麼！」

我為數不多的專長之一就是模仿那個黑皮膚的衛兵。那種很有特色的菸酒嗓很好模仿。

「你是奧斯卡對吧？給我站在那裡別動！」

我原地踏步，發出好像有人正走過去的聲響。

奧斯卡嘖了一聲，快步逃離現場。他跑得太過慌張，結果好像不小心撞到人了，聽得到尖銳的慘叫聲。被留在原地的艾爾玟愣了一下，但她很快就重新戴上兜帽，準備離開。

「公主殿下，請您留步。」

艾爾玟停下腳步，轉過身來。

「對了，我好像還沒做過自我介紹。」

為了讓她放心，我攤開雙手，盡量用溫柔的口氣說話。

「我叫馬修，請多指教。」

我笑著伸出手，但她沒有跟我握手。她就像一隻被人欺負過的野狗，充滿了戒心。

「……你怎麼會在這裡？」

「那是我要問的。這裡可不是妳這種公主殿下該來的地方。」

「這件事與你無關。」

「話不能這麼說吧？妳差點就被色狼侵犯，我可是好心救了妳耶。」

「色狼？」

她一臉茫然地眨著眼睛。

「是啊。難不成妳才是那個要侵犯別人的色狼？如果我壞了妳的好事，我願意道歉。為了補償妳，我願意讓妳摸屁股。不過我的屁股很敏感，可能會不小心發出怪聲就是了。」

「開什麼玩笑！誰要……不，抱歉。謝謝你出手相助。因為事出突然，我有些心慌意亂。」

說著這些話的同時，艾爾玟的表情也逐漸放鬆。成功守住祕密讓她鬆了口氣。看來我好像猜對了。

「我改天必定會回報你。我還有事，先走一步了。」

「別這麼說嘛。在這裡站著說話也很奇怪，要不要陪我去喝一杯？我不會對妳亂來的。」

「不必麻煩了。」

她重新戴好兜帽，準備離開這個地方，就像隻振翅起飛的小鳥。

「只要一下下就好。我今天身上剛好有錢……糟糕！」

我的錢包掉到地上，銅幣與銀幣散落一地。

「不好意思，可以幫我撿一下嗎？」

公主騎士殿下皺起眉頭。被我這種小混混命令，她應該覺得很屈辱，也或許是想起剛才的奧斯卡了吧。

不過，也許是因為我剛才出手救了她，她最後還是乖乖蹲下。她太疏於防備了。我趁機抓住她的手，把手伸進她懷裡，拿出那包東西。

「你要做什麼！」

在她出手搶回東西之前，我趕緊退向後方。

「別這樣大聲亂叫。」

她一副隨時都會拔劍的樣子，讓我慌張地伸手制止。

「這可不是妳這種淑女該碰的東西。」

我很清楚這只是多管閒事，但我也很明白如果放著不管，她會有什麼樣的下場。

「冒險者公會裡有一位名叫凡妮莎的高明鑑定師，妳應該認識吧？」

在這種陽光照不到的巷子裡，如果跟她打起來，我百分之百會輸。我努力想著該如何避戰，繼續說出自己心中的想法。

「她看東西的眼光遠遠強過尋常鑑定師，但看男人的眼光差到了極點。她總是跟一些無可救藥的人渣交往，而她的現任男友更是糟糕，就是剛才跟妳起衝突的奧斯卡。」

艾爾玟的身體抖了一下。

「他是個還算有名的藥頭，會從黑道那邊買進可怕的『禁藥』，賣給那些深信自己是來自沙漠王國的貴族的夢想家，還有忘記把常識裝進腦袋的冒險者。」

兜帽底下的臉孔變得蒼白無比。

「這東西是『禁藥』，而妳是個慣犯。」

這瞬間，艾爾玟癱坐在地，就像靈魂出竅了一樣。

「我有說錯嗎？」

公主騎士殿下沒有回答，但她的反應已經說明了一切。恐懼、憤怒、羞恥與絕望……這些情感像是被丟進魔女的大鍋，全都混在一起熬煮，冒出噁心的泡泡。她把雙手放在自己的脖子後面，應該是為了隱藏脖子上冒出的黑色斑點吧。

我打開袋子，裡面裝著一個小瓶子，瓶子裡裝滿白色粉末。我打開瓶蓋，聞了聞味道。

「原來是『解放』啊……」

我自己不曾用過，但用過的人告訴過我，只要舔一下這種白粉就能讓人感到無比亢奮，把恐懼與所有情感都拋到腦後。而代價則是自身的毀滅。用不了幾年的時間，骨頭與內臟就會變得千瘡百孔，壽命也會確實縮短。就算停止服用，也會因為戒斷症狀嘗到地獄般的痛苦。奧斯卡那個混帳，竟然把這種沒天良的東西拿出來賣，他會下地獄的。

「啊、啊……」

艾爾玟發出呻吟聲，而且聲音裡充滿了渴望。雖然她沒有突然撲過來，好像還能保持理智，但要是情況繼續惡化下去，她很可能會為了得到「禁藥」出賣身體。

我沒有蓋上蓋子，就這樣把裝著白色粉末的瓶子丟進附近的排水溝。白色粉末跟瓶子一起被汙水沖走了。

「我不打算對妳個人的私事說三道四，可是依賴這種東西……」

後腦杓突然傳來一陣衝擊。原來是雙眼充血的公主騎士殿下向我撲了過來。

「你這個混帳！」

她激動地揮拳揍過來。我連忙舉起雙手，但拳頭還是擊中了我的臉。雖然力道不強，速度卻非常快，讓我很難閃躲。拳頭好幾次都穿過防禦，直接打在我身上，我才剛失去平衡就立刻被擊倒在地。我摔個四腳朝天，被她騎在身上毆打。

情況不妙，現在的我連臂力都贏不過她。公主騎士殿下好像完全氣瘋了，揮拳的動作也變很大。我稍微縮起脖子，用額頭承受她使出全力揮下的拳頭。我的身體還是一樣耐打。公主騎士因為拳頭痛而暫時停手，我趁機從她的身體底下鑽出來。

「如果想拿到『禁藥』，那妳就去撿啊。只要馬上喝下那些汙水，說不定還有一點味道。」

艾爾玟這時才總算恢復理智，整個人停住不動。她輪流看向自己紅腫的拳頭與排水溝，還有被她痛打的我。也許是對自己的行為感到羞恥，她低著頭蹲在地上。我以為她在小聲哭泣，但沒有聽到任何聲音。

不久後，我起身，然後拍掉身上的灰塵，朝公主騎士殿下伸出手。

「如果妳不嫌棄，要不要跟我談談？」

我帶著公主騎士殿下來到冒險者公會的二樓。公會裡有好幾個用來讓冒險者密談的房間，就算聲音稍微大一些也不會被外面的人聽見。因為這個緣故，冒險者們也會在這裡對人動私刑。如果在這裡談話，就不用擔心被人偷聽了。我也想過要把她帶回家裡，但在這種情況下那麼做，她可能會誤以為我居心不良。順帶一提，波莉出去上班了，要到深夜才會回家。

狹窄房間的中央有一張傷痕累累的桌子，像是身經百戰的戰士一樣靜靜佇立。公主騎士殿下按照我的指示，在快要散掉的椅子上坐下。

她把手掌擺在大腿上，臉色蒼白地低著頭，宛如等待審判的罪人。

「妳不需要那麼拘謹，把我當成神父就行了。」

雖然我還在老媽的肚子裡時就捨棄信仰那種東西了，但我至少還能聽別人傾訴煩惱。

「我就直說了。妳得了『迷宮病』對吧？」

她還是沉默不語，但那微微握住的手掌還有緊緊併攏的雙膝，都老實坦白了自己的罪狀。

「這是常有的事。」

在缺乏照明的「迷宮」裡，死神總是一直跟在身旁。地形、魔物、陷阱與同行……死神隨時都有可能從背後襲來。自從來到這個城市，我已經看過好幾個這樣的傢伙了。

一旦得了「迷宮病」，就算用魔法也無法治好。儘管可以用僧侶的「奇蹟」鼓舞士氣，效果也維持不久，患者很快就會變回一隻膽怯的小貓。如果是症狀比較輕微的傢伙，只要搬到其他城市，不再踏進「迷宮」，就還能繼續戰鬥。可是，絕大多數的患者都會失去戰鬥能力。冒險者是一種需要賭命的職業，如果無法賭上性命就再也做不下去了。之後只能退休，不然就是喪命。

還有些人會因為走投無路而使用「禁藥」，這位「深紅的公主騎士」殿下也不例外。事情就是這麼簡單。雖然我不認為這是個聰明的做法就是了。

也許是放棄辯解了，艾爾玟依然低著頭，小聲說出自己的罪狀。

「我……是在半年前左右開始碰那種東西。」

聽說是因為無法忍受對戰鬥與「迷宮」的恐懼，她才會開始碰那種東西。她隱瞞自己的真實身分拿到「禁藥」後，就慢慢開始用了。

「剛開始非常有效。心情變得很棒，征服『迷宮』的進度也遠比過去快許多，但我做出蠢事的報應很快就來了。」

她服用「禁藥」的間隔越來越短，現在如果不每天服用一次就會出現戒斷症狀，雙手會不自覺地顫抖，脾氣也變得暴躁，無緣無故就對身邊的人發火。為了避免被人發現異狀，她只能不斷服用「禁藥」，完全就是惡性循環。

「最後甚至還聽從那種傢伙的要求，把祖先傳下來的翡翠項鍊交了出去。」

據說那是一位很久以前從異國嫁過來的公主帶來的嫁妝，是非常寶貴的東西。而艾爾玟卻打算把那種寶物拿去換「禁藥」……不，她已經這麼做過一次了。這就是「禁藥」的可怕之處，就連清廉潔白且意志堅強的公主殿下都會為此變得瘋狂。

她很快就感到後悔，到處湊錢想把寶物買回來，卻反過來受到威脅。

「我身為馬克塔羅德王國救贖的象徵，卻只能靠那種東西克服恐懼這種事，絕對不能讓民眾知道。你應該也能理解吧？」

「既然妳會害怕，就趕緊退休吧。」

「我不能這麼做。」

「我明白妳的苦衷。為了復興王國，妳必須挑戰『迷宮』取得寶物吧？我就坦白說吧。妳身邊的同伴都是些沒出息的廢材。那種美好的豐功偉業，只要給吟遊詩人幾枚銅幣，他們就會開心地歌頌，但那絕對不是在現實裡該做的事情。」

如果是所有倖存者同心協力去挑戰還說得過去，但不管本領有多麼高強，讓一個女人背負整個國家的命運這種事，只不過是狗屎。

如果想建國，也可以去開墾南方的荒野，不然就是侵略其他國家。先到某個國家當官，然後找機會竊國也不是不行。反正這些做法都比那種不切實際的手段來得好多了。

「如果妳會感到害怕，就直接說出來吧。難道妳一直都是把自己的背後交給那種心裡有話也不敢跟他們直說的傢伙嗎？」

「這件事跟你無關。」

「是啊。確實跟我無關。」

我嘆了口氣，往後躺在椅背上。

「我承認。我們不過就是前陣子稍微聊過幾句，都還沒自我介紹的陌生人。不過我也要問妳，知道妳這麼痛苦的傢伙有幾個？我敢打賭，一個都沒有。」

如果她當初能說出自己的痛苦與恐懼，應該就不會去碰「禁藥」那種東西了吧。

那些人只不過是把名為期待的皇冠戴在她頭上，讚頌著這位崇高、清廉又美麗的公主殿下，從來不曾想過這會對公主殿下造成多大的負擔。那些幸福的傢伙還真是無知又無能，怎麼不去死一死算了？

「這是我的忠告。妳一定要把『禁藥』戒了，碰那種東西絕對是個錯誤。我不喜歡管別人的閒事，也知道自己沒資格命令妳，但我還是要這麼說，別再服用了。『絕對不要』。」

在我說出這些話的同時，那種不愉快的感覺再次湧上心頭。

「我見過好幾個碰『禁藥』的傢伙，每個最後都沒有好下場。有人為了買藥跑去搶劫，最後遭到處死；有人精神錯亂，把魔物當成自己老媽，自己跑去給魔物吃掉；也有人受不了毒癮發作的痛苦，親手刺穿自己的喉嚨。妳應該也不想要那種特別的死法吧？」

明明沒人拜託他們，他們還是表演了那種低俗的「特技」。

「尤其是『解放』，因為效果強烈，戒斷症狀也非同小可。而且連『解毒』都無效。」

世上還有魔法這種方便的東西，不但可以幫人療傷，也能幫人中和體內的毒素。可是，魔法也有治不好的病症，那就是「迷宮病」這種心理疾病，還有「禁藥」中毒的症狀。「解放」在製作時會用到含有特殊魔力的藥草，所以也無法製作出解毒劑。

「妳現在最好的做法，就是放棄『迷宮』裡的寶物與復興王國這個目標，別再繼續當一個冒險者，然後找個鄉下地方，看著大海專心療養。剩下的事情就交給其他人去做吧。不管要說是生病還是受傷都好，理由這種東西要怎麼捏造都行。妳已經做得很好了，剩下的就交給底下的人去做吧。」

「感謝你的忠告。」

艾爾玟難過地搖了搖頭。

「但是……現在的我需要那種東西。」

「妳要靠著『禁藥』復興王國嗎？妳打算讓人在王國史上寫些什麼？儘管得到『迷宮病』，

心裡害怕得不得了，艾爾玟公主殿下依然服用『解放』，拖著中毒的身體拿到寶物，最後成功復興王國嗎？」

「如果實在情非得已，我也已經做好覺悟了。」

「妳打算把祕密與恐懼全部藏在心裡，就這樣前往冥界嗎？還是算了吧。被人當作蜥蜴的尾巴斷尾求生，可不是一位公主殿下該做的事情。」

「你為什麼要管到這種地步？你不是承認自己跟這件事無關了嗎？」

「難道妳不曾拿麵包餵餓著肚子的小貓嗎？難道妳看到花快要枯死都不會幫忙澆水嗎？這就是我這麼做的理由。只要是個人，都會有這樣的同情心。」

我很清楚自己是多管閒事。照理來說，我完全可以置身事外，也能把這個醜聞賣給別人。如果是「深紅的公主騎士」殿下的醜聞，應該可以賣到不錯的價錢。她出身高貴，既優雅又高潔，地位與教養都跟我天差地別。這種高貴之人居然也會趴在地上舔著汙泥，很多人看到她露出那種醜態都會覺得爽快與興奮。我也不例外，我反倒還會搶著衝第一。我之所以出面阻止，應該只是因為那點跟鼻毛一樣少的良心，也或許是因為眼前這位縮著身體的公主騎士殿下令我感到同情。

「那我的人民要怎麼辦？他們被魔物大軍襲擊，騎士、士兵與王家都無法保護他們，讓他們的土地與家人都被奪走了。他們明明都是無辜的。」

「可是，那些魔物也不是被妳吸引過去的不是嗎？」

責任感強是無所謂，但也沒必要把一切責任扛在身上。

「而且所謂的人民其實意外地堅強，不管在什麼地方都能定居下來，只要有錢跟食物就能自己過得很好。只有極少數的人非得住在馬克塔羅德王國不可。」

聽我說到這裡，艾爾玟一臉疑惑地這麼問：

「你到底是什麼人？」

「我只是個平凡的小白臉。」

「小白臉又是什麼？」

公主殿下還真是不諳世事。

「聽說在某個離這裡非常遙遠的港口城市，有一群靠潛入海裡捕捉魚貝維生的女人。」

艾爾玟聽得滿頭問號，我使了個眼色讓她閉口不語，然後繼續說下去。

「因為淺灘上的魚貝幾乎都被捕完了，她們只能搭著小船前往外海，然後潛到海底捕捉魚貝。當然，如果不小心溺水，她們就會沒命，所以都會在腰上綁著一條保命繩。她們會盡可能捕捉魚貝，如果快要憋不住氣了，就會拉扯那條保命繩。只要收到這樣的訊號，在小船上待命的男人就會把女人拉上去。因為這個典故，那些負責拯救女性的男人才會被稱作小白臉（註：小白臉的日文是「ヒモ」，也就是繩子的意思）。」

這些事情我也只是聽說，不知道到底是真是假。

「為什麼不是那些男人潛到海底？」

「也許是因為他們得負責駕船，不然就是只有男人才有體力把人拉上來吧。我還聽說女人比較耐寒，可以在海水裡待得更久。」

就算她這麼問我，我也回答不出來。畢竟我也只是道聽塗說，希望她別再問了。

「總之，所謂的小白臉就是一種幫助、治癒並撫慰女性，藉此換取微薄酬勞的職業，也可說是女性的引導者吧。」

「你是說，你就是那種引導者嗎？」

「算是吧。」

我現在整天遊手好閒，只是個寄生在娼婦身上的廢物渣男。

「我知道妳很看重王國與人民，但我還是要勸妳住手。那些東西不值得妳犧牲自己。」

「不是這樣的。」

艾爾玟難過地搖搖頭。

「復興王國確實也很重要，但不是我現在最重要的問題。」

「不然是什麼問題？」

「……梅琳達的女兒失蹤了。」

這個梅琳達好像是艾爾玟的朋友。自從成為冒險者後，這位心地善良的公主騎士殿下從來不擺架子，總是平等地對待每一個人。而梅琳達就是其中之一。在她生下孩子後，她丈夫就立刻跑掉了。她只能靠出賣身體，獨自把孩子拉拔長大。聽說她的孩子昨天就失蹤了。梅琳達瘋了似的到處打聽，才得知孩子是被某個犯罪組織綁架。

「梅琳達也不知道跑去哪裡。我猜她應該是去找自己的孩子了。」

「那個犯罪組織叫什麼名字？」

「好像叫作『三頭蛇』的樣子。」

「那可真是糟透了。」

那是盤踞在這個城市的犯罪組織之一。規模不大，卻有在經營買賣「禁藥」的生意，聽說最近連人口販賣都有在做。因為他們還養了一群瘋狗，會是非常難纏的敵人。當然，衛兵根本幫不上忙。跑去拜託那些收了黑錢的傢伙幫忙，就跟自己走上處刑臺沒什麼分別。她似乎也明白這一點，打算憑自己的力量去救出孩子。我覺得她實在太魯莽了。如果是現在的我，肯定會選擇連夜逃跑。

「妳怎麼不找自己的家臣幫忙？如果是之前痛打我一頓的那個小鬼頭，應該很樂意聽從妳的命令吧。」

艾爾玟悲傷地垂著眼。

「拉爾夫很不喜歡我跟梅琳達扯上關係。他覺得一個出身名門的公主跑去跟娼婦交談，是一件很汙穢的事。其他人的想法也跟他差不了多少。就算我說要去救梅琳達的女兒，他們應該也不會幫忙。」

我勸妳還是趕快跟那種同伴分道揚鑣吧。

「更何況，他們並不是我的家臣，而是路斯塔卿透過關係找來的同伴。路斯塔卿也反對我去找尋孩子。」

那傢伙我也認識。就是那個上了年紀的騎士吧？我猜他八成還是個處男。

「那其他冒險者呢？」

「我找過幾個人，但只要我說出『三頭蛇』這個名字，大家就會立刻拒絕。」

「我想也是。」

換作是我也會拒絕。賭命戰鬥跟跑去自殺是兩回事。

她孤立無援。就算她想不顧旁人的反對跑去救人，身體也已經變得不靠「禁藥」就無法戰鬥。她為了救人跑去買「禁藥」，還想順便拿回寶貴的項鍊，卻反過來被人威脅，差點就要被人玷汙，結果就遇到了我。

「我現在完全搞懂了。」

我深深地嘆了口氣，然後說出這句話。

「妳果然只有一個選擇，就是捨棄那個名叫梅琳達的娼婦與她的孩子。」

艾爾玟睜大了眼睛。

「那個某某卿是對的。想要單槍匹馬闖進壞人的老巢，實在太魯莽了。妳百分之百會反過來被打敗。就算妳成功救出那個孩子，這個城市裡的娼婦也活不了多久，她們遲早會死在瘋子的手裡，不然就是得怪病死掉。」

「那種事情……」

「一定會發生。」

我搔了搔頭，努力甩開腦海中浮現的光景。

「我已經看過好幾次了。」

艾爾玟閉口不語。看來她也明白我沒有說謊。

「既然妳不是神，不管實力有多麼強悍，都一定會有拯救不了的人。這是理所當然的事情。我覺得想拯救別人是一種很偉大的想法，但妳得先拯救自己。再說，如果妳能跟團隊裡的同伴建立起更親密的關係，應該也不需要我這種人的幫助，難道不是嗎？」

我站了起來。我已經給她忠告了，而且誠意十足。再來就看這位公主騎士殿下怎麼決定了。不管她是死是活，還是會變成一個毒蟲，都是她的自由。就跟我剛才說的一樣，有些人救得了，也有些人救不了，我只能希望眼前這位女性屬於前者。因為事情已經辦完，我走向出口。

「那你願意幫我嗎？」

她從背後叫住了我，悅耳的聲音流露出些許期待。

「還是算了吧。」

就算她找我幫忙，也只會讓我傷腦筋。不過，如果那些壞人整天都待在太陽底下，那倒另當別論。

「我的薪水可是很高的，我要妳的處女膜。如果還在的話。」

「你別胡說八道……！」

我回頭一看，發現艾爾玟的臉因為羞恥與憤怒變得紅通通的。我還以為她會揮拳打過來，但她只有別開目光，忸忸怩怩。

「對了，妳可以不用擔心奧斯卡那邊的事情。那傢伙還欠我人情，我會去幫妳搞定。我還會想辦法幫妳拿回那條項鍊。」

「咦？」

艾爾玟愣愣地叫了出來。她為什麼會有這種反應？我忍不住出言提醒她。

「啊～～妳該不會忘記這個名字了吧？我是說剛才那個藥頭啦。算了，妳不記得這個名字也好。」

「……我想起來了，就是這個名字。」

她好像終於想起自己的處境有多麼危險了。

「難不成妳真的忘記了？」

「……抱歉。」

「沒關係，畢竟妳好像有很多事情要煩惱。當然，就算要拔掉我的舌頭，我也不會把這件事說出去。」

應該吧……不過我從來沒被人拔過舌頭就是了。

我從褲子的口袋裡拿出一小包東西，朝她丟了過去。

「這個給妳。是妳上次請我喝酒的謝禮。」

「這是……？」

「那是糖果，裡面加了藥草，吃了對喉嚨很好。嘴饞的時候可以拿來當零食，還能幫助妳放鬆心情。」

這東西很適合只顧著擔心那位娼婦跟她的女兒，把自己剛才遇到的危機完全拋到腦後的公主騎士殿下。只要她想動手，也可以直接殺了我滅口，但她根本沒有想到這件事。

我舉手道別後，走出房間。我走到樓下，正好遇見德茲。

「你老婆跟孩子都沒事了嗎？」

「隔壁的太太會幫我照顧她們。我只是來拿忘記帶回家的東西，很快就會回去。」

「我想先拜託你一件事。借我錢。」

大鬍子的臉直接皺成一團。

「你要拿去做什麼？」

「那還用說嗎？」

我這麼回答。

「當然是去找個漂亮的大姊姊，跟她大戰三百回合。我剛才跟美女兩人獨處太久，現在早就慾火難耐了。」

外面天色已經完全暗下來了。我目送逐漸遠去的帶篷馬車，縮著身體快步踏上歸途。因為我剛才有沖過澡，不用擔心身上殘留的味道會害我露餡。我最近都沒做這件事，身體早就完全生疏了。以前這對我來說明明不算什麼，現在卻全身痠痛。被刮傷的臉頰好痛。我真是太亂來了。

「我得趕快回家，不然要是波莉回來就麻煩了。」

「馬修！等一下！」

巷子裡突然伸出一隻手拉住我。我整個人失去平衡，轉頭看向那隻手的主人後才鬆了口氣。

「瑪姬，拜託妳別嚇人啦。雖然我是個大塊頭，心臟可是比蝨子還要小。要是妳害我嚇到心跳停止……」

瑪姬沒有理會我的玩笑話，趴在我的胸口哭泣。

「發生什麼事了？」

我抱著她的肩膀，探頭看向她的臉。她的表情看起來不像是在開玩笑的樣子。

「莎拉從昨天就沒有回家。你有看到她嗎？」

「不，我沒看到她……她還沒回家嗎？」

「那個人果然不是你。我就知道……」

她直接癱坐在地上。儘管膝蓋碰到堅硬又冰冷的石頭地板，她也完全沒有要站起來的意思。

「到底怎麼回事？妳知道她可能跑去哪裡嗎？」

「有人看到那孩子被一個素行不良的壯漢帶走，我才想說那人可能是你……」

我有種不好的預感。莎拉是個長得可愛，頭腦又聰明的女孩，就算被那些人口販子盯上也不奇怪。可是，一個頭腦聰明的女孩會乖乖被別人拐走嗎？她應該會設法反抗，不然也會留下某種線索才對。

「妳知道她被帶去哪裡嗎？」

「目擊者說是『吞石蛇大道』那一帶……那孩子平常明明不會跑去那種地方……我跑去向衛兵與冒險者求救，可是大家都不願幫忙，只有一個人說要幫我，但對方好像……」

我抬頭仰望天空。那一帶就是「三頭蛇」的老巢。直接綁走一個孩子，實在做得太過火了。就算收了黑錢，衛兵也還是有底線的。我猜犯人八成跟梅琳達那件事是同一夥人……不對，先等一下。

「瑪姬，妳的『花名』叫什麼？」

「你怎麼突然問起這個？」

從事娼婦這種職業，經常會被一些腦袋不正常的男人糾纏。因為這個緣故，很多女人都會改用其他名字做生意。

「該不會就是梅琳達吧？」

「對啊。」

「妳是不是跟公主騎士殿下有點交情？」

「你也知道這件事？是啊，確實是這樣。」

瑪姬精神恍惚地點頭。

聽說她過去差點被惡劣的客人傷害時，艾爾玟出手救了她，讓她們兩人得以相識。艾爾玟那種對任何人都一視同仁的態度，好像讓這位社會底層的娼婦完全成了她的粉絲。

「她是個非常好的人，說要幫我去救莎拉的人也是她。可是，雖然她說要幫我救人，她的其他同伴知道我是娼婦後，全都沒有給我好臉色看……可惡，每個傢伙都這樣！就只會讓老二變大，緊要關頭全都派不上用場！」

「啊，馬修！」

艾普莉兒喊著我的名字，走到巷子裡面。

「妳不要在晚上一個人出來亂跑。」

就算她是公會會長的孫女，這樣還是太危險了。

「我現在顧不得那麼多了。你有看到莎拉嗎？她好像失蹤了。」

「妳也在找她啊？」

我說出自己知道的情報後，艾普莉兒變得面無血色，整個人無力地靠在牆上。

「妳怎麼不去拜託自己的爺爺看看？」

憑公會會長握有的權力，應該可以讓冒險者展開行動。雖然我不曉得正確的人數，光是在這個城市裡，應該就超過百人了吧。那些傢伙雖然都是智障，至少還算有點本事。

「沒有用。」

她悲傷地搖搖頭。

「爺爺說他不能為了與公會無關的人出動冒險者。」

就算要委託公會幫忙找人，瑪姬也沒有那麼多錢。那些冒險者可沒那麼善良，不可能為了一點小錢就賭命救人。公會會長不想在檯面上跟「三頭蛇」作對，應該也是原因之一吧。

「我也有跑去拜託大家幫忙，但只有艾爾玟姊姊願意聽我說話。」

看來只要最重要的爺爺不願表態，會長孫女的神力就不管用了。

「我到底該怎麼做？我們在這裡找人的時候，莎拉說不定……」

「妳先冷靜下來。」

我抱著梅琳達……不，是瑪姬的肩膀，好聲好氣地勸她回家。

「我們還無法確定事情就是這樣。聽好，我要妳乖乖待在家裡。要是妳到處亂跑，可能會換妳遇到危險。」

「可是……」

「沒什麼好可是的。這件事只有妳能做到，妳得在家裡迎接迷路回家的女兒。」

瑪姬愣住好一陣子，最後終於下定決心點了點頭。

「艾普莉兒，妳負責送瑪姬回家。如果只讓妳幫這點忙，妳『後面那群人』應該也不會怪我吧。」

我才剛把視線移過去，就看到黑影躲進暗處。偉大的公會會長不可能讓自己的孫女沒帶任何護衛就在危險的晚上出來亂跑，每次都有人跟在後面暗中保護她。不過，那些傢伙終究只是公會會長的手下，不會聽從艾普莉兒的命令。

「我也要去幫忙找人。」

我搖搖頭。

「妳爺爺跟德茲說得沒錯，我是個沒出息的傢伙。可是，唯獨這件事我不會搞錯。『妳必須回去』。」

「……」

「算我求妳，拜託不要再讓我做出『丟臉』的事情了。」

我明明就不是那種會對小孩子說教的傢伙。

艾普莉兒不太情願地點了頭。

「我要再次去拜託爺爺……不，是拜託我祖父看看。」

「我就負責去那一帶找找看吧。要是有什麼消息，我會告訴妳們的。」

「馬修，那就萬事拜託了。我現在只能靠你了，其他男人完全靠不住……」

之後又安慰了瑪姬幾句後，我便離開了。聽著瑪姬拜託我的聲音，就讓我渾身不自在。如果跟「三頭蛇」起衝突，現在的我應該不用一百秒就得去冥界報到了。

莎拉肯定不會回來了吧。那個討人喜歡又懂事，跟母親感情很好的女孩再也不會回來了。她可能會被一群腦袋壞掉的傢伙玩弄，不然就是跟不揍小孩就射不出來的變態上床。總之，她應該不會有好下場。毫無罪過的少女會被人毆打，整張臉變成紫色，流著鮮血大聲哭喊，一邊拜託母親拯救自己一邊被人踐踏尊嚴，然後像塊破抹布般逐漸死去。最後見到的光景可能是某個富豪的床上，也可能是從自己被活埋的洞穴看出去的夜空，不然就是準備殺死自己的男人的笑臉。

——想到就想吐。

我強忍著這種反胃的感覺回到房間門口。門沒鎖。這種爛房間也會遭小偷嗎？我提心吊膽地走進房裡。

我把燭臺與蠟燭拿到面前點火。椅子上坐著一道黑影。我拿著燭臺走過去，有一瞬間屏住呼吸，然後大大地吐了口氣。

「波莉，別嚇人啦。」

她沒有回答，而是趴在桌上小聲哭泣。還來啊？儘管心中感到厭煩，我還是溫柔地搖晃她的身體。

「怎麼啦？又挨揍了嗎？放心吧，妳沒有錯。」

我的手腕突然被她抓住。就在我愣住的時候，波莉抬起頭來。廉價的化妝品被眼淚與鼻水洗掉，讓她的臉變得不堪入目。看到自己花錢買來的女人長這樣，應該有不少男人會發飆吧。

「我用掉了……」

「用掉什麼？」

「這個……」

她把一個小布袋放到桌上，裡面空空如也。

「這裡面本來裝著銀幣。我沒有數過，但那個人說裡面有三十枚銀幣。」

這顯然不是她當娼婦賺到的錢，她的價碼沒這麼高。雖然可能有那種喜好比較特別的傢伙，但這樣還不如直接幫她贖身比較快。而且她現在有點口齒不清，應該是喝了不少酒。

「那位客人說他想找個孩子，年紀要小，長得要可愛，所以我就告訴他了。我說有重要的事情，就把那孩子叫過來了。」

我心頭一緊。

「妳……把莎拉賣掉了嗎？」

「我知道這樣做很不好，才想說至少要把錢分給瑪姬。可是，我還沒走到她那邊，心裡就覺得很過意不去。我發現自己真的做了壞事，所以就忍不住了。」

然後她就跑去喝酒，一直喝到爛醉如泥。原來如此，因為波莉跟瑪姬是同行，也算是莎拉的熟人，莎拉才會被騙。

「馬修。」

波莉抱住我。

「對不起，都是我不好。」

「那男人是個什麼樣的傢伙？」

「你是不是生氣了？我想也是，我這種蠢貨還是去死一死比較好。」

「波莉，妳聽好。」

我正面抱著她的肩膀，與她四目相對。我發現自己好像很久沒有像這樣跟她互相凝視了。這種互舔傷口，彼此依賴的關係，讓我感到非常自在也是事實。可是，就算我們這樣互相凝視，心中也不會有任何感觸，我的心是這樣，她的心也是這樣。

「我沒有要責備妳的意思，也沒有生氣，我只想知道莎拉被帶到什麼地方。一個七歲的小女孩被迫跟母親分開，交到壞人的手上。時間不多了，她隨時都有可能被賣到某個遙遠的地方。妳應該也明白吧？」

「是啊，我非常明白。」

波莉點頭如搗蒜。

「這一切果然都是我不好。馬修，拜託你不要拋棄我。對不起，我願意道歉。」

波莉突然從我的雙手掙脫，跪在地上大聲哭泣。

她之後也不斷道歉，卻沒有對莎拉和瑪姬說過一句抱歉。

我趁機離開她身邊，抱起放在櫃子裡生灰塵的舊道具背袋，逃也似的衝向房門。要是現在的我被她抓住，就很難有機會跑出去了。

「等一下！拜託你不要丟下我！」

波莉連滾帶爬地追了過來，卻不小心被椅子絆倒。她的臉撞在地板上，甩著一頭亂髮，向我伸出手。

「馬修，拜託你別走。不要拋棄我，求求你！」

我走到門外，回頭丟下這句話。

「妳沒有錯。」

我走下樓梯來到屋外。我心裡大概有底了。「三頭蛇」應該都是把貨物放在離「吞石蛇大道」有段距離的某間倉庫。我猜他們是先把孩子關在那裡，準備一點一點慢慢帶到城外。就算這座城市的領主是個飯桶，他們也不能大搖大擺地帶著被綁架的孩子到處跑。而且這個城市的四面八方都有城牆，想出去必須經過城門。城門今天已經關起來了，若想強行通過，肯定會引起軒然大波。

他們應該會在明天早上駕著經過偽裝的馬車，從收了「三頭蛇」的好處，錢包塞得很滿的貪腐衛兵駐守的城門離開。

外面天色已經完全暗下來，我的時間也不多了。莎拉明天應該就會被賣到城外。

我的雙腿很自然地走向「吞石蛇大道」。雖然處理這種需要動武的事，拜託德茲幫忙是最好的辦法，但他也有自己的立場。冒險者公會完全不打算介入這次的事件。如果他違背公會的意思，隨便跟那些道上兄弟起衝突，很可能會失去工作。

唉～～馬修啊，你什麼時候變成這種蠢貨了？就算莎拉會變成某個變態的玩物，就算瑪姬會為了失蹤的女兒感到悲傷，跟我也沒有任何關係。只要對這一切視而不見，我就能看到明天的太陽。我這軟弱無力的廢物跑去救人，肯定會死在那裡。為了別人賭上性命明明就不是我的作風。

「慢著。」

然後，有一名戴著兜帽的女子出現在我面前。我聽聲音馬上就認出來了，她就是艾爾玟。我嚇了一跳，但沒有叫出聲音。

「我從名叫德茲的矮人那邊聽說了。他說你住在這附近。」

那個大鬍子還真是多嘴……我下次一定要把他的鬍子綁成麻花辮。

「拜託了。請你助我一臂之力。」

「妳要給我什麼報酬？」

她抬起原本一直低著的頭，還拿下兜帽，用堅決的口氣這麼說：

「我願意以身相許。」

雖然羞紅著臉，她的眼神中毫無迷惘。

「……你要的東西還在。」

我無法理清這股湧上心頭的情感，忍不住搔了搔頭。

「妳為何要做到這種地步？」

「珍娜在我眼前死去了。」

我立刻就發現她是在說那個死在「迷宮」裡的同伴。

「你之前不是問過我嗎？就是有多少同伴明白我的痛苦這個問題。她是其中之一，不對，她是我唯一的朋友，而我失去了這樣的同伴。」

也許是想起當時的光景，她的臉變得毫無血色。

「不光是珍娜，我父親當時被魔物從頭吞進肚子，母親則是被活活踩死。我親眼目睹了這一切，即便重要之人在我眼前被奪走，我也毫無辦法。」

她是說那個魔物大舉入侵的事件吧。艾爾玟的心肯定在當時就留下了傷痕。即便如此，她還是壓抑著自己，為了王國與人民奮戰不懈，心靈不斷受傷，最後變得無法保持靈魂的平衡。

「我是個膽小鬼，根本沒有別人說得那麼了不起。我是個既軟弱又沒用，甚至誤入歧途的女人。可是，就算是這樣的我，也無法原諒那些綁架孩子的惡徒。」

「……」

「珍娜也知道我的弱點。她跟你一樣，說我的人生比復興王國更重要。要是我在這時對梅琳達母女見死不救，我將來肯定又會後悔。我不想繼續後悔了。你不是也這麼告訴我嗎？後悔不是可以『沉迷』的情感。雖然我心中沒有勇氣與正義，只要能稍微維護這個城市的秩序與正義，我就心滿意足了。」

「原來如此。」

她不是吟遊詩人所歌頌的那種堅強女性，而是隨處可見的平凡女人。她內心脆弱，快要被眾人的期待壓垮，活在後悔、悲傷與痛苦之中，卻仍試著讓自己變得堅強。就算受傷倒下，也會重新站起來。至少她正試著站起來。正因為身處困境，才讓她看起來閃閃發光。她是在黑夜裡閃耀的一顆星，也是在泥濘中綻放的一朵花。

她應該總是心懷榮耀吧。不是因為她是一位公主殿下，而是因為她是艾爾玟．梅貝爾．普林羅斯．馬克塔羅德。

跟我完全是不同種的人。

「……既然妳已經做好覺悟，我也無話可說了。我會幫妳。」

艾爾玟總算鬆了口氣。她笑起來還真美。

我過去曾經愛過許多女人，上過的女人應該還要多上百倍。可是，我對艾爾玟懷有的情感似乎跟過去那些情感不同。我不知道這種情感是愛情、憧憬、忠誠，還是某種不知名的情感，我只知道自己願意為了這個女人賭上性命。

「照理來說，我應該先收下報酬，跟妳好好恩愛一下，可惜我們現在沒時間了。報酬妳可以事後再給我。」

「謝了。」

「反正我們要去的地方都一樣，有這種美女相伴，我也沒什麼好挑剔的。」

艾爾玟微微一笑。

「我們一定要救出莎拉。」

「三頭蛇」位在「吞石蛇大道」的倉庫不但用石塊蓋成，外面還塗上了灰泥。沒有做過防潮處理，但唯一的優點就是堅固。想破壞這間倉庫有點困難。

倉庫的門比人還要高。如我所料，門口還有一群圍著火堆的凶神惡煞在看守。

我們躲在暗處查看情況，結果看到一輛帶篷馬車在倉庫門口停下。一群衣衫襤褸的孩子從馬車裡走了出來。他們雙手都被綁住，嘴裡也塞著布，排成一列被人趕進倉庫。

看來這間倉庫果然就是我們要找的地方。

我說出自己在來這裡的路上想到的計策。

「我會負責吸引那些傢伙的注意。妳就趁機從後門潛入倉庫，救出那些被綁架的孩子。」

後門八成有上鎖，但公主騎士殿下的劍應該可以輕易斬斷吧。

「妳認識莎拉吧？要是有看到她，麻煩幫我轉告一下，就說『妳媽媽還在家裡等妳』。」

艾爾玟點了頭後，想表達什麼似的看著我。

「別死喔。」

「妳放心，我完全不打算去送死。」

我目送艾爾玟的背影，忍不住嘆了口氣。這裡也許就是我人生的終點，可是我不害怕。反正我過去一直隨心所欲地活著，如果最後會死在這裡，那我也無話可說。在嚥下最後一口氣之前，就讓我死命掙扎吧。

「哈囉，大家好。」

看到艾爾玟的身影消失在後門那邊，我舉起手，慢慢走向倉庫。一群盛氣凌人的凶神惡煞立刻將我團團圍住。雖然他們都比我矮，感覺毫無魄力，卻都露出隨時會在我肚子捅上一刀的凶狠眼神。

「給我滾。」

一個臉上有獅子刺青的傢伙劈頭就這麼說，口氣聽起來十分嚇人。

「別這麼說嘛。」

我聳聳肩。

「我正在找可以玩女人的店，結果不小心迷路了。你們知道要怎麼走回去嗎？」

我沒有得到回答，反而是肚子感受到一陣衝擊。看來是眼前這名男子揍了我一下。我抱著肚子縮起身體。這傢伙還真狠。

「給我滾。」

對方眼神的光芒變得更銳利了。要是我繼續糾纏下去，下次應該就是刀子刺過來了吧。

「好啦，我知道了。拜託你別露出那麼可怕的表情。」

我一邊諂笑一邊挺起身子。

「其實我是來告訴你們一件好事的。這間倉庫好像被人盯上了。」

一把短劍抵在我眼前。原來是那個刺青男俐落地從懷裡拔出了短劍。

「繼續說下去。」

「別衝動，就算你不拿那種可怕的東西對著我，我也會告訴你。」

我笑著把手伸向褲子的口袋。

「其實我在找可以玩女人的店時，不小心聽到別人在聊天。有一群眼神凶惡的傢伙說要把這裡炸掉。他們應該都是『白猿』那邊的……」

當我把手從口袋裡拿出來的同時，白色小球也掉到地上。小球才剛掉在地上，就從裂縫裡猛然噴出灰煙。我在冒險者時代曾經做過不少「煙霧彈」，看來我的製作技術沒有退步。煙霧轉眼間就籠罩了我的周圍。

「咳！這是怎麼回事！」

「混帳東西，竟敢耍我們！」

我身後的傢伙揮拳打了過來，但我早就看穿了。我迅速蹲下，同時往側面翻滾，成功逃離敵人的包圍。

「別這麼激動嘛。」

畢竟我也是拚了老命。我接連丟出好幾顆「煙霧彈」。其他人聽到吵鬧聲趕來查看情況，但也被煙霧遮住視線。

「這個也送你們吧。」

我從背袋裡拿出密藏的王牌，用低肩投法丟出去，讓小球在地上快速滾動。因為如果我直接丟過去，小球只會提前落地，不然就是變成超級大暴投。黑色小球在石頭地板上滾動，精準地滾向火堆。現在天色這麼暗，守衛應該都會點火堆。我的推測完全正確，而且也幫了大忙。我趕緊閉上眼睛，摀住耳朵彎腰蹲下。

黑色小球滾進火堆，同時掀起爆炸聲跟閃光，白色光芒隔著眼皮近乎暴力地撲了過來。

當我重新起身時，周圍陷入了混亂。在月光的照耀下，有人吸進煙霧猛咳不止，有人摀著眼睛在地上打滾，也有人疑似因為鼓膜受傷而大聲怒吼。前「百萬之刃」的德茲老兄製作的「爆光彈」果然厲害，這威力實在太噁心了。為了在緊要關頭拿來保命，我一直留著他很久以前的作品，結果真的派上了用場。

「就是那傢伙！殺了他！」

也許是恢復行動能力了，對方指著我如此下令。儘管很想直接開溜，但我還不確定艾爾玟那邊是否順利。包含從倉庫裡衝出來的傢伙，一共有十多個人跑來追我。

「你們認錯人了啦！」

我一邊這麼喊叫，一邊丟出「煙霧彈」。可是，對方早就看穿我的招數，立刻用手摀著臉衝出煙霧。一股寒意竄過我的背脊。大事不妙。「煙霧彈」都用完了，剛才那顆「爆光彈」也是最後一顆。

我試著逃離現場，迂迴地四處逃竄，但身手遲鈍的馬修小弟很快就被擋住去路。

「該死。」

我丟掉空空如也的背袋。背袋隨風飛舞，從地面滑過。「三頭蛇」的走狗們再次包圍住我。雖然他們還在提防「煙霧彈」，都跟我保持距離，但對方有這麼多人，不用十秒就能把我殺掉。

「想不到你竟然會用『煙霧彈』這種過時的招數。」

剛才那個刺青男不屑地這麼說。

「你以前是冒險者嗎？」

「你猜呢？」

在這種時候說出我的真實身分也不會有任何好處。要是讓他們知道我是只有長相跟老二特別厲害的大帥哥馬修先生，我就死定了。

「雷吉先生，該怎麼處理這傢伙？先拷問嗎？」

一名鬍子不多的高瘦男子這麼詢問名叫雷吉的刺青男。看來那傢伙就是老大。

「殺掉。」

雷吉想也不想就這麼說。

「不管他是誰都無所謂，敢跟我們作對的傢伙全都得死。」

「可是，如果這傢伙是冒險者，我們不就得跟公會為敵……」

鮮血四處飛濺。雷吉的短劍劃破旁邊那名高瘦男子的脖子。高瘦男子摀著自己的脖子，露出難以置信的表情趴倒在地。地上迅速出現一攤血泊，看樣子他很快就會死於失血過多吧。

「我這裡不需要沒膽的傢伙。不管對方是誰，敢跟我們作對的傢伙全是敵人。」

不知道是誰發出吞口水的聲音。雷吉的其他手下全都對我露出殺意，彷彿要藉此壓抑心中的恐懼。

那麼，我該怎麼脫離這個危機？正當我做好最壞的打算時……

倉庫的門應聲打開，一名男子噴著鮮血往後倒下。我們英勇的公主騎士殿下戴著兜帽，跨越敵人的屍體走了出來。

看來她那邊進行得很順利。

「快點上車！」

她大聲吆喝後，孩子們立刻接連衝向帶篷馬車的車廂。我還有看到莎拉的身影，原來她平安無事。艾爾玟也在這段期間把馬車周圍的敵人統統一劍砍倒。她的實力還真是高強。確認附近沒有敵人後，她坐到馬車前座上，對馬揮下鞭子。馬兒發出尖銳的叫聲，馬車開始慢慢加速。

「快阻止馬車！」

雷吉焦急地大聲下令，但誰也不想正面衝向一輛雙頭馬車。

「上車！」

艾爾玟稍微改變馬車前進的方向，往我這邊衝了過來。真是太感謝了。我拚命移動雙腿，想跳到馬車上。

「把那個給我！」

我的眼角餘光看到雷吉從部下手裡搶走一樣東西。那是名叫流星錘的投擲武器，繩索前端綁著重物，只要把那東西丟出去就可以纏住獵物的身體。雷吉揮舞著流星錘，準備朝馬車丟過去。這下糟了。

我跳上馬車，然後直接踩著馬車的車廂使勁一蹬，利用反作用力改變方向，用身體在空中接住雷吉丟過來的流星錘。我整個人摔在地上不斷翻滾，馬車也順利衝往城市的中央。馬車消失在黑暗中的前一刻，我彷彿聽到艾爾玟呼喚我的名字。

「看來我成功了。」

就在我鬆了口氣的瞬間，立刻被人踹飛。我強忍著痛楚回頭一看，發現雷吉的臉變得跟巨猿一樣扭曲。

「算你厲害。」

他手裡拿著短劍走了過來。我很想逃跑，但身上還纏著流星錘，沒辦法順利爬起來。而且那些被「爆光彈」擊倒的傢伙都已經恢復行動能力，也拿著鐵棒、斧頭與長槍朝我逼近。

「怎麼啦？『煙霧彈』已經用光了嗎？」

「可惜我現在缺貨。離下次進貨還有七天，可以請你等我一下嗎？」

「可是我現在就想要。」

我又被踹了一腳，這次是下巴被踢。我整個人翻了一圈，仰躺在地上。接著就是眾所期待的私刑時間了。大家一起對我拳打腳踢，想怎麼打就怎麼打。雖然我還挺得住，換作是普通人，恐怕早就被活活打死了。因為他們本來就想要我的命，也不會手下留情。我縮著身體拚命忍受，但對方的暴行完全沒有停止。真不曉得這些傢伙到底打算揍多久。要是這種疼痛一直持續下去，我也會很傷腦筋。我都快要哭出來了。

意識逐漸變得模糊，我看到雷吉跟他的手下們低頭俯視我，而且每個傢伙都殺氣騰騰地舉起武器。到此為止了嗎？如果我拚命咬住敵人的脖子，不知道能不能至少拉一個墊背的。為了做最後一搏，我努力試著從地上爬起來。

「慢著！」

銳利的劍光跟疾風同時一閃而過。手下們發出慘叫聲接連倒下，「深紅的公主騎士」殿下也從人群裡現身了。

她的實力跟這群小混混天差地遠，轉眼間就砍倒了三個敵人。就連雷吉也意識到情勢不妙，往後退了幾步。

艾爾玟拿出一枝小笛子，然後使勁一吹。笛子發出耳熟的聲音，讓眾人臉色一變。那是衛兵用來叫人的笛子。

「該死的東西！」

撂下狠話後，雷吉跟那些人就分頭逃命了。

「你沒事吧？」

她趁機幫我切斷流星錘的繩索，還朝我伸出了手。我稍微愣了一下，最後還是握住那隻手，從地上爬起來。

「你傷得好重。還站得住嗎？」

我還能活蹦亂跳呢。我原本打算這麼說，卻不知為何說出另一句話。

「……妳為什麼要回來？」

「這還用說嗎？我是回來救你的。」

她一臉理所當然地這麼說。

「我絕不會捨棄『同伴』。」

我突然有種想笑的衝動。我明明不是這種人，現在卻十分開心。竟然有人願意回來救我這個沒用的人渣。看來我也上了年紀呢。

「那些孩子都平安無事。」

「那就好。」

這樣我被打成豬頭也算值得了。不過如果情況允許，我還是希望不用挨打。

「那些傢伙完蛋了。這次的事件讓衛兵隊展開行動了，他們好像會認真動手消滅『三頭蛇』。這樣這座城市應該也會變得更好吧。」

就算那些衛兵收了黑錢，也還是有個底限。有些衛兵則是收了「斑狼」與「魔俠同盟」這些敵對組織的黑錢。這些衛兵平常會互相牽制，但對他們來說，「三頭蛇」從事人口販賣的證據可說是討好上級的絕佳機會。對這些傢伙來說，艾爾玟這面大旗應該很好用吧。到頭來，這依然是一場政治與權力的鬥爭，根本不是什麼正義之舉。不過，衛兵隊行動的速度還是有點太快了，應該是有人在背後催促他們吧。例如某個對黑社會也有影響力，但最怕孫女哭泣的老頭子。

儘管他不在乎一個娼婦跟她的女兒是死是活，但也不想被自己的孫女討厭。這傢伙還真是個大好人啊。

「……剛才那枝笛子是怎麼來的？」

「我剛剛跟那裡的衛兵借來的。」

「這樣算是間接接吻嗎？」

「別說傻話了。我當然有先擦乾淨。」

艾爾玟不太高興地這麼說。糟糕，她好可愛。

「……怎麼了嗎？有什麼好笑的？」

「因為妳讓我想起來了。」

「想起什麼？」

「想起自己是個沒那麼糟糕的傢伙。」

把剩下的事情交給艾爾玟處理後，我便踏上歸途。雖然身體還會痛，但我天生就身強體壯，只需要稍微休息一下就能勉強行動。

波莉現在應該哭累睡著了吧。一旦她看到我的臉，又會立刻抱著我撒嬌哭鬧。一想到這件事，我心中那股久違燃起的情感就會再次冷卻。為了避免發出聲響，我偷偷摸摸地回去，發現門根本沒鎖。我立刻點燃放在門邊的蠟燭。

房間裡的景象令人不忍卒睹。椅子倒在地板上，衣服與內衣都從衣櫃裡被翻出來，地板上還散落著破裂花瓶的碎片，以及一堆銀幣與銅幣。看來波莉又發脾氣了。當我鞭策著疲累不堪的身體，準備撿起地板上的東西時，總算發現牆壁上的異狀。

牆上黏著一個破掉的果實。我還以為那些紅色果汁是到處亂噴的，但事實並非如此。雖然看起來非常凌亂，這些痕跡確實是文字。上面寫著——

『馬修，請你不要拋棄我。』

我突然感到一陣寒意。黏在牆上的水果承受不住自身的重量，從牆上慢慢滑落。我不由得往後退了幾步，結果撞到床邊。我回頭一看，發現棉被裡有一團鼓起來的東西。我戰戰兢兢地掀開棉被，但沒看到波莉的屍體。不過，我的衣服全被丟到床上，不知道是被刀刃還是什麼東西撕成碎片。她似乎在中途傷到自己的手，紅色血跡像是燙傷的痕跡遍布在床上。

「糟了……」

這可不是過去那種耍脾氣或哭鬧，波莉已經發瘋了。她的靈魂失去平衡。要是不趕快把她找出來，天曉得她會做出什麼事情。我立刻出門找人。

「波莉，妳到底躲在哪裡？快點出來。都是我不好，我們談談好嗎？」

我走在夜晚的街道上不斷呼喚，但就是找不到她。到了早上，我還跑去找衛兵與凡妮莎，拜託他們如果有看到波莉就跟我說一聲。

因為疲勞與睡眠不足，我拖著快要倒下的身體回到房間。我還得整理房間才行。儘管腦袋這麼想，我的身體還是很自然地走向床鋪。我把變成破布的衣服丟到一邊，就這樣倒在床上。該做的事情堆積如山，然而當務之急是找出波莉。沒錯，波莉已經不在這個房間裡了。我覺得寂寞，也感到悲傷。當然，我也擔心她的安危。可是，我也同樣覺得鬆了口氣……不，這種感覺甚至勝過其他情感。想到這裡的同時，我陷入沉睡。

幾天後，我跑去找凡妮莎。她一臉遺憾地搖搖頭。

「沒有。我透過各種管道找過了，就是找不到她。」

「我也是。我去找過她的娼婦同伴，但誰也沒有見到她。」

不光是這樣，她賣掉莎拉的事情也傳開來了。娼婦之間的情報網意外地又廣又快，她們的世界也有自己的規矩。波莉犯下不該犯的錯誤，今後恐怕再也無法在這個城市裡當娼婦了吧。如果她還想出來賣身，就會遭受眾人的私刑。

「這個情報可能不是很可靠……」凡妮莎先說出這句開場白後，繼續說下去。

「聽說波莉失蹤的那一晚，有人看到跟她很像的女孩上了馬車……」

「妳是說，她離開這座城市了嗎？還是說，她是被人綁架了？對方又是什麼人？」

「我不知道。」

因為目擊者離得很遠，而且當時太陽還沒完全升起，據說連馬車的形狀都看不清楚。唯一可以肯定的，就只有那是一輛開往城外的馬車。

綁架犯的目標不是只有小孩，反倒是成年女子的市場需求比較大。就算波莉真的被人綁架，我們也不知道對方是什麼人，而且經過太多天了。波莉應該早就不在這個城市了，也可能早就死掉了。可憐的波莉，她是個好女孩。雖然她腦袋不好，也不會做人處事，還是個懶惰鬼，但至少是個溫柔的女孩。

「她到底跑去哪裡了……」

凡妮莎伸手摀住自己的臉。我輕輕抱住小聲啜泣的她。我很羨慕她的單純。不管我怎麼努力，都無法在想到波莉時流下眼淚。

「是啊，真是傷腦筋呢。波莉是個可憐的女孩。」

因為即便要說出一句安慰她的話，我也得強忍著笑意才說得出來。

當凡妮莎的心情恢復平靜時，我決定就此道別。

「那我也該走了。千萬不要輕易放棄希望。我們兩個都一樣。」

走出鑑定室後，我打了個噴嚏，身體也抖了一下。今天有點冷。最近發生太多事情，讓我覺得很累。儘管我今天想在床上休息一整天，但我不能這麼做，我還有最後的工作要去完成。我先到外面隨便吃了頓遲來的早餐，然後前往冒險者公會的二樓等待。當我一邊打瞌睡一邊等人的時候，聽到了敲門的聲音。敲門聲聽起來有些客氣。艾爾玟開門走了進來，雖然腰上佩著劍，但她脫掉了平常穿的那套鎧甲。

「不好意思，突然把妳找出來。我想先跟妳確認一些事情。」

聽到我這麼說，艾爾玟臉紅了。

「你是說我們的約定嗎？我當然記得……那個……」

「啊，不，不是那件事。」

她低眉垂眼，忸忸怩怩了起來。我趕緊伸手制止。

「妳這麼積極，我是很高興啦，但這不是我找妳來的原因。該說是事前準備吧，我有些事情想先確認一下。」

我離開公會，帶著艾爾玟走在路上。公主騎士殿下很引人矚目，所以她當然披著帶有兜帽的披風。

「對了，我已經搞定奧斯卡那邊的事了。那傢伙再也不會回來了。不過，我還沒找到那條翡翠項鍊。我正在找，請妳再給我一點時間。」

「這樣啊……」

就算聽到這個好消息，她也還是有些心不在焉。

離開大馬路後，我們每彎進一條小巷，周圍的氛圍就越糟糕。我們最後來到「雞蛇鎮」。這個地方就位在「吞石蛇大道」旁邊，也是「魔俠同盟」的地盤。我們來到目的地了。只要走過轉角，就無法避免地會看到高聳的圍牆。那裡就是「魔俠同盟」的大本營，宅第門口當然站著好幾個全副武裝的無名小卒。

「妳看那邊。」

艾爾玟照著我的指示探頭看出去，驚訝地睜大眼睛。

一群幼童正準備坐上裝有鐵籠的馬車。他們雙手都被綁住，身上穿著同樣的樸素衣服，每個孩子都露出對這個世界徹底絕望的表情，一個接著一個被那群無賴押上馬車。艾爾玟伸手握住掛在腰上的劍。我把自己的手也放了上去。

「那可不是犯罪，而是『合法』的買賣。那些孩子都是被自己的親人賣掉的。」

買賣奴隸可以賺錢，世上多的是想要賣掉孩子的父母。不管是這個城市還是其他國家，全世界都是這樣。

艾爾玟看似受到震撼，但我繼續說下去。

「『三頭蛇』是因為沒錢，想使用那種強硬的手段，才會被消滅。如果一個組織被消滅了，也不過就是讓其他組織搶走他們的地盤。這種程度的小事，根本就對這個城市的正義與秩序毫無影響。」

艾爾玟抬起頭來，看起來非常疲倦的樣子。

「你特地帶我來這裡，就是為了讓我看到這一幕嗎？」

我搖搖頭。

「這不過是事前準備的事前準備。真要說的話，其實我是為了警告妳，免得妳又跑去以身犯險。」

上次那種好運不會每次都發生。要是有個差錯，說不定我們兩個早就死了。

「接下來是這邊。我們走吧。」

我拉著她的手就走。在我們離開「雞蛇鎮」之前，艾爾玟一直無法釋懷，不斷地回過頭去。

當我們來到「灰色鄰人」的東側城門時，艾普莉兒揮著手跑了過來。

「你好慢喔。」

「別這麼說嘛。我不是順利趕到了嗎？」

艾普莉兒氣得鼓起臉頰，我只好趕緊摸摸她的頭。

「別這樣，我的頭髮都亂掉了啦。」

她揮開我的手，然後重新用手把頭髮梳整齊。

「你真的很離譜耶。」

「對不起啦。我願意道歉。」

艾普莉兒的表情突然變得柔和。

「我聽莎拉和瑪姬小姐說了。聽說你賭命救了她們。」

「不，其實是這位公主騎士殿下救了她們。」

「可是，我聽說你拿自己當誘餌，還被那些壞蛋打得很慘。」

「妳不用放在心上。我打架很弱，唯一的優點就是耐打。」

「嘿！」

艾普莉兒突然往我身上一推，害我失去平衡，跌坐在地。

「妳好過分。幹嘛推我？」

「這是回敬你的。」

然後她又再次輕撫自己的長髮。

「你真的很弱耶。」

艾普莉兒露出害羞的微笑。

「不過，我還是很感謝你喔，馬修『先生』。」

我苦笑著拍掉屁股上的灰塵。

「啊，大姊姊來了。」

我回頭一看，發現瑪姬和莎拉這對母女正在等我們。她們兩人都做好外出旅行的準備，旁邊還停著一輛準備開往鄰鎮的公共馬車。

「上次真的很感謝妳出手相救。妳長得這麼漂亮，實力卻非常強悍，讓我大吃一驚呢。」

看來她們母女兩人都徹底變成公主騎士殿下的粉絲了。

「莎拉，不能這樣說話。」

瑪姬指責女兒的失言，但艾爾玟搖了搖頭，表示她一點都不在意。

「梅琳達……不，該叫妳瑪姬才對吧？妳們要離開這個城市嗎？」

「畢竟都遇到那種事了，而且我聽說這孩子的父親在找我們，所以馬修就勸我趕快離開。他還幫我們出了馬車錢……」

這也是為了逃離她那個會家暴的丈夫。我是不曾見過那傢伙，但聽說他的右眼上方有一塊像是燙傷的胎記。就算沒有她丈夫這件事，要是她繼續待在這個城市也絕對不會長命。為了她女兒好，她們趕快搬到其他地方至少還有一絲希望。

只要前往鄰鎮，再稍微走一小段路，就能抵達國境了。就算對方是冒險者，應該也無法輕易追上她們。

「妳們要好好照顧自己。這是我的一點餞別禮。」

我把一個布袋拿給瑪姬，她倒抽了一口氣。雖然裡面都是零錢，但全是我從家裡努力收集而來。如果拿去換成金幣，應該可以換個一兩枚吧。

「咦？你要給我這麼多錢嗎？」

「畢竟波莉給妳們添了不少麻煩，妳就把這當成是賠償金吧。那傢伙不方便過來，不過她一直想向妳們道歉。」

「嗯，我原諒她！」

聽到莎拉這麼說，我笑了出來。

「那我就給妳這個吧。」

那是一枚大金幣，只要一枚就可以抵十枚金幣……有錢人果然就是不一樣。

艾普莉兒送給莎拉一本書。那是給小孩子看的文學課本，我也曾經用過。

「妳要用功讀書喔。等生活穩定下來，就寫封信給我吧。妳只要學會寫信就行了。」

「咦？妳要我讀書？」

莎拉露出厭惡的表情。

「我會等妳的。」

聽到艾普莉兒好聲好氣地這麼說，莎拉小聲說了句「我會的」。

公共馬車要出發了。

莎拉從馬車的窗戶探出身體，對我們不斷揮手，直到她的身影完全消失為止。

艾普莉兒衝到車門旁邊，一邊揮手一邊喊著「要寫信給我喔」。

艾爾玟看著她的背影，對我這麼問道：

「這就是你說的事前準備？」

「是啊。」

我這麼回答。

「妳親手破壞的，是一位母親等待著不可能回家的女兒，連窗戶被風吹動的聲響都會驚動到她的悲慘人生。而妳成功守護的，是一位女孩在晚上作了惡夢，可以抱著心愛的玩偶跑到媽媽的床上聽著搖籃曲入睡的權利。我覺得比起什麼正義與秩序，這樣的成果要來得酷多了。」

「……你說得對。」艾爾玟點了頭。

「這樣肯定比較好。酷……？嗯，這樣酷多了。」

「所以……」

我總算可以切入正題。

「我想跟妳確認的事情，就是結果跟妳理想中的不太一樣，我們的約定到底還算不算數？我想先弄清楚這件事。」

我探頭看向她的臉，詢問她的意見。艾爾玟睜大眼睛，緊緊握著拳頭，卻又突然鬆開，對我搖搖頭。

「不，沒事。這樣就行了……這就是最好的結果。」

「是嗎？那我就放心了。」

我輕撫胸口。

「這樣我就能毫無顧忌地跟妳乒乒乓乓了。我還不曾得到過妳這種美女的初夜，害我現在就開始興奮了。」

聽到我毫不掩飾地這麼說，艾爾玟臉紅了。

「我……我會遵守約定，絕對不會事後反悔，所以……」

她還沒把話說完，我就搶先說道：

「可是，這種事也得看我方不方便，希望妳能再給我一點時間。別擔心，不過就是一百年左右，說不定還得請妳等上兩百年左右。在那之前，妳就隨心所欲地過活吧。」

「咦？」

「記得把身體調養好喔。我相信妳絕對可以成為一位出色的女王。」

艾爾玟還沒搞清楚狀況，看起來一臉茫然。我轉過身，就這樣獨自離開。

第四章 小白臉深諳處世之道

故事裡經常會有那種被人打暈後，醒過來時就發現自己被關在陌生地方的橋段。可是，我這個人天生就比較強壯，所以沒被打暈，只能任憑對方拿東西塞住我的嘴巴，把我的身體五花大綁。後來，我被波莉跟那些疑似她同伴的男人塞進馬車，就這樣在馬車上搖來晃去，最後在城北高級住宅區角落的一棟宅第被搬下來。

我被搬到那棟宅第的地下室，還被綁在椅子上。石牆與地板上都有血跡。不曉得這是哪位富豪的宅第，還特地為了找樂子打造出這種房間，實在是很懂得享受。入口的鐵門也被鎖上了。因為頭還在痛，我閉著眼睛靜靜等待，然後就被人潑了一頭冷水。眼前有一個陌生的貴族，還有幾個他僱用的私兵與波莉。

「你醒來了嗎？一年沒見了，我好想你。」

她露出好勝且從容的笑容，說話時也完全不會怕生。她有著一頭金色的短髮，還有長著雀斑的可愛臉龐。這女人跟我認識的波莉截然不同。就算頭髮可以染成其他顏色或是剪短，一個人的個性應該也無法輕易改變。

「好久不見。妳完全變了個人，害我嚇了一跳。」

「就是說啊。」

波莉一臉得意地跺著腳。

「這就是我。這才是真正的我。你看，我現在很棒吧。」

她用做作的口氣這麼說，讓我以為她要開始唱歌，結果她竟然伸出手跳起舞來。

「不，妳讓我很失望。」

我故意嘆了口氣。因為她的後頸上冒出了黑色斑點。

「想不到『連』妳都碰了『禁藥』。」

一年前的波莉是個陰沉的女人。她也曾在喝了酒後突然發酒瘋，可是，她絕對不會去碰「禁藥」那種東西。

「不過這種感覺非常棒，真的很厲害喔。我覺得過去那個只會煩惱的自己實在很蠢。我的腦袋也變聰明了。以前明明像是永遠籠罩著一團迷霧，現在只要舔一下這個東西，就會立刻豁然開朗。」

波莉在我眼前搖晃一個跟臉差不多大的袋子。

「馬修，你要不要也來一點？」

「我拒絕。」

我斬釘截鐵地這麼說。我身邊碰過那種「禁藥」的人可不是只有公主騎士殿下，「百萬之刃」……不，我早在傭兵時代就看過許多碰那種東西害死自己的蠢蛋，我才會痛恨「禁藥」。

「是喔，真可惜。」

波莉露出不懷好意的笑容，把手指伸進袋子裡，然後舔了一下沾在指頭上的白粉。她的神情變得恍惚。看樣子她使用的「禁藥」不是只有「解放」。

「妳之前都跟誰在一起？」

波莉這種女人不可能獨自活下去，肯定有某人陪在她身邊。

「就是王子殿下啊。」

我還以為是「禁藥」影響了腦袋，但她的眼神中確實含有憧憬與崇拜。

「我被你拋棄之後，他很快就出現在我面前。他還把我從這個汙穢的城市裡救了出來。他就是我的王子殿下。」

「原來如此，就是那傢伙對吧？」

我看向站在波莉身後的男子。他應該超過三十歲了，有著一頭整齊的紅髮，還有不帶情感但充滿氣質的臉龐，剪裁合宜的服裝底下藏著經過鍛鍊的身軀。

「妳的喜好也變了呢。妳現在喜歡那種弱雞男嗎？」

「原來如此，『嘴砲王』果然名不虛傳。」

男子大搖大擺地走到我面前。

「而且毫無品格可言，只不過是個無能的人渣。」

「至少比你好多了，馬克塔羅德王國的前貴族大人。」

男子臉色一變。

「想不到你竟然看得出來。」

「你這個玩笑一點都不好笑。雖然上面看不到紋章，那件衣服跟我家的公主騎士殿下的衣服很像。那種服裝在這一帶很少見，更不用說連剪裁都是一流的。」

看到這些線索，我就能猜到這傢伙的真實身分了。他是馬克塔羅德王國的前貴族。就算不是王族，地位也至少高過伯爵吧。這樣我也可以猜到他們把我抓來這裡的理由了。

「你想利用我釣出艾爾玟嗎？」

我猜他應該是想爭奪王位繼承權或某種東西，覺得艾爾玟阻礙到他了吧。可是，如果跟艾爾玟正面對決，他肯定毫無勝算。儘管這個弱雞男看起來也不弱，但還是艾爾玟比較厲害。

「你猜得真準，就是這麼回事。」

男子不知為何擺起架子，讓波莉畢恭畢敬地替他報上名號。

「這位大人正是羅蘭・威廉・馬克塔羅德殿下。你猜得沒錯，他是馬克塔羅德王國的侯爵家之子，而且是下一任當家。」

「我就知道。畢竟他長著一張沒品的臉，就像是哥布林的屁股。」

屁股……更正，弱雞男揍了我一下。

「不可以對他失禮喔。因為這位大人是公主騎士殿下的堂兄，也是馬克塔羅德王國的王位繼承人之一。羅蘭大人，請您息怒。」

也許是怕王子殿下不高興，波莉恭敬地低頭道歉。聽說他是侯爵家的三男，但兄弟全都死在那個魔物大舉入侵的事件當中，才會由他來繼承家主之位。

「應該加個『前』才對吧？」我不屑地哼了一聲。

「那個國家早就滅亡了。」

他這次在我的肚子上踹了一腳。我跟椅子一起摔倒在地，然後又被波莉扶起來。謝謝妳把我扶起來，讓我可以繼續挨揍。

「王子殿下，我有個問題想請教，你為何要幫助波莉？」

畢竟波莉是個誤以為自己被我拋棄，一時精神錯亂，在夜晚的街道上亂跑的女人。她當時應該連外表都很糟糕才對。

「那只是個偶然。不過，要說是命中注定也不是不行。」

聽說他是在晚上搭乘馬車外出時，撞到了一個亂吼亂叫的女人。

「她當時看起來非常狼狽。我猜她可能遇上了壞事，就立刻加以保護。她好像很熟悉這個城市，讓我覺得她是擔任嚮導的最佳人選。而且仔細一看，她還長著一張可愛的臉蛋。」

波莉頓時羞紅了臉。原來如此，在喜歡作白日夢的波莉眼中，這個長得好看的弱雞男應該就像是一位王子殿下吧。

「所以你最後就讓她沉迷於『禁藥』嗎？」

我看出這位王子殿下在打什麼算盤了。他是把波莉當成確認「禁藥」效果的實驗品。一個無知又身分低賤的娼婦應該是最好的人選。結果波莉意外地有用，他就連哄帶騙地把波莉當成手下使喚了吧。一旦波莉沒用了，也隨時都能把她解決掉，她就只是一個方便的道具。

「因為被你拋棄好像讓她失去了自信。那只是『幫她打氣』，只要用量不多就不會有事。」

「那些把別人推進無底深淵的傢伙全都是這麼說的。」

只用一點點就好，只用一次就好；我不會有事的，放心，還有別人也在做這種事。不過，事實卻是只要不小心在懸崖邊踩空，就會頭下腳上地跌入萬丈深淵。某位公主騎士殿下好像也是這樣。真是太可惡了。

「你還真是好人，明明自己的國家都滅亡了，還有心情拯救一個萍水相逢的女人。」

「才沒有滅亡，馬克塔羅德王國將會復活，一定會！在偉大之神的庇佑下，馬克塔羅德王國會重生成一個全新的國家。」

「如果不這樣，你就要傷腦筋了吧。」

他甚至不惜為此專程跑到這個異國，制定這種無聊的計畫。反正他也只是個無能的飯桶吧。

「可是，就算你不抓我當人質，應該也能找到許多殺手吧。」

「不是只要殺掉她就行。」

能因為艾爾玟之死得到好處的人當然都會變成嫌犯。要是一個沒弄好，說不定連羅蘭自己的王位繼承權都會有危險。照理來說，讓艾爾玟在「迷宮」裡被魔物吃掉是最好的結果，但羅蘭的預想沒有成真，她至今依然在挑戰「迷宮」。

「我本來是打算在一年前讓那女人沉迷於『禁藥』，變成一個沒有『禁藥』就什麼都做不到的奴隸，然後用『禁藥』換取她辛苦得到的祕寶。」

「……」

這位尊貴的大人物特地跑到這個城市，就是為了幹這種大事嗎？真了不起。這種人還是去死一死吧。

「可是，我後來也沒必要那麼做了。因為她搞上了你這隻野狗。」

這會讓「深紅的公主騎士」這個威名在倖存的貴族之間變得一文不值，據說還有人提議要剝奪她的王位繼承權。那群垃圾明明沒有那種權力，卻擅長裝出不可一世的樣子。垃圾還是趕緊拿去燒掉吧。

「這讓我之前一直放著她不管。可是，現在情況不一樣了。」

聽說其他王位繼承人突然死了好幾個，讓王國的某些倖存者再次準備擁立艾爾玟登基。

「我真是不敢相信！為什麼大家要推舉那種『淫婦』當下任女王！」

「不就是因為她比其他廢物與弱雞男要來得好嗎？」

我又挨揍了。雖然他赤手空拳，沒對我造成太大的傷害，也不會很痛，卻讓我很不爽。

「而且你們現在討論王位繼承權或下任女王這些問題，不會太樂觀嗎？你們國家的領土現在還堆滿了魔物的屎尿。難道你沒聽說過『小雞還沒孵出來之前，先別去數它們』這句諺語嗎？」

「給我閉嘴！」

「再說，如果你們想復興王國，不是必須先征服『千年白夜』，拿到祕寶嗎？要是在拿到祕寶前就把公主騎士殿下趕走，你們又要怎麼奪回領土？難不成你要親自去挑戰『迷宮』？」

「世界上又不是只有那塊土地。想復興王國有很多種方法，而且每種方法都比趕走那一大群魔物要來得實際多了。」

我也這麼覺得。這種話我也說過好幾遍了。

「你把她叫出來有何企圖？你要殺了她嗎？」

「其實也不是什麼大事。」羅蘭冷冷一笑。

「我只想確認一下那個可怕的傳聞是否屬實。」

「你可能以為自己把話說得很好聽，但下半身早就出賣你了。你兒子可是很誠實的。」

拳頭又揍了過來。這是第四下了。

「波莉，把這傢伙的那東西砍下來！」

「真虧你想得到這種餿主意，害我兒子都嚇得縮起來了。」

波莉「好像很懷念地」看著我的胯下。

「可是，我看他好像很有精神的樣子。」

「這小子正處於叛逆期，完全不聽我這個老爸說的話。」

「不然我也可以幫他學會『獨立自主』。」

「雖然這個壞孩子整天只會反抗父親，但畢竟是我『血脈相連』的兒子，我很樂意讓他一直當個啃老族。妳以前不是也很疼愛他嗎？」

「那就回答我的問題吧。」

波莉狠狠瞪著我。

「『三頭蛇』手上那批『解放』在哪裡？」

「妳這話是什麼意思？」我疑惑地歪著頭。

「還記得奧斯卡嗎？就是凡妮莎的前男友。」

「好像是有這個人沒錯。」

我已經連他的長相都想不起來了。

「他把『三頭蛇』手中的一部分『解放』私藏了起來。那批貨原本是要賣給羅蘭大人的，不過就在快要交貨時，奧斯卡突然失蹤了。而且最後就連『三頭蛇』都被消滅，害得羅蘭大人無法得到『解放』。」

「那他現在應該早就逃到某個地方，過著花天酒地的生活了不是嗎？」

「我們也是這麼認為，才會在這一年裡四處找人。可是，我們一直找不到他。」

「你們沒找到人嗎？」

正當我準備出言安慰她時，一陣巨響打斷了我要說的話。

原來是波莉默默地用戰棍敲打牆壁。戰棍的前端陷進牆壁，碎石也噴得到處都是。我剛才被揍的時候也是這樣，憑女人的力量，就算拿著鐵塊也不可能發揮出這種威力。我猜這八成是服用「禁藥」的影響，她發揮出了超越極限的力量。這就是弱雞男的實驗成果嗎？

「是啊，我們失敗了。」

波莉微微一笑。

「再來就剩下這個城市了。我猜奧斯卡早就被某人殺掉了吧。畢竟他做了不少壞事，好像有許多仇家。」

「或許吧。」

「可是，市面上沒有大量『解放』流通的跡象。換句話說，那批貨還藏在這座城市的某個地方。以上都是羅蘭大人的推測。」

「那可真是遺憾啊。」

也就是說，這個城市裡還藏著一批沒人碰過的「禁藥」嗎？

「拜託妳饒了我吧。我跟奧斯卡又不熟，也不知道那批『解放』藏在哪裡。是真的，我可以對神發誓。」

「咦？你什麼時候變得這麼虔誠了？我記得你以前最討厭神，只要在教會裡看到神像就會用腳去踢，不然就是對著神像吐口水或是撒尿。」

有人知道自己「年少輕狂的過去」實在是很麻煩的事情。

「看來你好像真的不知情。這件事我可以不跟你追究，不過，被你偷走的那些貨又到哪裡去了？」

我有一瞬間露出不知所措的表情。

「犯人只可能是你。據說『三頭蛇』一年前在倉庫裡堆滿了『解放』，可是當衛兵趕到的時候，那間倉庫已經燒起來，裡面的貨物全都燒焦了。然而，其中有些貨物憑空消失了。因為『三頭蛇』的倖存者幾乎都被抓住，有機會拿走那些貨物的人就只有公主騎士殿下跟你。」

「啊，我知道了。」

我恍然大悟地點了頭。

「那些沒放貨物的空間，其實是他們用來關孩子的地方。妳應該也知道吧？那些傢伙還會綁架孩子，而救出那些孩子的人就是我家的艾爾玟。」

「你說謊。」

波莉一口否定我的說法。

「我們已經掌握證據了。雖然量不是很多，『解放』最近又開始在市面上流通，而且就是『三頭蛇』製造的那批貨。」

我驚訝地睜大眼睛。

「放出這批貨的人就是你對吧？」

「不對，不是我。我真的什麼都不知道。」

「『解放』又在市面上流通？我才剛殺掉『虎手』泰瑞，難不成是那傢伙留下來的『禁藥』？還是說，那是其他人放出來的貨？

「如果你想裝傻，我也只能讓你嘗點苦頭。那種感覺還不錯喔，每次都讓我挺興奮的。」

「妳的性癖該不會變了吧？」

我嘆了口氣。

「妳以前明明喜歡玩『騎馬遊戲』。」

「我現在也很喜歡啊。可是，比起在馬背上搖晃，我現在更喜歡鞭打馬兒。」

看來她學壞了呢。

「我可不喜歡被女孩子虐待，也不喜歡虐待女孩子。」

「可是，有個人好像很想虐待你，就快要按捺不住了呢。」

波莉拍了拍手。一個年過二十的男子走了進來。他穿著略顯骯髒的皮鎧，還有磨破的靴子與皮手套。這身裝扮就像個冒險者，但他手上卻拿著帶刺的鐵棒與奇形怪狀的刀刃，還有各種嚇人的道具。難不成他是從冒險者改行當拷問專家了嗎？也是啦，畢竟最近景氣不是很好。

「你就是馬修嗎？」

對方看起來殺氣騰騰。

「可以把你大卸八塊的日子終於到來了。我早就等得不耐煩了。」

「不好意思，我見過你嗎？啊，你該不會是四年前被我搶走食物的那隻猴子吧？對不起啦，我當時肚子太餓了。」

我挨了一記反手拳。

「我叫諾曼！被你殺死的內森與尼爾是我哥哥！納許失蹤前都告訴我了！他也是被你殺掉了吧！」

我總算搞清楚狀況，但也不由得感到厭煩。我下次絕對要叫那個大鬍子請客。

「我們四兄弟最終只剩下我一個了……可是，神是有眼睛的。我很快就能幫哥哥們報仇，終於可以鬆口氣了。」

「知道你是『最後一個』，我也總算可以鬆口氣了。可以替我轉告你爸媽嗎？凡事都該適可而……」

眼前突然冒出火光。剛才那記反手拳也是，這傢伙的拳頭還挺不錯的。

「如果你不肯說，我就拔掉你的牙齒，還會剝下你的臉皮。很可怕吧？這樣你想說了嗎？」

「沒有想不想說這種問題，因為我真的不知道。」

即便波莉出言威脅，我也只把這些話當成耳邊風。

「波莉，給妳一個忠告。趕快跟這些人斷絕關係吧。等妳犯下無法挽回的過錯就來不及了。

難道妳忘記一年前發生的事情了嗎？」

聽到這裡，波莉臉上的笑容消失了。

「你是說瑪姬那件事嗎？」

「沒錯。妳為了一點小錢，就把她女兒莎拉賣給壞人。這件事讓她受到很大的痛苦。妳應該很後悔吧？而且妳還把那些錢全都拿去喝酒花光，妳當時不是還為此抱著我哭泣嗎？」

「是啊，確實有這件事呢。」

波莉低下頭，神情憂鬱地小聲呢喃。

「我當時真的很蠢，才會沒想太多就把莎拉賣掉。」

「妳不是說自己變聰明了嗎？每個人都會犯錯，重點是能不能從中學到教訓。既然如此，妳應該也知道該怎麼做才對。」

「是啊。馬修，你說得很對。」

波莉點了點頭。

「所以呢……」

我抬起頭來，然後感到不寒而慄。波莉的表情極為開朗，跟這個地方一點都不搭調。那是毫不懷疑自身正義的純粹笑容。

「我『這次』讓她再也不會被人賣掉了。」

我的腦袋變得一片空白，因為我正確理解了波莉這句話的意思。就是因為這樣，我的腦袋才會想拒絕接受那個答案。

「你看這個。」

波莉把手伸進袋子裡，把那個東西丟到我腳下。我幾乎無法呼吸。我很久不曾這麼痛恨自己的直覺了。

那是小孩子的手腕。

「差不多是一個月前吧。我在找奧斯卡的時候，偶然遇到了她。她跟瑪姬看起來非常開心。可是，要是她們又被我這種人拆散，不就太令人難過了嗎？所以我就讓她們再也不會分開了。」

她說得非常開心。這還是頭一次有個自己曾經愛過的女人讓我討厭到想吐的地步。

「把她們兩人的手腕切下來後，我就幫她們把手縫在一起。這樣是不是很棒？以後就再也沒人可以拆散她們了。」

波莉扭動著身體，沉醉在自己的話語中。不光是旁邊的諾曼，連她最愛的王子殿下都皺起了眉頭，但她好像渾然不知。

「可是，我沒有做好止血，結果她們兩人都死掉了。不過，你不用擔心，我有好好地埋葬她們，而且當然是葬在一起。這樣她們母女就永遠不會分開了。你不覺得很棒嗎？」

我聽到波莉的笑聲。我一年前也曾經聽過。雖然她的個性陰沉又怯懦，而且總是在道歉，但我喜歡她偶爾露出的含蓄笑容。到底是什麼改變了她？是痛苦的過去？是羅蘭？是「禁藥」？還是我？我唯一確定的是，我認識的波莉已經不在這世上了。

也許是經過鹽漬處理，手腕還保持著原形。雖然皮膚變色了，我還是能清楚看到沾在手指上的墨漬與筆痕。腦海中閃過矮冬瓜痴痴等著信的身影。

「波莉，我很遺憾。」

我嘆了口氣。

「看來妳真的『學壞了』。」

波莉似乎沒聽到我的呢喃，像歌劇的主角般不停地跳舞。沒錯，這是一對可憐的母女被惡魔吃掉的故事。

「敘舊時間就到此為止吧。」

羅蘭拍了拍手。

「事情就是這樣。如果你不肯從實招來，你也會跟這位可憐的女孩有同樣的下場。」

諾曼也加入對話。

「別以為你能輕鬆死去。我要不斷地折磨你，直到你主動哀求我殺了你。」

這傢伙在說什麼蠢話？

「能讓我苦苦哀求的人就只有公主騎士殿下。我會說，求求妳再多給我一點零用錢啦。」

「——那件事我應該早就拒絕你了吧。」

在場眾人同時轉過頭去，因為聲音的主人並不在這裡。

鐵門打開了。一名外表像是小混混的男子頭下腳上地從通往這間地下室的樓梯滑下來。一名女子跨過翻著白眼昏死過去的小混混現身了，她就是我美麗的公主騎士殿下——艾爾玟·梅貝爾·普林羅斯·馬克塔羅德。

「馬修，你很煩耶。」

艾爾玟環視整間地下室。她看到那隻小小的手腕，不捨地皺起眉頭。簡單獻上祈禱後，她脫下自己的披風，蓋住了手腕。

然後，她看向羅蘭，一臉無趣地這麼說：

「羅蘭，好久不見。想不到會在這種地方遇見你。」

「這怎麼可能？妳怎麼會出現在這裡……？」

羅蘭沒有回話，而是一臉茫然地喃喃自語。

「因為那男人太顯眼了。」

艾爾玟用形狀漂亮的下巴指向我。

「雖然當時還很早，仍有目擊者看到那一幕。有個乞丐看到馬修被扛上馬車。對方沒看清楚長相，但他說『那種連柔弱女子都打不贏的沒用大塊頭，在這個城市裡只有一個』。」

「真沒禮貌。」

我氣得鼓起臉頰。艾爾玟用眼神讓我閉上嘴巴，再次轉頭看向羅蘭。

「我聽說你在大約一年前就下落不明，還以為你是跑去某間教會修行……這就是你『改信太陽神』的結果嗎？真是可恥。」

什麼？

「給我閉嘴！」

羅蘭激動地大喊。

「那場災厄結束後也是如此。儘管有人指責你捨棄祖傳信仰的行為，但我也能體會那種失去家人的痛楚。我希望你的靈魂可以得到平靜，所以沒有反對你的行為。可是，你卻丟下自己的職責，沉迷於信仰。就是因為這樣，你才會被自己的父親拋棄。」

「妳說他被拋棄……這傢伙不是早就繼承侯爵家了嗎？」

我說出內心的疑惑。艾爾玟搖了搖頭。

「過去確實有人這麼提議，但他擅自把家傳的珍貴寶石奉獻給太陽神教會，結果就被逐出家門。他現在只是平凡的羅蘭。」

原來如此，所以這傢伙是真正的前貴族大人嗎？他沉迷於宗教，最後在人生的道路上走偏了。不過，我不會同情他。

「如果只是一直緊抓不放，傳家之寶那種東西根本毫無意義。太陽神是這麼對我說的！」

在那些信奉太陽神的宗教人士之中，有許多人渣會宣稱要得到「啟示」，逼迫信徒展開過度嚴苛的修行，害得信徒死於非命，或是藉此斂財。即使那種事情不管怎麼想都很瘋狂，會上當的笨蛋還是到處都有。

「我倒是覺得那聲音聽起來很不舒服。」

就算我想忘也忘不了，而且想到就憂鬱。

「妳就是艾爾玟嗎？」

波莉從旁插嘴，說話的口氣毫無緊張感，就好像她完全沒聽到我們剛才的對話。事實上，她應該也沒聽進去吧。早在跟我同居的時候，她就習慣對不想知道的事情充耳不聞了。波莉雙眼閃閃發亮，興致盎然地在艾爾玟身邊慢慢打轉。

「妳好漂亮。公主騎士殿下果然就是不一樣。可是，我必須向妳道歉，要給妳的邀請函還沒做好。請妳下次再來參加舞會吧。」

「經妳這麼一說，好像是有這樣的習慣沒錯。」

艾爾玟恍然大悟地這麼說。

「不過，如果想邀請王族，就絕對不可能只寄一封信。一定得由主辦者本人，或是值得信賴且地位夠高的使者親自上門邀請。給妳一個忠告，不要賣弄那種一知半解的知識，那只會丟自己的臉。」

「是喔，公主殿下果然跟那些底層的傢伙不一樣。多謝您的賜教，幫小女子上了一課。」

波莉佩服地說出一堆亂七八糟的敬語，然後就繞到我背後，拿出短劍抵住我的喉嚨。

「那我就親自拜託妳吧。把武器丟掉，不然妳就再也無法擁抱自己的愛人了。」

艾爾玟緊閉著嘴脣，還皺起了眉頭。乍看之下像是在傷腦筋的樣子，但我非常明白，她其實是在生氣。

「對了，我好像還沒自我介紹。我叫波莉，是馬修的前女友。」

波莉沒有發現這件事，抱著我的腦袋，整個人貼了上來。

「妳應付得了嗎？馬修在床上很厲害吧？就算我隔天還要工作，他也總是不讓我睡覺呢。」

「……」

糟糕，艾爾玟的怒火燒得越來越旺了。

「以為我只是在威脅妳嗎？妳是不是覺得我不可能傷害過去的愛人？可惜妳錯了。」

波莉用短劍的劍身輕拍我的喉嚨。只要她想動手，一瞬間就能割開我的喉嚨。

「快把武器丟掉！」

艾爾玟無視波莉的命令，一臉不服氣地這麼說：

「那男人不是我的愛人。」

波莉覺得莫名其妙，露出不悅的表情。

「不然他是妳的什麼人？」

「他是我的小白臉。」

沉默籠罩了整間地下室，隨後又響起一陣爆笑。

「討厭啦，真是笑死人了。想不到『深紅的公主騎士』殿下這麼好色。有句俗諺是『勇者會娶七個老婆』，但這樣正好反過來了呢。」

波莉捧腹大笑。

「艾爾玟公主殿下，妳真是太讓我失望了。」

羅蘭搖響手上的鈴鐺。下一瞬間，一群武裝男子立刻衝進這間地下室。每個傢伙看起來都像是地痞流氓，不然就是退役的冒險者，人數至少超過二十。這下糟了。如果是一對一單挑，艾爾玟絕對不會輸。可是，要在這個小房間開戰，對方又有人數優勢，她就有可能不小心落敗。

更重要的是，一群臭男人聚集在這個小房間裡，感覺實在很糟糕。我都快要吐了。

「妳竟然跟這種低賤的傢伙上床，墮落到這種地步。看來妳說要取得『迷宮』的祕寶，藉此復興王國，果然只是痴人說夢。」

「沒錯。」

艾爾玟點了頭，像在同意他說的話。

「你說得對，我應該早就墮落了吧。我沒有自己以為的那麼勇敢與堅強，我是個軟弱、膽小、卑鄙、怠惰、無知且情緒不穩定的傢伙。我失去了太多東西，永遠都不可能挽回。如果現在的我回到過去，我應該會拚命阻止自己，要她認清現實。不過……」

說到這裡，她露出目中無人的笑容。沒錯，她根本不把這些傢伙放在眼裡。

「正因為我自甘墮落，一頭栽進這個地痞流氓的世界，才能看到某些東西。以前的我或許曾經是個純潔高貴的美麗公主，但正是因為我現在已經滿身汙泥，才能學到某些事情。」

「怎麼說呢？」

聽到我這麼引導話題，艾爾玟冷冷一笑。

「誰說我是一個人過來的。」

從頭上傳來一陣巨響。地下室不斷搖晃，灰塵也掉了下來。

「什麼？發生什麼事了？」

羅蘭趴在地上，臉色變得蒼白。

又有一名外表像是小混混的男子從通往這間地下室的樓梯滾下來，很快又有第二與第三個人接著滾下來。仔細一看，他們的肚子全都挨了一記重擊，其中一名外表像是騎士的男子甚至連鎧甲都凹下去陷進肉裡。那傢伙未免太亂來了吧。我還聽到不規則的腳步聲。

這位靠著一雙短腿辛苦走下樓梯的訪客，果然就是大鬍子。而且他還戴著裝有犄角的頭盔，穿著紅銅色的鎧甲，手裡那把造型粗獷的戰鎚名叫「三十一號」，是他親手打造的傑作。要是被那把戰鎚擊中，就連巨龍的身體都會被敲爛。「移動要塞」德茲穿著全副武裝趕到了。

自從我們闖進太陽神之塔後，他就說不想看到自己再也做不出來的武器，把這身裝備收到櫃子裡面，但現在卻全部拿出來，害我只能笑了。

「你笑個屁。噁心死了。」

「你今天怎麼穿得這麼帥？是要跟老婆出去約會嗎？」

「還沒睡醒啊？飯桶。」

言不由衷地咒罵了一句後，德茲揍飛朝他砍過去的男子，然後扯斷綁住我的繩子。我回頭一看，發現艾爾玟正在跟一群惡棍激烈交鋒。對方人多勢眾，果然讓她陷入苦戰。

「你快去幫她吧。」

「這樣好嗎？」

他應該是想說要是他離開我身邊，我就會有危險。但這不成問題。

「你敢讓艾爾玟受傷的話就給我試試看，小心我拔光你的鬍鬚。」

「那我就去幫她吧。」

德茲先往我的肚子揍了一拳後，就慢吞吞地過去支援了。雖然速度不快，但確實幫上了忙，途中遇到的傢伙都被他揍飛了。他還用一隻手撿起被自己揍倒的敵人，像丟石頭般扔了出去，砸在跟艾爾玟互砍的男子身上。至於那些整個人衝過去的傢伙，也被他用戰鎚打成了絞肉。即便面對成千上萬的魔物，他也能面不改色地徹底擊垮。就算是以前的我，也沒把握能打贏他。已經有敵人開始逃跑了。

「抓住那男人！把他當成人質！」

我還以為自己可以在旁邊看戲就好，但羅蘭下達了多餘的命令，害得那群惡棍往我這邊衝過來。這下糟了。

儘管我想逃跑，卻很快就被逼到牆邊。眼前有兩個身高跟我差不多的壯漢，還有諾曼也在。

「給我做好覺悟吧。」

諾曼喘著大氣，丟掉原本拿著的鞭子，改用滿是缺口的劍指著我。

「你沒聽到命令嗎？他是叫你抓我當人質，不是叫你殺了我。」

「關我屁事！」

他揮劍砍了過來，我勉強蹲下躲過這一劍。劍直接砍在石牆上，又多出了新的缺口。反震的力量好像讓他手麻了，但他依然憤怒地向我襲來。

「我要幫哥哥們報仇！」

我好不容易才往旁邊跳開躲過這一擊，卻因此失去平衡。當我重心不穩的時候，那兩個壯漢從左右兩側抓住了我。

我掙扎著想要擺脫，卻完全使不出力氣。諾曼露出殘忍的笑容，就這樣揮下了劍。

糟了。我全身冷汗直流。

從必殺的距離揮下來的劍從我旁邊劃過，刺進石牆裡一動也不動。諾曼睜大眼睛，然後就張開嘴巴倒在地上。他背上有一道斜砍的傷痕，傷口噴出了鮮血。

「真是太可惜了。」

那名戰士氣憤地這麼說。

「如果不是公主殿下拜託我，我早就親手殺掉你了。」

「哈囉，小弟弟，你也趕來啦。」

他就是艾爾玟的團隊成員拉爾夫。

「我才不是什麼小弟弟，我是侍奉公主殿下的戰士。不然誰會想來救你這種渣男。」

因為諾曼倒下，那兩名壯漢也逃走了。我無力地癱坐在牆邊，被拉爾夫小弟弟冷冷地俯視。

「我不是那個意思。我是指你為了艾爾玟趕來這裡這件事。」

「那還用說嗎？」

他皺起眉頭，一副不以為然的樣子。

「我會為了公主殿下揮劍。事情就是這麼簡單。」

「拉爾夫，愛你喔。」

「別說那種話啦，噁心死了。」

「有什麼關係，你就讓我說嘛。我又不會吃了你。」

「別鬧了。」

他抓住我的手臂，幫我站起來。

「上面已經沒有敵人了。你快點滾去上面，別在這裡礙事。」

「知道了啦。」

我還沒幼稚到會在這種時候逞強，我很清楚自己只會礙手礙腳。只要有德茲在場，這裡應該就不會有問題。我抓住機會走向樓梯，想著我就先一步到樓上休息吧。正當我快抵達樓梯時，我看到一個女人呆立在混亂的戰場之中。她就是波莉。她緊盯著艾爾玟，眼神中充滿著殺氣與瘋狂，還有一絲絲的愉悅。看來她打算找機會刺殺艾爾玟。我看得出來，如果情況允許，她甚至想把艾爾玟大卸八塊，就像砍下八歲小女孩的手腕一樣。

「哈囉，波莉，妳迷路了嗎？」

當我回過神時，我已經對她這麼喊話了。波莉猛然轉過頭來。

「妳應該很想知道那批『解放』藏在哪裡吧。我會告訴妳的，跟我走吧。」

單方面丟下這句話後，我立刻衝上樓梯。我很確定她會上鉤。波莉現在一定很著急，她擔心如果自己無法找到「禁藥」，說不定會被羅蘭拋棄。

「給我站住！」

我回頭一看，發現波莉舉起短劍追了上來。雖然作戰成功了，但我完全開心不起來。因為我一時衝動就這麼做了，根本沒想過之後該怎麼辦。要是一個弄不好，就會變成我被她大卸八塊。可是，我也只能硬著頭皮上了。一年前沒完成的事情，我這次一定要完成。

「別想逃！」

波莉一口氣衝上樓梯。也許是「禁藥」的效果，她的爆發力也提升了。照這樣下去，我很快就會被她追上。

我成功來到地面上。這裡是宅第的走廊，地板上還鋪著紅色的地毯。可以從窗戶看到外面，可惜現在正好是陰天。該死。我把門關上，當我準備栓上門栓拖延時間時，我被迫停了下來。因為門栓斷掉了。從這種壞掉的方式看來，犯人肯定是德茲。難道那個野蠻的大鬍子不知道什麼叫作文明嗎？

我找不到其他可以用來栓上門的東西，正準備放棄離開的時候，背後傳來猛然開門的聲音。就算我想逃到外面，也不曉得這間宅第的出口在哪裡。當我在屋子裡迷路的時候，肯定會被她追上。即使我想從窗戶逃出去，這些格子窗也全都無法打開。逼不得已，我只能衝上偶然看到的樓梯。我沒有想到任何對策，會這麼做只是出於停下腳步就會被殺的危機意識。好笑吧。

「馬修，拜託你等等我啦。讓我們好好談談，就跟過去一樣。」

「那就請妳先把刀子丟掉吧。」

我畏懼著來自身後的殺氣，把擺在樓梯間的花瓶丟到地上，扯下牆上的壁毯隨手亂丟，還故意推倒用來裝飾的鎧甲。我很清楚這些都是無謂的掙扎，但馬修先生也不是那種會乖乖讓人殺掉的聖人。

「你別跑……拜託你別跑……」

波莉一邊小聲碎唸一邊追了上來。也許是被我亂丟的花瓶或其他東西擊中了，她的額頭流出鮮血。一個血流滿面的女人雙眼充血，拿著刀子亂揮的樣子，還真是會讓很多東西都被嚇得縮起來。

我這個軟腳蝦已經很努力逃跑了，但距離還是完全沒有拉開，反倒還逐漸縮短。我揮汗如雨地衝上樓梯，發現天色好像稍微變亮了。往窗外一看，灰色的烏雲變得比剛才薄，陽光從雲縫中灑落，就像直達天際的光柱。好耶。

只要再撐一下就行了。我懷著這種想法，喘著大氣衝上樓梯。屋頂怎麼還沒到？自己的無力使我感到焦急，更加賣力地衝上樓梯。快點前進啊！混帳東西！你想死嗎？我拚命鞭策自己不斷前進。終於看到了。我大聲怒吼，直接用身體撞開樓梯盡頭的門。眼前是一片蔚藍的天空，微風輕拂而過，讓我火熱的身體覺得舒服多了。這棟宅第的屋頂是個露臺。這裡只有簡單的護欄，底下則是鋪著石磚的廣場。我猜這裡應該是屋主對家僕發號施令的地方。不過，我倒想在這裡放上那位冒牌侯爵的處刑臺。我覺得這是個好主意。

下一瞬間，看起來像是女食屍鬼的波莉也衝到露臺。我握緊拳頭轉過身，在陽光的照耀下揮出一記直拳。

我完全沒有打到東西的感覺。

波莉的身體像紙屑般飛了出去，穿過大門撞在樓梯旁邊的牆上。

「啊嘎……」

波莉口吐鮮血。她似乎不明白發生了什麼事，看起來非常驚訝。不過，她還是扶著牆壁站了起來，雙腳抖個不停，宛如剛出生的小牛。

力道不夠重嗎？我原本是打算一拳殺了她，然而因為是轉身出拳，而且力量才剛恢復，讓我沒有拿捏好力量。就算我想追擊，她也已經回到暗處了。

「妳該不會這樣就升天了吧？畢竟妳的身體從以前就很敏感。」

我聳聳肩，故意說了句風涼話。波莉吐出斷掉的牙齒，氣憤地這麼說道：

「你不是說過不喜歡虐待女人嗎？」

「我剛才只是在玩『打樁機遊戲』。」

不能算是打女人。

「別跟我開玩笑！你到底把『禁藥』藏在哪裡！」

「我現在正準備告訴妳這件事，不過是在床上。來吧，我會好好疼愛妳的。」

我向她招了招手。波莉緊咬著牙，吐出混著鮮血的口水，重新舉起短劍衝了過來。

我算準時機揮拳打過去，但她在前一刻突然改變方向，像是一陣旋風繞到我背後，手中短劍的黯淡光芒也劃出一道弧光。

我彷彿聽到身後傳來了奸笑聲。

她還真有兩把刷子。波莉並非只有體能變強，這一年應該也闖過不少生死關頭了吧。殺氣從斜後方向我逼近。

對準我的側腹砍過來的刀刃揮空了。波莉整個人跟短劍一起從我的「腳底下」經過。當我重新著地時，波莉轉過身來，因為懊悔與驚訝而皺起臉。

「剛才那是怎麼回事？你變得跟之前判若兩人。難不成你騙了我？其實你根本就能戰鬥！還讓我出賣身體養你！你這個卑鄙小人！渣男！」

「妳誤會了。」我抬頭看向天空。

「雖然對妳過意不去，我現在有其他心愛的女人了。只要想到她，就讓我渾身是勁。這就是愛情的力量啦。」

「可惡！」

她擲出短劍，同時從懷裡拔出另一把短劍，整個人衝過來。

我接住飛過來的那把短劍，靠著握力直接握爛，然後把殘留在手中的碎鐵片丟向波莉。碎片砸到她的臉。當她停住不動時，我趁機欺身上前，一把抓住她的手腕。

「好痛！馬修，你弄痛我了。你為什麼要做這麼過分的事……？」

「我只是配合妳的性癖。」

我使勁握住她的手。

「妳不是喜歡『被男人虐待』嗎？」

很可惜，天色又開始變得陰沉，沒時間慢慢玩了。

「永別了，波莉。我很慶幸能遇到妳。」

「你想對我做什麼？馬修，你不要這樣。我好怕。我不想死，拜託你饒我一命。」

「我猜瑪姬也對妳說過同樣的話。」

我繼續說下去。

「我想，莎拉應該也是吧。」

我使勁把手往上一甩，波莉雙腳離地，整個人被拉了起來。我在波莉被拉到頂點的時候放開手，讓她就這樣飛向後方。波莉大聲尖叫，身體在空中旋轉了好幾圈，最後越過護欄消失不見。

我以為她會就這樣倒栽蔥摔落地面，卻在露臺邊緣看到了一點手指。

波莉沒有摔下去。因為我把她甩得太高，結果好像丟得不夠遠。

我默默走過去，低頭俯視著她。恐懼讓她扭曲著臉。要是從這麼高的地方摔下去，運氣好的話是當場斃命，運氣不好就是全身骨折，在痛苦中掙扎著死去。

「是我錯了。馬修，拜託你救救我。我喜歡你。如果是為了你，要我再次去賣身也行。讓我們重新來過吧。」

「妳已經不需要那麼做了。波莉，一切都結束了。」

我憐憫地抬起腳。

「我也願意向瑪姬和莎拉道歉。都是我不好，對不起。所以……」

我搖了搖頭。

「妳『已經』沒那個價值了。」

我使勁踹開波莉的手指。她露出充滿絕望的表情，緩緩地離我遠去。我聽著她那拉長的尖叫聲轉過身，還沒走到樓梯，尖叫聲就戛然而止。我離開屋頂，把門重新關上。

我來到地面，發現波莉的頭撞在石地板上。她睜大眼睛，頭顱像是熟透的果實般裂開來，從裡面流出鮮血，脖子也彎向奇怪的方向。

「這次真的要跟妳告別了。很高興還能再見到妳，祝妳好運。」

留下一年前沒機會說出口的道別之辭後，我離開那個地方。波莉沒有回話。男人和女人分手的時候不需要任何話語，只要祝彼此幸福和好運就夠了。

「你沒事吧？」

當我準備回到宅第時，艾爾玫正好從門裡走了出來。一次對付那麼多人果然不太容易，讓她露出了倦容。

「托妳的福。」

我原本想給她一個擁抱，結果肚子挨了一拳，痛得縮起身體。太陽公公又躲到雲後面了。

「我們這邊都搞定了，羅蘭也被抓住了。剩下的事情交給衛兵去處理就行了吧。」

他是個連「禁藥」都敢碰的傢伙，只要稍微調查一下，應該可以查到不少罪證吧。雖然其中有些傢伙跟諾曼一樣是正職冒險者，這也是他們自作自受。

「妳是不是覺得有點累？」

「有一點。」

艾爾玟臉色蒼白地點了頭。看來她現在面對的問題不是只有疲倦。

「既然事情都辦完了，我們就回家吧。」

我現在身上沒有，不過只要回到家就有材料了。

「這樣啊……」

艾爾玟露出鬆了口氣的表情。因為「那東西」現在可是她的保命繩。

「馬修！」

就在這時，德茲快步衝了過來。

「嗨，德茲，謝謝你趕來救我。我真是愛死你了。不過，我有些話想要告訴你……」

「現在可不是聊天的時候！」

他激動地叫喊，從鬍鬚裡噴出口水。

「那個智障貴族養了一隻不得了的傢伙。要是沒處理好，住在這附近的人全都會遭殃。」

「你說他養了什麼？小貓咪嗎？是不是小貓咪？」

「你這人開玩笑真的都不會看場合！欠揍是吧！」

一旦德茲說出這種話，他就真的會揍人。他的拳頭還是一樣沉重，真的很痛。

「是魔物。那位大少爺釋放了被封印在卷軸裡的魔物。」

那傢伙竟然拿出那種麻煩的東西。世上總是有些想收集罕見魔物，拿來當寵物養的智障。世界各國都禁止買賣活生生的魔物，這個城市當然也是如此。可是，只要是有人禁止的事情，就一定會有人去做。人們會在私底下以高價買賣活著的魔物，只要把魔物關進卷軸裡，就連大型魔物也能輕鬆搬運。

「到底是哪種魔……」

根本沒必要問這個問題。

我聽到地面震動的聲音，宅第的牆壁不斷冒出裂縫。我看向窗戶，發現屋裡有個龐然大物在爬行。當我緊張地做出反應時，拉爾夫小弟弟開門衝了出來。

「公主殿下，請您快逃！」

在聽到巨響的同時，宅第整個炸了開來。瓦礫化為一道濁流，朝我們落下。我立刻準備撲到艾爾玟身上，卻發現沒有那麼做的必要。因為德茲把掉下來的屋瓦、柱子與石牆碎片全都打飛了。拉爾夫小弟弟也平安無事。

「那傢伙是……」

一隻長著蝙蝠翅膀的深綠色大蛇從瓦礫堆中鑽了出來，它的尾巴就跟長槍一樣尖銳。那傢伙伸出左右分岔的紅色舌頭，在瓦礫堆上捲起身體。我見過那種魔物一次。

「林德蟲……」

艾爾玟茫然地小聲呢喃。

那種魔物曾經吃掉她的同伴。不曉得是不是同一隻，但她現在臉色鐵青。同伴之死早就成了她的心理創傷。

「這下糟了……」

儘管那傢伙才剛復活，看起來還沒有要發動攻擊的跡象，但遲早會為了填飽肚子跑去襲擊附近的居民。這可不是能在街上對決的魔物，因為造成的損失會非常巨大。

德茲也在場，如果我能拿出實力，應該有辦法解決，偏偏現在是陰天。

「我們先設法讓活著的人逃走，然後去向公會求援吧。衛兵們應付不了這傢伙的。」

「也只能這麼做了。我負責拖住它的腳步，你就帶著公主殿下逃走吧。」

看來德茲也發現艾爾玟不太對勁了。

「那傢伙沒有腳就是了。」

德茲沒有吐槽。也許是因為情況緊急，他才沒發現我在搞笑吧。總覺得有點寂寞。

「慢著。」

艾爾玟叫住我們。

「我來對付那傢伙。我想麻煩德茲先生在後方支援。」

「妳沒問題嗎？」

「現在顧不得那麼多了。要是讓那傢伙開始作亂，只會造成更大的損失。我沒問題的。」

「妳現在臉色蒼白，雙手抖個不停，說這種話可沒什麼說服力。」

「……確實如此。」

她很乾脆地承認了。

「不過，要是我在這時候停下腳步，那珍娜又是為何而死？我必須在這一刻挺身而出，站在所有人的前方戰鬥。可是，現在的我光是面對那傢伙，雙腳就會發軟。馬修，請你告訴我，我該怎麼做才好？」

正當我準備回答艾爾玟這迫切的問題時，林德蟲扭動巨大的身軀，從瓦礫堆上爬下來。它渾身散發出一股腥臭味，以及暴風般的壓迫感，往我們這裡衝了過來。

沒時間讓我們逃跑了。我已經做好覺悟，但偶然就是這麼可怕。陽光從雲縫中照了下來。

我聽著怒吼聲、慘叫聲與踢開瓦礫的聲音，把手伸出去。

衝擊力貫穿全身。果然很沉重，我的雙腳都陷進地面了。

就算是我，想用雙手抱住林德蟲的頭阻擋這種怪物前進，也不是什麼容易的事情。這說不定比舉起獨眼巨人還要費力。不過，要是我不這麼做，所有人都會沒命，這才是最麻煩的地方。

「你竟然……」

拉爾夫小弟弟驚訝得睜大雙眼。真希望他不要放在心上。這種事其實很常見，不過就是火災現場爆發的蠻力罷了。

「看我的。」

我感覺到自己全身上下都爆出青筋，將林德蟲舉了起來，然後翻倒在地上。地面劇烈震動，沙塵也隨風飛舞。

「借我一下！」

德茲聽到我說出這句話，瞬間就明白我的意思，把他愛用的戰鎚「三十一號」扔了過來。我單手接住戰鎚，對準林德蟲白色下顎的底下使勁全力往下一揮。鱗片頓時碎裂，底下的肉往外掀開，裡面的牙齒也被打斷，鮮血四處飛濺。那裡就是林德蟲的要害。一旦遭到重擊，它就會失去行動能力。

林德蟲口吐鮮血，痛苦地在地上掙扎。正當我準備再來一擊時，身體又突然變得沉重。我再也拿不住戰鎚，讓「三十一號」掉到地上。我抬頭一看，發現太陽又躲到雲層後面了。這傢伙還真是善變，簡直就跟小孩子的心情沒兩樣。

林德蟲利用這段期間跟我拉開距離，想逃進瓦礫堆裡，但這只是毫無意義的垂死掙扎。

「對了，我還沒回答妳剛才的問題。」

我重新看向艾爾玟。

要戰勝恐懼不是什麼容易的事。就算花上一輩子，也不見得辦得到。可是，我倒是知道該怎麼讓人立刻鼓起勇氣。

「這種時候只要這麼說就對了。『吃屎去吧（Kiss my ass）！』」

這個世界上有太多不講理的事情了。大家都在參加一場毫無勝算的戰爭，只能被壓倒性的暴力打得落花流水。即便是前面一路獲勝的傢伙，最後也得打出名為死亡的鬼牌，就這樣失去一切。在這個世界，人人都是失敗者。就算這樣，我們也不能一直輸下去。就算心裡害怕，實在敵不過對方，再也撐不下去，也只能拚命掙扎。這個世界就是這麼狗屎，沒必要規規矩矩做人。

「臭小子！誰准你亂教公主殿下的！」

「我可沒有亂教。」

她現在需要的是能讓自己堅持下去的鬥志。不管是要罵髒話還是做什麼都好，只要能讓她得到站起來的力量就行了。拉爾夫小弟弟，拜託你不要這樣故意找碴行嗎？

「你說得對。」

艾爾玟重新起身，然後拔出了劍。劍身發出鏡子般的光芒，映照出陰暗的天空與她的側臉。

像是要呼應她的行動，林德蟲也動了起來。它痛苦地扭動巨大的身軀，艱難地移動身體，再次從瓦礫堆上爬下來。在那雙發出不祥光芒的金色眼睛注視下，艾爾玟毅然決然地這麼說：

「『吃屎去吧！』」

第五章

保命繩的另一端

讓「灰色鄰人」陷入混亂的林德蟲事件平安落幕了。「深紅的公主騎士」艾爾玟．梅貝爾．普林羅斯．馬克塔羅德與她的夥伴同心協力打敗了敵人。雖然我也小有貢獻，但這種事還是統統算成公主騎士殿下的功勞比較好。對我也好，對每個人都好。除了一棟宅第變成瓦礫堆，損失非常輕微。絕大多數的死者都被扔進「迷宮」，波莉也被當成身分不明的屍體處理掉了。我跟波莉重逢的事跟她的死訊，我都還沒告訴凡妮莎。

把林德蟲帶進城裡的羅蘭失蹤了。眾人曾經一度抓住他，但據說他在趁亂逃跑的時候被瓦礫壓住，目前還沒找到他的屍體。

根據衛兵們調查的結果，他似乎是從這個城市的黑社會手中得到那個卷軸。卷軸應該是先從冒險者公會裡被偷出來，然後才透過黑社會交給羅蘭吧。這個事件讓好幾個交易現場受到調查，但對那群惡徒的事業根基毫無影響。因為造成的損害並不大，冒險者公會的會長也只在形式上受到領主的責備。這個世界就是只有惡人可以肆意妄為。

「那我要出發了。」

「再見，路上小心。」

今天又是要去挑戰「迷宮」的日子。因為林德蟲那件事，她這陣子都沒去挑戰，但她好像終於找到可以取代聖童貞騎士路特維奇的同伴，今後又要開始認真挑戰「迷宮」了。直到取得祕寶，復興馬克塔羅德王國之前，艾爾玟的冒險都不會結束。

「對了，差點忘記。」

我把一個小袋子放到她手上。

「喔。」

她裝出若無其事的樣子，興沖沖地打開袋子，拿出裡面的東西。那是綠色的糖果。

「妳最喜歡這個了吧？」

「是啊。」

艾爾玟裝出嚴肅的表情。我很清楚她正在拚命演戲，因為拉爾夫等人就在她身後。

我從袋子裡拿出一顆糖果。

「來，嘴巴張開。」

「不用你餵！」

艾爾玟紅著臉怒吼。

「我可以自己吃。」

「哎，別這麼說嘛。」

艾爾玟瞥了自己身後一眼，然後又注視著糖果。她有一瞬間露出飢渴的表情，但很快就注意到這件事，清了清喉嚨，然後怯怯地張開嘴巴。

「來，啊～」

為了避免碰到牙齒，我慢慢地把糖果拿到她的嘴脣旁邊。綠色的糖果才剛碰到那對朱脣，就立刻被濕滑的舌頭捲進嘴裡。

「嗯……」

把糖果放進嘴裡後，她還用舌頭讓糖果滾動。糖果在嘴巴裡忙碌地左右滾動，逐漸被唾液和體溫融化。端正的臉頰從內側受到擠壓，左右兩側輪流鼓起，喉嚨發出吞嚥的聲音。她有一瞬間變得神情恍惚，但很快就恢復正常。

「我從以前就有點在意。」

拉爾夫在後面看著這一幕，狐疑地瞇起眼睛。

「那種糖果是在哪裡買的？我從來沒看過那種形狀的糖果。」

「你當然不可能看過，因為這是我親手做的。」

「你應該沒放什麼奇怪的東西吧？」

「你想太多了。這只是普通的藥草，吃了對身體很好，她也很喜歡吃。」

裡。

「可以讓我試吃看看嗎？」

拉爾夫徵求艾爾玟的同意。這傢伙疑心病還真重。別搶主人的東西吃啦。

「你想要的話就給你吧。拿去。」

我從口袋裡拿出用紙包著的糖果，輕輕扔了過去。拉爾夫接住糖果，猶豫了一下後才放進嘴裡。

「……吃起來有點苦。」

「因為我沒放太多糖。」

「不過，應該是沒放什麼奇怪的東西。」

「廢話。」

我笑了出來。

「你要好好保護艾爾玟喔。」

「不用你提醒。」

拉爾夫露出不以為然的表情。

「那我們要出發了。」

我在艾爾玟出發前拿到顧家期間的零用錢。那是一枚金幣。

「祝各位武運昌隆。」

我面帶笑容對他們一行人揮手，絕對不是因為零用錢變多了，離別的時候本來就該笑著目送對方。不過，我也不會想經常跑去娼館，應該把錢用在更有意義的地方。

「哈囉，矮冬瓜。」

我來到艾普莉兒常來幫忙的育幼院。

在被高聳圍牆環繞的院子裡，孩子們正在到處奔跑，只有一個人獨自坐在牆邊。她抱著自己的腿，像是溶入陰影般一動也不動。

艾普莉兒有一瞬用責怪的眼神看了過來，但她很快又低下頭，把臉別開。

「妳不去陪他們玩嗎？」

孩子們躲在遠方偷偷看著我們。

「我現在沒那種心情。」

「這樣啊……」

我才剛在旁邊坐下，艾普莉兒就立刻遠離我。

「……她今年才八歲。」

「是啊。」

「為什麼？她明明沒做任何壞事，今後就要跟母親永遠幸福地生活下去。這樣太殘酷了。」

莎拉和瑪姬死掉的事，艾普莉兒已經知道了。她不知道凶手就是波莉，只知道她們死在腦袋不正常的強盜手中。其實就是我這麼告訴她的。那個臭老頭竟然把這種討厭的任務交給我去做。

「她好可憐……」

「是啊。」

「她當時應該很痛苦吧。」

「應該吧。」

「你到底是怎樣啦！」

她總算轉頭看過來。

「只會一直說同樣的廢話！我可不需要別人安慰！」

「我不是來安慰妳的，只是有事情要拜託妳。」

看到我遞過去的書後，艾普莉兒小聲叫了出來。那是一本專門給幼童學習文字的課本。

「請妳繼續教我讀書寫字。我也去請教過別人，但還是妳比較會教。」

艾普莉兒緊握著自己的手。

「我現在沒那種心情……」

「那我只好拜託那邊的小朋友們幫忙了。像我這種一把年紀還不太會寫字的傢伙，還是少一點比較好。」

我站了起來，向那群孩子招手。

「喂～～過來，小朋友們，這位大姊姊說要朗誦書本給你們聽喔。」

聽到我這樣呼喚，孩子們一個接一個跑過來。

「等一下啦，馬修先生。我可沒說過要這麼做……」

「再來就拜託妳了。」

我不理會她的抗議，就這樣離開育幼院。在走出育幼院的瞬間，我稍微回頭看了一眼。艾普莉兒露出傷腦筋的表情，面對聚集過來的孩子們，翻開書本。

當人們悲傷的時候，忙碌也可以是一帖良藥，因為這能讓人不必胡思亂想。這可是過來人的建議，絕對錯不了。因為做了這件事，讓我剛拿到的零用錢都花光了，畢竟書本這種東西都是賢者大人在看的，價錢貴得嚇人。

因此，我會為了省點酒錢，跑去找大鬍子討酒喝也是理所當然的事。我早就知道他今天放假了。

「話說……」

傍晚時分，當我們在公會附近的酒館裡喝酒時，德茲難得主動開口了。

「你為什麼會被人綁架？你又幹了什麼好事？」

這麼說來，自從那天之後，這還是我頭一次跟德茲見面。當我說完自己跟波莉之間發生的事情，德茲輕撫他引以為豪的鬍鬚。

「『解放』啊……我最近確實也聽說那東西又開始流通，但情況有些不對勁。」

「怎麼說？」

「衛兵有調查過那些藥頭，但結果不是一無所獲，就是只能找到別種『禁藥』。衛兵似乎認為是外地來的傢伙想賺點小錢，才會把『解放』拿出來賣。」

「那應該很快就會被人發現吧？」

這個罪惡城市裡的壞人可沒那麼軟弱且遲鈍，絕對不會放任外人在這裡肆意妄為。

「我也這麼認為。我反倒覺得這是熟悉這個城市的傢伙或是某個組織幹的好事。如果要瞞著那些黑道賣藥，就必須非常熟悉這座城市。」

「只要去問那些買過藥的人不就得了？」

「衛兵好像有抓到幾個，但沒人直接見過那個藥頭。」

據德茲所說，購買的流程大致是下面這樣。想買藥的人會在街上隨便找面牆，寫上特定的暗語，例如「白鯰魚一尾三枚切」或「無刺黑玫瑰三朵」這樣的句子。看到這些暗語後，藥頭就會在牆上指定金額、時間與地點。據說通常是在「毒沼街」的橋上交貨。只要在指定的時間從橋上把錢丟下去，不久後到橋下就會發現錢不見了，但可以在那裡拿到買來的「禁藥」。

「這傢伙還真是專業。」

看來這位藥頭果然是這個城市的居民。

「這批『解放』該不會就是……」

「好像就是『三頭蛇』製造的那批貨。我聽說他們製造的那批貨全都跟倉庫一起燒光了，所以應該就是你以前的女人所說的那些吧。」

我是不會分辨，但就算都是「解放」，材料好像也有些許不同。

「如果不是奧斯卡本人回來，就是從奧斯卡手中搶走『禁藥』的傢伙，等到風頭過後終於開始賣藥了。若非如此，就是有人偶然找到他藏在某個地方的『禁藥』，然後拿出來賣吧。」

「或許是這樣。」

如果真是如此，只要不曉得對方的身分，就無法繼續追查下去。

「喂，你在盤算什麼？」

德茲睜著他那濃密眉毛底下的眼睛，狐疑地瞪著我。

「前陣子才剛發生那種事，你最好別多管閒事。」

「我不是說過事情又要變麻煩了嗎？」

我站了起來。在徹底喝醉之前，我想先去確認一件事。

「到時候就萬事拜託了。」

「開什麼玩笑！」

德茲在我身後叫喊。

「你想找死就自己去吧！我再也不會去救你了！」

「我倒是不管幾次都會去救你喔，朋友。」

因為我再也不想失去同伴了。

「再見。這一攤就給你請了。」

離開酒館後，我立刻聽到震耳欲聾的怒罵聲，害我搖搖晃晃了幾步。

我來到名為「毒沼街」，位於「吞石蛇大道」東邊的一個小角落。只有這一角是個盆地，讓這裡的建築物很自然地有著高低之分，所以到處都是橋和牆壁。德茲剛才說過的那些用來留下暗語的其中一面牆壁，好像就在這附近。

「就是這裡了嗎？」

我拿著提燈走向一面跟我差不多高的石牆，發現上面寫滿連我這種笨蛋都看得懂的下流詞彙。我還發現這面牆也被當成留言板，用來讓人進行「禁藥」這種危險物品的交易。我在這些毫不掩飾慾望的詞彙、抱怨老婆的話語和對女人的詛咒中，找到了疑似「禁藥」交易的暗語。

「『甜蛇酒』一次兩瓶。這價錢是在坑人吧？」

「甜蛇酒」就跟「白鯰魚」和「無刺黑玫瑰」一樣，都是「解放」的暗語。一次就是一袋，一瓶是十枚金幣，所以一袋就要二十枚金幣的意思。這價錢大概是行情的兩倍。在「甜蛇酒」的旁邊還寫著交貨的地點與時間。好像曾經有人想擦掉這些文字，我猜八成是衛兵吧。可是，如果只是用水擦拭，似乎無法擦掉這些文字。這些文字寫得歪七扭八，應該是為了避免被人認出筆跡。不過，我還是試著找尋線索，把臉貼近那些紅黑色的文字，慢慢地用指尖一摸。就在這時，我突然發現了什麼。

「……我的天啊。」

我用手摀著臉。

既然發現事情的真相，就沒時間猶豫了。其他人遲早會發現這件事。我立刻前往「油畫街」的「山貓黃昏亭」，聽著醉漢吵鬧的聲音走上二樓，輕輕敲了敲門。當我懷著可能要破門而入的想法使勁敲門時，眼熟的文弱男子出來應門了。

「馬修，怎麼了嗎？你怎麼會在深夜跑來找我？」

我還沒開口回答就走進史達林的房間，把門關起來。

「喂，你到底怎麼了？你會不會太心急了？十二點都還沒過呢。」

儘管感到困惑，史達林還是努力擠出笑臉。我沒有理會他，直接掀開那塊白布，把那些圓形石頭一個接一個拿開。我在箱子底下找到許多小袋子。我打開其中一個袋子，白色粉末就撒了出來。我重新看向史達林，冷冷地這麼說：

「你什麼時候改行賣『禁藥』了？」

他發出說不出話的聲音，眼神到處亂飄，渾身冷汗直流。這傢伙真的很好懂。

「你……你為什麼要這麼說？」

「我去看過『毒沼街』的那面牆了。有人利用那面牆交易『禁藥』，寫下那些暗語的人就是你吧？」

「才……才不是呢。你有什麼證據嗎？」

「這就是證據。」

我拿著提燈，照亮地板上的那塊紅色汙漬。

「寫在那面牆上的文字，用的就是這種墨水。你曾經說過這種墨水是你用寶石獸的血做的，我還記得這種顏色與味道。」

他可能以為不會被人認出筆跡，但還是留下了證據。他應該是想避免那些暗語被雨水洗掉才會使用這種墨水，然而這種墨水反倒成了鐵證。

史達林完全嚇傻了。我輕拍他的肩膀。

「別擔心，我不打算把你交給衛兵。可是，那些道上兄弟正在找尋『禁藥』的出處。如果不處理好這件事，你就會重蹈『偽幣』事件的覆轍。」

我稍微說幾句話威脅他，他就嚇得臉色蒼白渾身發抖。這傢伙明明是個膽小鬼，卻總是喜歡冒險去賺眼前的暴利。真是學不乖。

「快說，你是從哪裡弄到這批貨的？還是說，你這次也是受人之託？」

「不……不是我喔。這是凡妮莎的東西。」

我聽了只覺得傻眼。

「別說傻話了，她才不可能做這種事……」

「我是說真的。這些『禁藥』是凡妮莎的東西，我是在她家的地板底下找到的。」

聽到這裡，我才恍然大悟。這批貨是奧斯卡藏起來的。他把從「三頭蛇」那邊偷走的「禁藥」藏在女朋友的家裡。雖然凡妮莎是個鑑定高手，一旦遇到戀愛的事就會變得盲目。只要隨便找個理由讓她離開家裡，想把東西藏在她家並不困難。

凡妮莎在公會裡是個優秀的人才，而且深受大家信任，冒險者們也都很喜歡她。如果有人想對她展開調查，就會與冒險者公會為敵。她家可說是最適合藏東西的地方。說不定奧斯卡接近凡妮莎，打從一開始就是為了這個目的。這批因為主人失蹤而放著生灰塵的「禁藥」，偶然被凡妮莎的現任男友發現，就這樣被拿到市面上販賣了。

「馬修，別說那種不通情理的話嘛。這種事大家都在做，我也會給你分紅的。」

史達林發出令人不舒服的肉麻聲音。他應該以為我這次也會幫他解圍吧。他就是懷著這樣的期待才會想討好我。這傢伙絕對不是壞人，他只是意志不夠堅定，容易被人牽著鼻子走。

「有什麼關係嘛。『解放』跟其他『禁藥』又不一樣，這東西可是神的禮物。」

「你這話是什麼意思？」

「咦？你不知道嗎？」

史達林驚訝地這麼說。

「最早製造出『解放』的人是一位神父。」

據說「解放」會開始流傳，都是因為那位神父把「解放」拿給深陷煩惱的信徒使用。之後的事不用問，我也猜得出來。黑社會的人得到「解放」，把這種東西賣到這塊大陸的各個角落。

「這世界沒救了。」

「而那位神父竟然是因為聽到神的『啟示』，才會製造出『解放』。當他聽到『汝今後就遵照吾的意思，四處散布這樣的慈悲吧』這句話時，腦海中就浮現出『解放』的製作方法了。」

我抓住史達林的肩膀使勁搖晃。

「那位神父是誰？他人在哪裡？快告訴我。」

剛才那句話我絕對忘不了。雖然內容有所出入，那種說話的口氣就跟那個酒鬼太陽神一樣。

我還記得那傢伙說過的一字一句，連聲音都能清楚想起來。

「我不知道啦。我只知道他是薩尼黑茲的神父，不知道他叫什麼名字。我沒騙你。」

史達林用快哭出來的聲音抗議，讓我放開了他。薩尼黑茲這個城市就位在那座「太陽神之塔」附近，是太陽神信仰的聖地。

這是怎麼回事？那傢伙竟然命令自己的信徒製造「禁藥」？讓癮君子變多對神到底有什麼好處？

「而且他早就死掉了。聽說他是上吊自殺的。」

「這樣啊……」

那位神父應該是出於善意吧。為了拯救深陷苦惱的信徒，他聽從了神的「啟示」。可是，結果「解放」被黑社會的壞人拿到，讓許多人因此受苦。他承受不住罪惡感的折磨，才會選擇上吊自殺。

「這可是在神的指引下完成的『神藥』，拿來賣應該沒差吧？」

史達林好像還在捨不得這些東西。他已經嘗過一次甜頭，以後應該還會繼續做這種事。他就是這種男人。

「不行。」

我把提燈放在地板上。

「凡妮莎家裡還藏著這種東西嗎？」

「多到不行，被我賣掉的只有其中一點點。我沒騙人。」

我沒時間聽這傢伙找藉口了。

「你先帶我過去再說。之後我再決定要怎麼處理那批貨。」

「咦～～現在過去嗎？」

「如果你想在明天早上的某條巷子裡跟陰溝裡的老鼠一樣死在路邊，那我就不阻止你。」

「等我一下，我這就去換衣服。」

他轉身背對我，開始脫掉身上的衣服。我趁機悄悄走過去，拿起擺在未完成的雕刻品旁邊的鑿刀。我用指尖輕輕撫摸刀尖，確認刀子是否足夠鋒利。我把鑿刀藏到手腕內側，從史達林背後慢慢靠近他。

「對了，關於那批『解放』，我還是覺得……」

我猛然舉起鑿刀，對準回過頭來的史達林的喉嚨刺下去。我靠著體重把鑿刀深深刺進他的喉嚨。史達林沒有發出慘叫，在昏暗的房間裡睜大眼睛，臉色蒼白地倒了下去。他抓住插進喉嚨的鑿刀，露出痛苦的表情在地上打滾。擺在畫架上的未完成畫作接連倒下，掉落在地上。剛開始，他像是全身著火般激烈掙扎，但掙扎的力道很快就越來越弱，生命之火也逐漸消逝。我默默地看著這一切。

「吵死人了！明明窮得要死，還一天到晚在那邊發情！」

從樓下的酒館傳來怒罵聲。看來史達林經常吵到別人。

史達林擠出最後一絲力氣，努力爬到我腳邊。他用被鮮血染成赤紅的手在地上亂抓，因為無法呼吸的痛苦與對死亡的恐懼而流著眼淚。

「………！」

他好像在說些什麼，卻無法發出聲音，只能朝我伸出手，像是被釣上岸的魚一樣拚命張著嘴巴，彷彿要向我求救。

當史達林終於爬到我腳邊時，他好像用盡了力氣，就這樣趴在地上一動也不動。數到一百後，我發現他的瞳孔已經完全散開了。

因為他剛才已經把房間弄亂，我也不需要故布疑陣，把這裡偽裝成強盜殺人的現場。應該也不需要委託「掘墓者」來善後了吧。

我擦掉噴到身上的些許鮮血，又處理掉幾樣證據，然後戴上兜帽，縮著身體離開。

我並不討厭史達林這個人。我有好幾次都覺得他很煩人，他經常惹麻煩這點也讓我覺得很難搞，但跟他在一起還算開心也是事實。然而，他跨越了不該跨越的紅線。史達林應該只把這當成平常那種危險的小遊戲吧。可是，對我來說就不是這樣了。要是這次放過他，遲早會發生無法挽回的事情。

——我不能讓在這個城市裡散布「解放」的傢伙活下去。事情就是這麼簡單。

確認沒人看到後，我關上提燈的燈罩，走下樓梯。屍體應該明天就會被人發現吧。沒時間讓我發呆了。

接著是凡妮莎的家。我很清楚她的班表，她今天會在公會裡過夜。她家平常還住著一位幫傭的老太太，但老太太今晚去孫子家過夜了。我必須在今晚搞定這件事。我也想過要在白天沒人時闖進來，不過我不想被人發現在這附近出沒。

幸好她家離男友住的「油畫街」不遠。這是一棟兩層樓的石造房屋，路上的行人也不多。

我用鐵絲撬開門鎖進到屋裡。這裡是我常來的朋友家，我很清楚格局。一樓是廚房跟老太太的房間，二樓則是凡妮莎的客廳跟臥房。屋子裡鴉雀無聲。我聽著屋外的喧囂聲瞇起眼睛，悄悄地走上樓梯。史達林說過東西是在地板底下找到的。

藏在一樓會被老太太看到，這間屋子又沒有地下室，奧斯卡應該會把東西藏在自己容易拿到的地方。

走到二樓後，我聞到一股香甜的味道。這種味道跟艾爾玟身上的香味不太一樣。雖然我很想慢慢品味，現在也只能忍耐。我縮著身體走進狹窄的臥房，因為無法點燈，我只能趴在地板上，找尋床底下可疑的地方。史達林會注意到，但凡妮莎還沒注意到的地方應該不是很多。我用指尖摸到微微隆起的地板。我把頭伸到床底下，用手指抓住那塊地板。因為連史達林都能掀開，讓我太小看這塊地板了。這對現在的我來說是很費力的事情。好不容易才把地板掀開後，我把藏在底下的東西拿到面前。那是個小袋子。

我從床底下爬出來，然後打開袋子，把裡面的東西倒在手掌上。白色粉末從我的掌中撒落。我定睛凝視，還聞了聞味道。這東西應該就是「解放」沒錯。再來就只能設法把這些東西全部處理掉，但我又該怎麼做才好？

眼前突然亮了起來。

「你在做什麼？」

我回頭一看，發現凡妮莎露出膽怯的表情，拿著點亮的蠟燭照著我。

這怎麼可能？她也未免太早回來了吧？我不由得心生動搖，但又立刻瞥見凡妮莎用另一隻手拿著袋子。袋子裡裝著肉和蔬菜，甚至連葡萄酒都有。我詛咒自己的愚蠢。我想起來了，明天是史達林的生日。為了親自下廚幫他慶生，凡妮莎才會跟別人換班。

「馬修，你竟然……」

「慢著，妳誤會了。」

我趕在她大聲喊叫之前舉起雙手，讓她知道我沒有敵意。

「我願意為擅自闖進來的事情道歉，但我這麼做是有理由的。」

我努力調整呼吸，盡量放慢速度說話。要是我劈哩啪啦說個不停，聽起來只會像在找藉口，感覺更加可疑。

「史達林這次竟然跑去賣『禁藥』。要是被道上兄弟發現，他就死定了。為了阻止這件事，我才會跑來這裡。」

「你是說史達林嗎？」

她露出疑惑的表情，聲音裡的戒心也稍微放下。

「原因就出在奧斯卡身上。就是妳的前男友。那傢伙把『禁藥』藏在妳家，這件事妳應該也有頭緒吧？」

她應該是真的有頭緒。凡妮莎看向上方，皺起了鼻子。

「那個笨蛋偶然找到那批貨，而且還偷偷拿去賣掉。要是不趁那些道上兄弟找到他之前，把那批貨全部拿去處理掉，他就死定了。不光是他，妳也一樣。」

我沒有說謊。要是讓那些道上兄弟發現這件事，他們應該會把史達林當成搶走「禁藥」的犯人。到時候就連身為他女友的凡妮莎都會受到牽連。

「所以我才會代替那個笨蛋過來拿走『禁藥』。」

「……真的是這樣嗎？」

「如果妳不相信，就自己看看床底下吧。這底下裝滿了能讓人變開心的粉末。」

我把裝著「解放」的袋子遞過去，凡妮莎怯怯地接過袋子，把裡面的白粉放到手上。

「……看起來應該是真的。」

「我就說吧。」

「真是的！他怎麼連生日都要惹麻煩啊！糟透了！」

凡妮莎氣得亂抓頭髮。

「先幫我把東西拿出來再說吧。」

「我明白了。」

凡妮莎點了頭後，就把購物袋跟燭臺擺在地上，探頭看向床底下。我低頭看著她的背影，心裡充滿了愧疚。

我剛剛才親手殺死她的愛人，屍體就躺在畫室裡的血泊之中。凡妮莎對此渾然不知，還出於善意和想要拯救愛人的念頭出手幫助我。

而且等我們處理掉「解放」之後，我還得跟她一起找到史達林的屍體。她肯定會哭得很慘吧。她總是搭上沒出息的男人，也是因為她有著想要幫助那些傢伙的溫柔與包容力。她是個重感情的女人。

我不是沒有罪惡感，但我已經沒有退路了。儘管我們成功處理掉「解放」，還是晚了一步，史達林被那些道上兄弟殺掉了。只不過是劇本稍有變化罷了，不會有問題的。

我沒料到會被凡妮莎撞見，但還有辦法補救。

「咦？」

從床底下傳來疑惑的叫聲。

「這是什麼東西？」

凡妮莎爬了出來，手裡拿著許多小袋子，還有一個小包裹。

「這東西跟袋子一起被放在床底下。」

凡妮莎打開包裹，裡面放著一封信和一個更小的袋子。

「這封信已經封起來了，看起來應該是要寄給某人吧。」

收件者到底是誰？凡妮莎小聲呢喃，把信翻過來看。雖然讀書寫字不是我的專長，我還是猜到那是誰寫的信了。除了史達林之外，就只有奧斯卡會把東西藏在這裡。

凡妮莎拆開信封，拿出裡面的信紙。

「收件者的名字是……羅蘭．威廉．馬克塔羅德。」

聽到這個名字的瞬間，我的腦海中立刻浮現出一幅畫。我想起來了。那個弱雞男也認識奧斯卡。奧斯卡就是為了他背叛「三頭蛇」，私吞了那批「解放」。他就是這麼重要的一位客人。奧斯卡會為了什麼事情寫信給他？弱雞男想除掉的阻礙是誰？奧斯卡握有的祕密又是什麼？

「沒時間了。那封信就放在我這邊吧。」

我趕緊伸出手，想把那封信搶走。那封信可不能讓她看到。如果我的直覺沒錯，那封信裡肯定有不能被她看到的名字。雖然手段有些強硬，我也顧不得那麼多了。當我準備拿走那封信時，那個小袋子從凡妮莎手中掉到地上，裡面的東西也掉了出來。

那是原本屬於艾爾玟的翡翠項鍊。

那個臭小子竟然把東西藏在這種地方，難怪我在他家不管怎麼找都找不到。

「馬修，回答我。」

當我回過頭時，凡妮莎緊抱著那封信，往後退了幾步。即便屋裡只有蠟燭的微弱火光，我還是能看出她的臉色非常難看。

「你是不是早就知道了？艾爾玟已經『解放』中毒了……」

最壞的情況發生了。

「妳到底在說什麼？」

「別裝傻。這封信裡寫得很清楚。你看，上面還有艾爾玟的名字。」

我好不容易才從口中擠出這句話，卻連要拖延時間都做不到。像她這種腦袋聰明的傢伙，就連閱讀文字的速度都很快。如果大家都能再笨一點就好了。

「那只是奧斯卡在胡扯。羅蘭可是一個不惜用上林德蟲在城裡搞破壞，也想得到王位繼承權的愚蠢貴族。只要是能損害艾爾玟名譽的情報，不管多少錢他都願意買下。」

凡妮莎小心謹慎地盯著我，同時撿起那條翡翠項鍊。

「可是，這是艾爾玟的東西吧？」

「那只是便宜貨。只要去參加祭典，就能在攤販那邊用銅幣買到。」

「你以為這種藉口對我管用嗎？」

我根本不可能騙過冒險者公會首屈一指的鑑定師。

「原來如此。馬修，其實你早就知道了吧。你一直問我奧斯卡有沒有寄放東西在我這邊，就是在找這個東西吧。」

她亮出那條翡翠項鍊。我沒有回答。凡妮莎似乎把我的沉默視為肯定。她在一瞬間露出既像責備，也像憐憫的眼神看著我，然後搖搖頭。

「她得了『迷宮病』對吧？」

冒險者染上「解放」的原因，絕大多數都是這個。她不愧是冒險者公會的鑑定師，早就看過很多這樣的人了。

「我不是在責備她。這是常有的事。任何人都會懼怕『迷宮』，就連『深紅的公主騎士』殿下也不例外，事情不就只是這樣嗎？」

我依然保持沉默。

「為了拯救馬克塔羅德王國，她一直都很勉強自己吧？她好傻，竟然不惜依靠這種東西。」

凡妮莎緊緊握住手中的信紙。她是個聰明的女人，就是因為這樣，她才能正確掌握艾爾玟目前的狀況。這就是最可恨的地方。

「我這麼說是為她好，她應該立刻退休。要是她繼續做這種事，在復興王國之前，她就會搞壞身體了。」

「……」

「就算不依賴『迷宮』裡的祕寶，還是有很多方法可以復興王國。她可以去開拓全新的土地，也可以跑去其他國家當官，請對方分點領地給她。還有就是……嫁給某個王族或大貴族也是一種方法。」

說到這裡，她露出對我感到過意不去的表情，然後繼續說下去。

「還有誰知道艾爾玟中毒的事？『女戰神之盾』的成員知道嗎？」

我一直沒有回答，似乎讓她感到焦急，口氣變得激動了些。

「如果你不想回答也無所謂。可是，我還是要給她一個忠告。千萬不要再去碰『解放』那種東西。她應該把祕寶跟祖國的事交給別人，放棄當一個冒險者才對。還有，她必須好好接受治療。雖然應該得花上許多時間，要是繼續這樣下去，艾爾玟可能會有生命危險。」

「……」

「你應該有辦法隨便捏造出理由吧？事情到了這種地步，就算要說你搞大她肚子了也行。就算她身為王族，也不能讓她一個人犧牲。」

「是啊。」

凡妮莎說的這些話完全沒錯。從一年前直到今天，我自己也都是這麼想的。她是發自內心在為艾爾玟擔憂。

更重要的是，凡妮莎自己也是「禁藥」的受害者。「禁藥」害死她的父親，還拆散他們一家人。她跟我一樣痛恨「禁藥」，想拯救那些因為中毒受苦的人們。正是因為這樣，只要是為了拯救艾爾玟，她應該也會不惜說出這個祕密，就跟她不惜在眾人面前抓住自己的同事一樣。

她就是這種人。

「妳說得對。」

可是，我還知道一件事。我知道艾爾玟的決心有多麼堅定。儘管肉體與心靈都變得傷痕累累，她還是會繼續前進。我很清楚她的愚蠢、脆弱與崇高，正因為這樣，我才會無法回頭。

我站了起來，低頭俯視凡妮莎的背影，從口袋裡拿出「片刻的太陽」。上次的事件結束後，我跑去教會把這東西撿回來了。我當時實在想不到自己竟然會用這個東西做這種事。

「『照射』。」

下一瞬間，吸收了陽光的小球浮到空中，發出耀眼的光芒。我全身立刻充滿了力量。即便我因為「詛咒」，變得沒有陽光就無法正常戰鬥，也能在晚上發揮原本的實力了。雖然時間不長，但不成問題。

「怎麼回事？」

突然被強光照耀，讓凡妮莎別過臉。我抓住這個機會瞬間衝過去，把她撲倒在地。她仰躺在地上，被我抓住雙手，跨坐在身上。端正的臉龐因為恐懼而扭曲。雖然她激烈掙扎，卻被我的體重與力量壓制，完全無法掙脫。

「住手！」

我無視她的哀求，伸出雙手使勁勒住她的脖子。要下手就得乾淨俐落，一瞬間就殺了她，別讓她感到痛苦。我的手指深深陷進她的喉嚨，壓迫頸部的血管。

「啊、嘎……」

凡妮莎雙眼充血，困惑、痛苦、恐懼……各種情感在變得赤紅的眼睛裡激烈地翻騰。自己為什麼會被人勒住脖子呢？為什麼他會想殺了我呢？是為了殺人滅口嗎？拜託快來人救救我，我不想死。

凡妮莎的身體變得軟弱無力，呼吸也停止了。我放開雙手。

我把那條翡翠項鍊放進懷裡，並且把在頭上飄浮的小球放進口袋。我拿出購物袋裡的肉與蔬菜，把裝著「解放」的袋子塞進去。雖然沒辦法全塞進去，這些「材料」已經足夠讓我拿來做糖果了。至於沒能拿走的份，就跟這間房子一起燒掉吧。

我從廚房找來了油，在房間裡潑灑。我在床底下灑了特別多。要是沒有全部燒光就麻煩了。

「馬……修……」

我回頭一看，發現躺在地上的凡妮莎又醒了過來。她的頸骨應該早就被我折斷，現在卻流著眼淚看著我。

「為什麼……馬修，我……」

我搖了頭，把剩下的油倒在她身上，然後把燭火移向地板上的油。

「這不是妳的錯。」

房間裡變成一片火海。我趕在被火燒到之前快步離開凡妮莎的家。

走過好幾個巷子轉角後，我回頭看向後方，看到黑煙與火花衝上夜空，隨風飄舞越飛越高。

「失火啦！」

「快點滅火！不然會燒到隔壁！」

我聽著吼叫聲，重新戴上兜帽，縮著身體快步踏上歸途。

走到沒人的地方時，我放慢腳步，低頭看向自己的雙手。那種感觸還留在手上。我不是沒有罪惡感，但我並不後悔。

艾爾玟的成癮症並沒有治好。如果沒有「解放」，她就無法戰鬥。照一年前那種步調繼續用藥的話，她應該很快就得去冥界報到了吧。可是，要是她突然停止用藥，就會讓眾人看到她被戒斷症狀折磨的樣子。她現在正靠著由我親手製作，加了「解放」的糖果逐漸減少用量，讓身體慢慢適應。為了騙過像拉爾夫小弟弟那樣起了疑心的人，我還準備了普通的糖果。至於我設法弄到手的「解放」，全都藏在家裡的地下室。

因為這個緣故，我不能沒有「解放」，也不能讓任何人知道我手上有這種東西。我還得防止「解放」在這個城市裡散布。要是公主騎士殿下輸給誘惑，又碰了那種東西，我至今的努力就會全部化為泡影。因此，我在這一年裡收拾了那些打聽到艾爾玟醜聞的傢伙，還暗中解決了那些賣「禁藥」的藥頭。這條路沾滿了鮮血，卻是我自己選擇的道路。

我想起自己過去曾經告訴艾爾玟的「小白臉」典故。小白臉就是在女人潛入海底的時候，幫她們抓著保命繩的男人。至於男人在這段期間做了什麼事，女人毫不知情，也不需要知道。女人只知道男人絕對不會放手。她們只要相信這件事就行了，只要這樣就夠了。

「好啦，回家吧。」

我把雙手插進口袋，縮著身體走在無人的巷子裡。就在這時，我發現放在口袋裡的「片刻的太陽」失去了光芒。

「時間到了嗎？」

從口袋裡拿出來一看，我發現它又變回原本的半透明球體。

「嗯？」

我突然注意到小球裡的圖案變得比之前還要明顯。

「這是什麼？」

我把小球拿到月光底下，然後驚訝得睜大眼睛。因為球體裡浮現的圖案，正是那個無恥賤貨太陽神的紋章。

教堂的鐘發出悲傷的聲響。凡妮莎的葬禮來了非常多人。教會裡迴盪著為她祈求冥福的禱告聲，以及小小的啜泣聲。

雖然凡妮莎的家勉強逃過全被燒光的命運，但她本人還是變成了一具焦黑的屍體。她脖子上有著被人勒過的痕跡，犯人還沒抓到。她男友史達林的屍體也被發現了。大家都說史達林八成是又惹出什麼麻煩，才會被人拿來殺雞儆猴，凡妮莎很可能只是被他連累。大家都心知肚明，史達林遲早會有這種下場。大家早就有這種預感了。

史達林的葬禮也一起舉辦了，但大家都在為凡妮莎的死哀悼，為她感到悲傷。

她的屍體將會葬在由冒險者公會管理的墓園，而史達林的屍體只會跟這個城市裡的其他窮人一樣，被拿去「迷宮」裡丟掉。屍體會先拿去焚燒，連骨頭都會被擊碎，所以他也不會變成殭屍重新爬起來。這種差別待遇也反映了他們生前的為人與聲望。

不光是我，艾爾玟、德茲與艾普莉兒也參加了這場葬禮。他們站在我旁邊，閉上眼睛聽著僧侶的祈禱。他們三個什麼都不知道，也不需要知道。要是他們知道了，我就會在那一瞬間失去友

情與愛情。

那群平常總是滿口髒話的傢伙，現在也變得異常安分。艾普莉兒正抱著祖父小聲啜泣。

葬禮結束後，德茲說他還有事情要處理，直接回公會了。

我跟始終低著頭的艾爾玟一起踏上歸途。

我們沿著大街，從城外的墓園走回家。

笑聲、腳步聲、飲酒作樂的歡笑聲，以及孩子挨揍的哭聲……這個城市裡的各種聲音很熱鬧，卻總是讓人覺得鬱悶。

「我跟她……」

原本一直閉口不語的艾爾玟開口了。

「雖然沒什麼機會說話，但我覺得她是一位迷人的女性。」

「是啊。」

「來到這個城市後，我經歷了許多跟冒險者的死別……我還以為自己習慣了，卻還是會覺得難受。」

她自言自語般小聲呢喃，還摸了摸掛在胸前的翡翠，也就是那條項鍊。我告訴艾爾玟，我是在贓物商人那邊找到這條項鍊。

「大家都一樣，而且這種事本來就不該習慣。跟自己親近的人死去了，無論何時都必須讓人覺得悲傷。」

若非如此，跟對方建立起的交情就會變得毫無意義。就是因為失去了會覺得難過，才會發覺自己愛著對方。生離死別就是這麼回事。

「沒必要哭泣，但也沒必要忍耐。就算渾身是傷，身上滿是泥巴，人類還是有辦法活下去。只要還能掙扎，就會繼續掙扎下去。畢竟想死隨時都行。」

「你說得對。」

我沒看到她的表情，卻能隱約感覺到她原本緊繃的臉放鬆了。她現在肯定笑了吧。

「我們回家吧。下雨的話就糟了。」

天空剛才明明還很晴朗，卻在不知不覺間冒出灰色的烏雲。

「嗯？」

一名臉色蒼白的男子混在人群裡，從我們身旁經過。他一邊打著呵欠一邊搔了搔後頸。

我的腦袋立刻醒了過來。

「馬修，怎麼了？」

「抱歉。我還有點事情要去處理，妳先回去吧。」

艾爾玟毫不掩飾地撇著嘴。

「你又要去喝酒了嗎？還是要去找女人？」

「才不是那樣。」我搖搖頭。

「我是想起今天賭場有營業。別擔心，等我輸光了就會回家。」

「你最好輸到連屁毛都被拔光！」

「妳說話真沒品。」

「還不是你害的。」

因為事實就是如此，我也沒有反駁。

「事情就是這樣，雖然我也很過意不去，還是想請妳通融一下。」

我露出燦爛的笑容，艾爾玟的眼神卻越來越冰冷。

「你這個人實在是……」

「拜託妳啦。」

我把糖果塞到她的手掌上。

「妳就吃著這個等我回去吧。」

「……好吧。」

艾爾玟不情願地把糖果放進嘴裡。順帶一提，那是加了糖的普通糖果。

「記得在晚上之前回家喔。」

「遵命。」

我瀟灑地舉起手，慢慢轉過身去，跟艾爾玟分頭行動。

我縮起身體，保持一定的距離偷偷跟蹤那名男子。他走進巷子裡，目的地似乎是某間酒館後面。那裡是出了名的「禁藥」交易地點，現在應該也有藥頭待在那裡。

男子走過轉角。這一刻終於要到了。我想悄悄地走過去，卻突然聽到轉角的另一頭傳來驚慌失措的聲音。

「喂，你是誰？」

「住手！別亂來！」

我聽到慘叫聲，還有某人倒在地上的聲音。他們起內訌了嗎？還是有「先來的客人」？我緊貼著牆壁，偷偷探頭看過去，然後倒抽了一口氣。

在被房屋左右包圍的暗巷裡，有一名男子獨自佇立。他手裡拿著沾滿鮮血的劍。還有兩個人倒在地上，一個是剛才那位臉色蒼白的男子，另一個是疑似藥頭的中年男子。他們兩人都從正面被人砍了一劍，顯然早就一命嗚呼。

我認識那個砍人的傢伙。

「馬修，給我滾出來。我知道你躲在那裡。」

羅蘭沒有回頭，直接對我這麼說。我聽說他被壓在瓦礫堆底下，但看來他平安無事。雖然衣服變得破破爛爛，身體卻不像是有受傷的樣子。

我的額頭冒出冷汗。他還活著讓我很驚訝，然而他給人的感覺跟之前差太多了。他在幾天前還是個自以為是的小鬼頭，現在卻完全變了個人。明明才剛殺人，卻平靜得不可思議，讓人不寒而慄。

「哈囉，弱雞男，想不到會在這種地方偶然遇到你。你該不會改行當強盜了吧？看來侯爵家的公子也墮落了呢。」

羅蘭沒有理會我的挑釁，就這樣把沾著鮮血的劍收回劍鞘。他走到我面前，朝著天空伸出雙手。

「聽好了，我現在就要代為轉達吾神的意旨。」

「啊？」

我還來不及開口，羅蘭就面無表情地這麼說：

「【凡人啊，恭喜汝成功戰勝考驗。】」

我心頭一緊。雖然那是羅蘭的聲音，但我絕對忘不了那種說話的口氣。是太陽神。那傢伙是太陽神亞力歐斯多爾。天曉得那個狗屎混蛋讓我嘗到了多少苦頭。憤怒、殺意、疑惑、恐懼……各種想法像是灼熱的黏液在我的腦海中翻騰。儘管腦袋裡充滿各種想法，我早就決定好該怎麼做了。狠狠揍下去就對了。幸好陽光從雲縫間射了下來，雖然只有一瞬，但已經足夠了。誰教你要自己跑到有陽光的地方，要恨就去恨自己的愚蠢吧。

我沐浴著陽光，感覺從體內湧出的力量，同時舉起了拳頭。就算羅蘭其實只是個跟太陽神無關的瘋子，我也不會停手。誰教他要在我面前表演那種無聊的模仿秀。我原本打算一拳打爛他的臉，卻無法如願以償。我使盡全力揮出去的拳頭被羅蘭用手掌輕鬆接住。

「什麼？」

羅蘭就這樣握緊我的拳頭，讓我這個可以擊碎岩石、打穿鐵甲的拳頭發出聲響。我用另一隻手揮拳打過去，也被他輕鬆接住。我們就這樣開始比力氣。我想把他的雙手推回去，卻完全推不動。這是在跟我開玩笑吧？憑我現在的實力，羅蘭應該跟鼻屎沒什麼分別啊。

羅蘭不太高興地瞇起眼睛，把我輕輕丟了出去。我的背撞到牆壁。

「安靜點。吾神還沒把話說完。」

我動彈不得。雖然撞到牆壁不會很痛，但直覺告訴我輕舉妄動恐怕會有危險。羅蘭再次朝向天空伸出雙手。

「【汝得到吾之神器，還用神器獻上血肉。第二考驗也合格了。】」

我聽了有點頭暈，感覺好像要吐了。既然有第二考驗，就表示還有第一考驗。第一考驗應該是指我們成功征服太陽神之塔那件事吧。而所謂的神器好像是指「片刻的太陽」。雖然我沒有打敗魔物，也沒有在頭腦戰中獲勝，不過得到神器的過程似乎不是很重要。問題在於「獻上血肉」這句話。換句話說……

「你在開什麼玩笑啊！」

我殺死凡妮莎可不是為了你這傢伙。不管是勒住她脖子時的感觸、這股壓在心底的罪惡感，還是她臨死呼喚我名字的聲音與淚水，統統都是我的錯。絕對不是為了取悅你這傢伙！

而且這傢伙事前沒有任何說明，就突然跑來對我說聲「恭喜你合格了」是什麼意思？胡說八道也該有個限度吧。

「我們不是你的信徒，也不是你的奴隸！趕快把我變回去！」

「【接著是第三考驗。汝就專心等候吧。】……完畢。」

羅蘭沒有理會我說的話，就這樣放下雙手，單方面宣告結束。

「想不到你竟然是吾神選擇的『受難者』。」

他面露冷笑。這張我已經看到不想看的臉，現在變得宛如人造的面具。

「你這話是什麼意思？」

「太陽神大人貴為『戰爭之神』，同時也是『考驗之神』。祂會不斷給予夠格成為勇者或英雄的人考驗，邀請成功戰勝所有考驗的人進到『太陽宮殿』，賜予他永恆的生命。而正在接受那些考驗的人，就是所謂的『受難者』。」

「白痴喔。」

簡單來說，不就是要永遠當那個智障大便太陽神的奴隸嗎？

「所以你就把屁眼獻給太陽神，換到了那種力量嗎？」

「注意你的措辭。」

羅蘭充滿殺氣的眼睛發出寒光。

「當我在那棟宅第被瓦礫活埋的瞬間，我得到了神明的天啟。祂說：【汝還有必須完成的使命，不該死在這種地方。】當我回過神時，已經站在宅第外面了。」

羅蘭抓住自己的領口往下一拉，露出刻在左胸上的太陽神紋章。

「這正是我身為『傳道師』的證明。讓信徒變得更多，在世上重現神的奇蹟，有時候還得教導眾人。這就是我被賦予的重責大任。」

這種職業簡直就跟垃圾差不多。當個小白臉比這還要好上千倍。

「我深感喜樂。成為信徒過了三年，我的信仰終於得到認可了。」

是啊，我完全明白。太陽神真是瞎了狗眼。

「那你今後有何打算？憑那種力量復興王國嗎？還是說，你要去擊敗那群在自己故鄉橫行的魔物？」

「我對那種事不感興趣。」

羅蘭無所謂地搖搖頭。

「馬克塔羅德王國的命運已經與我無關，我只想完成自己的使命。」

「你要去巡禮嗎？還是要剃度出家，宣揚你最愛的宗教？」

「我要『淨化』這個城市。」

我的腦海瞬間變得一片空白。

「這個城市有多麼汙穢，城裡的居民有多麼墮落，你應該也很清楚吧？這片土地上有太多不需要的東西了。在太陽神大人降臨的時刻到來之前，我必須先把這個世界打掃乾淨。而這個城市就是起點。」

「那種事根本不可能辦到吧。」

這個城市的「黑暗勢力」太過龐大了。就算實力比別人強一些，也無法改變現狀。如果有辦法改變，這裡現在的支配者就是德茲了。

「辦不辦得到不是重點。我要去執行神的意旨，這就是我的使命。」

羅蘭弄破從懷裡拿出的小袋子，把白色粉末撒在自己的手掌上。

「那是『解放』嗎？」

「你覺得我為何想得到這東西？」

羅蘭靜靜地笑了出來，把白色粉末全都放進嘴裡。下一瞬間，刻在他左胸上的紋章發出耀眼的光芒。羅蘭的身體開始顫抖。

「就是為了這麼做。」

下一瞬間，羅蘭的肩膀膨脹，側腹、大腿、腰部與右胸也在同時隆起又縮小，就像被人從體內出拳毆打，彷彿有隻小惡魔在他體內搗亂。

「你們似乎以為這只是普通的毒品，但事實並非如此。這是讓人得以接近太陽神大人的翅膀，也是把骯髒的肉體改造得貼近崇高靈魂的關鍵。」

當他停止變化時，站在我面前的是一個比我高一顆頭的壯漢。不只這樣，他的衣服都被撐破，皮膚變成血紅色，骨頭也從底下隆起，看起來就像斑紋。頭髮全都脫落，耳垂消失不見，膨脹變大的腦袋還長出三片雞冠與尖銳的鳥喙，看起來就像個變得巨大的雞頭。他的雙眼不再有虹膜，只浮現出太陽神的紋章。

「也就是名副其實的『解放』。」

變成怪物的羅蘭嚴肅地這麼說。

原來如此，他殺死那些藥頭，就是為了搶奪「解放」嗎？

「我先提醒你，就算你吃下這種藥，也無法得到力量。沒有信仰的人是無法接近神的。這副模樣是我身為被選召的信徒的證明。」

「我反倒覺得鬆了口氣。」

幸好艾爾玟不會變成這種怪物。

「這個城市裡也有許多太陽神大人的信徒。只要他們看到我這副模樣，就會明白太陽神大人有多麼偉大，信仰也會變得更堅定吧。」

我只覺得他們應該會想趕快脫離這種邪教。

「只要信徒……只要『傳道師』變多了，只要能得到『解放』，只要有這種力量，想要完成淨化也不是夢想。如果你想礙事，我也會把你殺掉。『受難者』不是只有你一個。假如你會死在我手上，也只代表你不夠格罷了。太陽神大人可沒叫我一定要饒你一命。」

「那可真是太棒了呢。咕咕雞～～」

我把手伸進口袋。

「可是，我才不要聽你的。」

我丟出手裡的小球，同時詠唱咒語。

「『照射』。」

小球飛到空中，發出耀眼的光芒。羅蘭也忍受不住強光，轉頭別開視線。只要是可以利用的東西，不管是什麼我都會拿來利用。太陽神，給我等著瞧吧。我要用你給的「神器」宰了你的僕人。

「給我滾回地獄去吧！」

我出其不意地揮拳打過去，卻被他輕鬆接住。

「沒用的。我的力量已經……咦？」

當羅蘭抓住我的手臂時，我趁機鑽進他懷裡，用肩膀抵住他的心窩，利用雙腳撐地的力量一口氣翻轉他的身體。雖然他的身體變得龐大，這對現在的我來說可是易如反掌。羅蘭背部著地摔倒在地上。

他發出彷彿把肺部的空氣全吐出來的聲音。我趁機拔出他掛在腰上的劍，狠狠刺進他的心臟。鮮血噴了出來。轉動劍尖幾次之後，我把劍拔出來，然後再次刺穿心臟。羅蘭身體抖動了兩下，吐出大量鮮血，就這樣一動也不動。

「你太掉以輕心了。」

就算得到神力相助，戰鬥經驗也不會變多。像這種缺乏實戰經驗的大少爺，我有很多方法可以對付。

「再來還得處理掉這傢伙的屍體……」

看來只能請「掘墓者」幫忙處理了。不過，要是看到這個怪物，他說不定會嚇到腿軟吧。

當我準備拿出鈴鐺時，腳踝突然被人抓住了。我難以置信地往下一看，發現嘴巴變得跟小丑一樣紅的羅蘭在笑。腳踝傳來一陣劇痛。當我板起臉孔的瞬間，我飛到了空中。

剎那間，我飛到了二樓的屋頂上，卻又突然迅速墜落，撞進附近房屋的窗戶。在撞碎窗戶玻璃與窗框的同時，我的身體也狠狠撞在石頭地板上。我趕緊伸手護住頭部，貫穿全身的衝擊依然讓我頭暈目眩。剛才那一擊確實對我造成了傷害。

我記得這裡應該是間廢屋。據說這裡是某位富豪的宅第，家道中落後就被丟著不管。這裡似乎是大廳之類的地方，天花板很高，空間也非常寬廣。頭頂上吊著擺滿蠟燭的燭臺，燒得焦黑的暖爐裡沒有柴薪，感覺十分淒涼。這些東西全都覆蓋著一層灰。因為這裡有不少用來採光的窗戶，我要看東西還不成問題。

羅蘭跑去哪裡了？當我試著在搖晃的視野中找尋他的身影時，腦海裡敲響了警鐘。

一道黑影突然蓋在我頭上。我趕緊滾到旁邊，立刻就看到一把劍深深刺進地板。

看來他是從地面上直接跳到這裡。這傢伙明明這麼大一隻，身手卻非常輕靈。

「你這傢伙還真是耐打。」

羅蘭又是佩服又是厭惡地這麼說。仔細一看，他胸前的傷正在迅速復原。

「你該不會真的有不死之身吧？」

「是啊，我也嚇了一跳。畢竟我被瓦礫堆壓住的時候早就不省人事了。想不到心臟被人破壞會痛成這樣。」

他半開玩笑地輕撫胸前的傷口。就算心臟被人刺穿，他也還能擺出若無其事的表情。那個垃圾無能智障賤貨太陽神真是太可惡了，竟然給這個弱雞男這麼誇張的能力。我該怎麼打敗這傢伙？儘管我被打飛出去，「片刻的太陽」還是有跟著飛過來，但使用時間一直持續在減少。

不巧的是，現在又是陰天。我無法期待陽光的幫助。

羅蘭把劍丟了過來。我看穿那道有如閃光的飛行軌跡，勉強避開這一擊，但也因此失去平衡。那傢伙趁機像一頭蠻牛般撞了過來。我趕緊伸手去擋，卻被他輕易撞飛出去，整個人狠狠撞在牆上。我被迫吐出肺裡的空氣。當我屈膝跪地的瞬間，羅蘭的拳頭也揮了過來。我配合他大動作揮來的拳頭，舉起自己的拳頭。

雙方衝突的那一刻，我感覺自己連骨頭都麻痺了。我的手臂被他輕易彈開。羅蘭揮出另一隻手，打向我毫無防備的臉。我只能迅速往後倒，卸掉這一擊的力量。當我回過神時，身體又撞到了牆壁。我還以為自己的脖子會斷掉。

我差點就要昏死過去，但還是咬了舌頭拚命撐住。在完全變暗的視野中，我看見一道銀色的軌跡滑了過來。我滾向地面避開這一擊，羅蘭的劍也在下一瞬間插進地板。

我拍拍臉頰讓自己清醒過來，結果第一眼就看到羅蘭那張怪物的臉。難道就不能讓我舒服地醒過來嗎？

「別掙扎了。馬修，你沒有勝算的。」

「我才不要。」

雖然情況糟透了，我可不能認輸。

「因為我已經跟她說好要在晚上之前回家了。」

如果我沒有準時回家，那位公主騎士殿下會連蠟燭都不點，直接在昏暗的屋子裡等我回去。

「不管你這臭蟲如何掙扎，都無法逃出太陽神大人的手中。還是說，我應該叫你馬德加斯比較好？」

我小聲驚嘆。

「你知道我的過去？」

「『萬物皆無法逃過太陽神的法眼』。」

「原來如此。」

那他應該早就知道我受到的「詛咒」了。他從剛才便一直偷偷看向「片刻的太陽」，原來就是這麼回事。

我站了起來。

「既然如此，你應該也知道我的外號叫『巨人吞噬者』吧。你覺得原因是什麼？」

「難道你曾經擊敗巨人族？」

羅蘭興致缺缺地這麼回答。我搖了頭。

「那也是原因之一。不過，其實那只是後來硬加上的理由。我現在就讓你見識一下……」

我讓拳頭發出聲響，朝他招了招手。

「『巨人吞噬者』馬修大爺真正的實力。」

「有意思。」

羅蘭小聲呢喃，準備拔出插在地上的劍。

「別想得逞。」

我踹中他握著劍柄的手。照理來說，這一腳應該會讓人放開手，但因為他的臂力異於常人，反倒是劍無法承受衝擊，從刺進地板的地方應聲折斷。

羅蘭發出咂嘴聲，連續揮舞變短的劍。原來如此，看來他的劍術還算不錯，而且速度快得噁心，連我都無法看見他揮過來的劍。換作是普通人，應該早就被他大卸八塊了。

「不過，也就只有這種程度。」

我抓住他舉起劍的手腕。就算身體變得巨大，手腕的動作與目光也不會騙人。

「你之前揍了我好幾次，我都記得清清楚楚。四次……不，加上剛才那一次，一共五次。」

我這個人向來有借有還。

「先來一拳！」

我揮拳打進他毫無防備的側腹。我感覺得到自己打碎了骨頭。羅蘭的身體彎了下去。

「再來一拳！」

我這次由下往上揮出鉤拳，狠狠揍了羅蘭的下巴。他吐出血痰，四腳朝天倒在地上。

「還沒完呢！」

我使勁拉扯抓住的手腕，這次換成羅蘭揮拳打過來。即便這一拳快如閃光，但因為動作太大，導致出手速度變慢，身體變大也讓攻擊路線容易被看穿。我揮出反擊拳，正中羅蘭的下巴。

「這樣就四拳了！」

「你休想！」

羅蘭迅速抓住我的手腕，讓我們雙方都握住彼此的一隻手腕。羅蘭露出得意的表情。現在就以為自己贏了，還太早了吧。我彎曲手臂，把羅蘭拉向自己。

「看招！」

我對準他毫無防備的臉使出頭槌。某種溫熱的東西飛濺在我的額頭上。

「最後一下！」

我用膝蓋猛擊他的胯下。

羅蘭臉色鐵青，還發出呻吟聲，放開了手裡的劍。

「可惡！」

他應該是不想讓我撿起來用吧。我還來不及反應，他就用腳尖踢開掉在地上的劍。劍猛然飛了出去，飛越壞掉的窗戶往下墜落，在遠方發出清脆的聲響。這樣我們就都手無寸鐵了。

「原來如此，你打算靠心理戰與經驗填補實力上的差距嗎？」

羅蘭用另一隻手抓住我的手，我們雙方都抓住了對方的手。

「可是，純粹比力量是我占上風。我不會再犯剛才那種錯誤。」

儘管我剛才出手攻擊是打算取其性命，羅蘭還是沒有倒下，被我打碎的骨頭與蛋蛋似乎也正逐漸再生。

「這可難說。」

從壞掉的窗戶吹進來的風變大了。我們的力量比拚依然難分軒輊，就算想壓過對方，只要稍微放鬆力量就會被對方一口氣壓制。快撐不下去的肌肉發出哀號。羅蘭的額頭冒出冷汗。

「怎麼啦？你看起來好像很難受。」

「你才是快要撐不住了吧？你看那邊。」

我移動視線，發現「片刻的太陽」光芒減弱了。小球開始不停閃爍，光芒也越來越弱。

「只要時間一到，神器的效果就會消失，到時候你就得變回原本那個無能的廢物。」

「你廢話說太多了，弱雞男。」

我不屑地笑了出來。

「就跟你聽太陽神說過我的事情一樣，我也從艾爾玟那邊聽說過你的事情。我知道你在國內受到怎樣的對待。」

羅蘭的嘴巴微微扭曲。

「聽說你是情婦的兒子，還因此受到兄弟霸凌，連父母都不理你。而且腦袋也不是很靈光，經常被家庭教師用鞭子教訓。你就是因為這樣覺醒的嗎？死變態。難怪你沒半個朋友，只能度過孤單的少年時代。」

「……給我閉嘴。」

羅蘭的額頭冒出青筋。

「別害羞嘛。那場魔物入侵事件發生的時候，你表面上說是外出視察剛好不在家，其實應該是拋棄家人自己逃走了吧？我還聽說其中包括你的老婆跟兒子，他們還真是可憐。」

我聽到咬牙切齒的聲音。

「我現在好像也能聽到他們的慘叫聲呢。『爸爸，爸爸，快來救我啊。你為什麼丟下我，自己逃走了？你就這麼害怕魔物嗎？還是說，你只想追著艾爾玟姊姊的屁股跑，嫌我們太礙事了？』『對啊，爸爸最喜歡艾爾玟姊姊的屁股了，所以就算讓你們都變成魔物的大便也沒差啦，哈哈～～！』」

「我叫你閉嘴！」

羅蘭大聲怒吼。儘管手臂的肌肉撕裂，血管也爆開來，他依然不顧一切壓了上來。我頂不住這股力量，身體逐漸平移後退，轉眼間就被逼退到壞掉的窗戶旁邊。他應該是打算就這樣把我推下去。我現在必須撐住，要是摔下去，我就沒有勝算了。

「聽起來怎麼跟你剛才那種聖職者的嘴臉差這麼多？我覺得這樣比較像是你的為人喔。」

「我現在就要堵住你這個『嘴砲王』的賤嘴！」

「討厭啦。」

我咧嘴一笑。

「如果是用美女的嘴唇，我倒是非常歡迎。」

「看來好像沒這個必要了。」

我身旁傳來硬物落地的聲響。一顆圓球滾落在我腳邊。

那是「片刻的太陽」。

時間到了。如果想再次使用，就得拿到陽光底下曬上半天。而且我當然沒有備用品。

身體瞬間變得沉重。

又來了，全身就跟往常一樣變得沉重。我彷彿被人推進深深的泥沼，不管怎麼掙扎都沒用，只能不斷地往下沉。

太陽神的「詛咒」再次束縛著我。

我承受不住那股重量，單膝跪地。嘲笑聲從頭頂上傳來。羅蘭加強了力道，想將我一口氣壓垮。

「真是遺憾啊！你這喪家之犬！」

別說傻話了，弱雞男。那種事我「早就知道了」。沒錯，過去的我是一隻被太陽神這個超級怪物屌打，只能夾著尾巴哀號逃跑的喪家之犬。不過，我可不會一直輸下去。我不想這樣結束。不管對手有多麼強大，要是一直被看扁，我就會失去自己的存在意義。

什麼狗屁爛神……

那種傢伙「吃屎去吧！」

「結束了！」

「就是現在」！

我大口吸氣，從丹田發出怒吼。

一口氣「彈開」那股從我身上奪走自由，將我牢牢束縛住的力量。

我鑽到羅蘭懷裡，利用腳踝與膝蓋的力量，在一瞬間將他舉起來。羅蘭睜大了眼睛。

我一邊發出怒吼一邊把羅蘭摔在地上。石頭地板裂了開來。我一腳踩住趴倒在地的羅蘭，用手指扣住他的下巴使勁拉扯。無聲的慘叫化為震動傳到我手上。

我臉頰發燙，手指顫抖，汗流浹背。可惡，比我想的還要硬。難道變成怪物就會變得比普通人還要耐打嗎？因為皮膚破裂，鮮血也噴了出來，讓我很難抓住他的下巴。不過，我還是不能鬆開手。我咬緊牙關，臀部使力，拚命往後仰起身體。只要一時鬆懈，我的身體就會再次變得沉重。這是我最後的機會了。

我聽到肌肉撕裂的聲音。我早就忘記骨頭折斷的聲音是在何時響起。我快要不行了。糟糕。去死吧。你給我差不多一點。快點給我下地獄！

「喝啊！」

當我使出全身之力倒向後方時，手突然鬆了開來。用力過猛的我跌坐在地上大口喘氣，手和臉都沾滿鮮血。我很想洗掉這些血，但體力早就耗盡了。我好累。我就這樣仰躺在地上。

在上下顛倒的視野中，我看到羅蘭的頭顱滾落在地上。

我腳邊躺著一具無頭的屍體，頸骨從被我扯斷的傷口露了出來，鮮血像瀑布一樣湧出，迅速流到地上。屍體只是不斷痙攣，完全沒有要站起來的樣子。

「這怎麼可能……」

羅蘭的頭顱眼神空洞，難以置信地小聲呢喃。

當我強忍著全身的痛楚爬向頭顱時，頭顱轉了過來。

「你看起來沒什麼精神，該不會是屁股癢吧？」

他沒有回答，只發出痛苦的呻吟聲。

脖子斷裂的地方慢慢化為黑色的灰。

說到擊敗不死身怪物的方法，從古至今一直都是斬下腦袋。看來這傢伙也不例外。真是太好了。要是這招沒用，我就只能把他活埋在土裡，不然就是丟到海裡，或是磨成粉埋進土牆裡了。

「其實我是想拿劍或是斧頭把你的腦袋砍下來，可惜手邊沒有合適的利器，不得已只好用手硬拔。」

「為什麼……你不是早就被太陽神大人……？」

「噢，你是說剛才那招嗎？」

我並沒有解開「詛咒」，身上也沒有能幫我暫時解開「詛咒」的魔法道具。

「那是我的『骨氣』。」

那個低能太陽神害得我無法「隨心所欲」發揮實力。如果我原本的力量是一百，現在能使用的力量就只剩下一。反過來說，「只要我使出一萬的力量」，就能暫時使出一百的力量了。

這招只能維持很短的時間，身體也會變得滿目瘡痍。我全身上下都產生劇痛，連要站起來都辦不到。如果不是遇到這次這種狀況，我就算被小混混欺負也不會拿來用。說實話，這只是一個完全派不上用場的招數。不過，就算只能維持很短的時間，我還是有辦法反抗那個軟屌太陽神的「詛咒」。這是我把自己的肉體與靈魂壓榨到極限，拚命擠出的一丁點骨氣。這招是我貨真價實的最後王牌，甚至連德茲都不知道。

「對了，我還沒告訴你『巨人吞噬者』這個外號是怎麼來的。答案很簡單。因為我擊敗過許多『比自己更強的傢伙』。」

這個世界很大，那種力量比我強、戰鬥技巧更出色、經驗更豐富、擁有我沒有的能力的傢伙多的是。我也經歷過完全看不到勝算的戰鬥。可是，我總是正面挑戰那些傢伙，一路贏了過來。不斷演出令人跌破眼鏡的「巨人屠殺秀」，才造就了現在的我。

「你是那個挫賽太陽神的使者對吧？記得回去幫我轉告那傢伙。」

我豎起拇指，做出割斷自己脖子的手勢。

「我總有一天一定會把你這個混帳的腦袋扯下來，給我洗乾淨脖子等著吧。」

我會讓那傢伙徹底明白，就算是喪家之犬也有爪牙。我一定會把祂拖到地面上，跟全世界的各種大便接吻。

「『嘴砲王』，要得意就趁現在吧。」

羅蘭露出不懷好意的笑容。

「吾神重新降臨的日子遲早會到來。你只能成為讓祂復活的祭品，不然就是在中途死去。」

「我也可以選擇扭斷那個臭蟲太陽神的脖子。」

無視其他選項，強迫別人做出對自己有利的二選一，是詐欺犯的典型手法。

「其他『傳道師』不久後也會來到這裡。一切都結束了。不管是你，還是這片土地。」

「為什麼你們都要來到這個城市？」

「……因為這個地方有『迷宮』。」

就在這時，我終於想通了。原來是因為「迷宮」最深處的「星命結晶」嗎？世界上還沒被人征服的「迷宮」只剩下這裡了。太陽神的目標也是「祕寶」嗎？

「那就順便幫我轉告這句話吧。『呆子，如果想要祕寶，就自己去拿吧。』」

「沒那個必要。」

羅蘭神智模糊地這麼說。他已經連下巴附近都開始變成黑色的灰。

「『萬物皆無法逃過太陽神的法眼』。」

「那就好。我會順便讓祂看看我拉屎的樣子。我會保留貴賓席給祂，記得幫我叫祂快點滾下來。」

羅蘭不發一語。他連臉的下半部都開始化為黑色的灰。他似乎想用眼神告訴我什麼，但我已經無法問出他想表達的意思了。

最後，羅蘭的整顆頭都化為黑色的灰，隨著寒風消失不見。他的身體隨後也跟著化為黑灰消失，只留下衣服與鞋子。沾在我的雙手與衣服上的血也化為黑灰，慢慢消失在風中。

「永別了，弱雞男。」

耀眼的光芒突然射進眼中。

我轉頭看向窗戶，原來是太陽從雲縫裡跑了出來。

「糞坑蟲，你都看到了對吧？」

不管太陽神有何目的，我都不打算讓祂繼續恣意妄為。神明大人這個頭銜，還有奪走我力量的「詛咒」，都曾令我感到畏懼，所以我才會逃跑。我想逃離太陽神，還有自己心中的無力感。我就這樣逃到大陸的角落，卻依然被捲入莫名其妙的陰謀。既然無法逃離，就只能勇敢面對了。

更重要的是，我無法忍受那個混球的大屁股繼續坐在我身上。如果發明「解放」製造法的是那傢伙，祂說不定也知道讓艾爾玟復原的方法。

要我當你的奴隸？說什麼傻話啊。

「這就是我的答覆。」

我對著天空高高豎起中指。太陽又躲在雲裡消失不見了。

「好啦，接下來該怎麼辦呢？」

不需要處理屍體是不幸中的大幸，但我的衣服與身體都變得破破爛爛。而且我們剛才打得太激烈，很快就會有人趕來這裡查看。要是被人發現就麻煩了。可是，我的體力還沒恢復到可以奔跑的地步。然而，我已經聽到有人衝上樓梯的聲音。這麼快就有人趕來了嗎？拜託饒了我吧。這裡無路可逃。我爬到壞掉的窗戶旁邊，探頭往下一看，忍不住板起臉孔。

「沒辦法了。」

我做好覺悟，一個前滾翻跳了下去。

一瞬間的飄浮感後，我直接一頭栽進垃圾堆裡。這是用來處理垃圾的坑洞，這一帶的剩菜剩飯、灰燼與廚餘都被丟在這裡了。那些薪水微薄的傢伙每十天會來回收一次，在做過分類後送到焚化廠處理，或是賣給住在城外的農民當肥料。這些垃圾剛好變成墊子接住了我。我拿掉頭上的菜渣與蛋殼，從垃圾堆裡爬出來。

「喂，也未免太臭了吧。」

我可不能這樣去見艾爾玟，要不然就算是百年之戀也會瞬間冷掉。不過，我就算立場對調也不會在意就是了。大概吧。

「嗚哇，你這傢伙是怎樣？」

我回頭一看，一名衛兵就站在眼前。是那個翹鬍子男人。我之前被亞斯頓兄弟襲擊的時候，也是他趕到現場。真是辛苦他了。

「看你整個人髒兮兮的，難不成還有受傷嗎？」

「我不小心惹到幾位可怕的老兄，被他們虐得很慘。他們對我拳打腳踢，最後還把我丟在這種地方。」

聽到翹鬍子男人這麼問，我裝出快哭出來的表情。

「我好不容易才剛拿到零用錢，現在錢包也變得空空如也了。」

我故意把錢包倒過來輕輕搖晃給他看，錢包裡沒有掉出任何東西。艾爾玟給我的零用錢還好端端地放在褲子的口袋裡面。

「老大，可以拜託你幫我把零用錢拿回來嗎？」

「放棄吧。」

我想要貼上去，翹鬍子男人卻冷冷地這麼回答，還一把將我推開。我跌坐在地上。

「這個城市就是這種地方。要是你不喜歡，就趕緊滾出去吧。」

「我真是受夠了。」

我沮喪地垂下肩膀。

「對了，你有看到可疑的人嗎？」

「你說的應該不是搶劫我的那些傢伙吧？」

「我們剛才在這裡找到兩具屍體，我猜原因八成是跟『禁藥』有關的糾紛。犯人應該還沒逃到很遠的地方。」

他說的是羅蘭製造出的屍體。那傢伙竟然留下這種麻煩的東西。

「這我就不知道了。」

我疑惑地歪著頭。

「對了，我好像聽到上面有點吵。」

我往上一指，發現黑皮膚男子從窗戶探出頭來。原來那傢伙也來了嗎？

「不行，這裡找不到半個人。不過，現場還留有奇怪的衣服與鞋子，我還找到了打鬥的痕跡，或許跟剛才的屍體有某種關聯。」

「我明白了。我立刻過去那邊看看。」

翹鬍子男人如此回答。當他準備跑過去時，正好跟我四目相對。他捏住鼻子，毫不掩飾內心的厭惡。

「趕快給我滾。不然我就送你去吃牢飯！」

「好啦～～」

我慌張地逃離現場，背後還能隱約感受到輕視與憐憫的目光。我稍事休息，等身體勉強可以走動後就走到大街上。路人看到我都發出尖叫趕緊逃開。看來我的模樣比自己想的還要狼狽。我拍掉頭上的菜渣，強忍著劇痛壓低身子往前走。

「這傢伙是怎樣？髒死人了。」

「他也未免太臭了吧。」

擦肩而過的路人都對我指指點點。

「那傢伙不就是馬修嗎？」

「你是說那個公主騎士殿下的小白臉？不會吧。」

「髒死人了。他怎麼不去死一死？」

大家都露出感到困擾的眼神，板起臉跟我保持距離。這也怪不得他們。

以前的我是人稱「巨人吞噬者」的冒險者，擁有過人的武力，從來不缺名聲、財富和女人。

雖然因為許多事情讓我失去了一切，但我也得到了其他東西，那就是世人的冰冷目光，以及在美麗的公主騎士殿下身邊侍奉的權利。當她在黑暗深淵裡迷路時，我無論如何都會把她拉上來。

因為現在的我是公主騎士殿下的保命繩（小白臉）。

終章

一年前，其後

「這樣啊……你還沒找到波莉是嗎？」

聽到我的回答，凡妮莎遺憾地垂下目光。

「自從她失蹤之後，我就不曾見過她了。她的『同事』也都說沒見過她。」

說完，我喝了一口麥酒。這酒喝起來跟馬尿差不多。冒險者公會附近的這間酒館，唯一的優點就是便宜。

「她到底跑去哪裡了？」

「害我現在一貧如洗，傷腦筋，要是她再不回來，我連要去喝酒都不行了。」

我看看自己的口袋裡面，忍不住小聲抱怨。凡妮莎露出客套的笑臉。

「你應該很快就能接到『客人』吧。我可以幫你介紹，有興趣嗎？」

「算了吧。我還是比較喜歡愛撫別人，而不是給別人亂摸。」

我板起臉孔後，凡妮莎瞪了我一眼，要我別亂說話。

「總之，要是她回來了，記得跟我說一聲。」

「我知道。」

我裝出感到遺憾的表情揮了揮手。波莉應該再也不會回來了。我覺得很難過，但也鬆了口氣，才會不得不戴上面具。

「喂，你們在聊什麼啊？」

正當凡妮莎準備離開時，廢材畫家史達林跑去搭訕她。

「哈囉，妳是那個在冒險者公會上班的女孩對吧？我知道妳是一位鑑定師。」

史達林還厚臉皮地握住她的手。

「算了吧。」

我好心給他忠告。

「她身邊還有一個名叫奧斯卡的可怕老兄。要是敢對她出手，小心那傢伙打斷你的手。」

「如果斷手就能跟這種美女交往，那我也心甘情願。」

史達林依然嬉皮笑臉。這種人都得等到手真的被人打斷，才會在那邊大聲哭喊吧。

我放棄勸說史達林，轉頭跟凡妮莎說話：

「這傢伙叫史達林，是個賺不到錢的畫家。坦白說，他就是既沒有才華也沒有出息的窮小子。我前陣子請他幫德茲的老婆畫一幅肖像畫，結果他畫出一隻頭上長出蚯蚓的烏鴉，害我也跟著被打得半死不活。我不認為這男人值得妳交往。」

「哦，原來你是一位畫家啊。」

凡妮莎興致盎然地看著史達林的臉，讓他那張不正經的笑臉跟史萊姆一樣逐漸融化。

「你都畫些什麼？抽象畫嗎？你是用哪種畫法？你都是用什麼樣的顏料？」

「呃……其實……」

我不曾聽說這傢伙有認真學習過美術，那只不過是門外漢的消遣活動，畫具也只是從二手商店隨便買來的。儘管應該還是有人可以用那些畫具畫出傑作，但史達林的美感異於常人。

「可以多告訴我一些你的事嗎？」

可是，凡妮莎似乎誤以為他是個未來的藝術家，對他很感興趣。為什麼她總是想跟這種沒出息的男人交往？

「算了，隨妳高興吧。」

畢竟一個沒有才華的畫家還是好過賣「禁藥」的藥頭。

我留下那兩個聊得很開心的傢伙，獨自離開酒館。我不小心忘記付酒錢了，希望他們能把這當成介紹費，不要跟我計較。

當我走到外面時，刺骨的夜風也吹了過來。口袋裡沒錢比吹著寒風還要令人難受，房租也已經累積半年沒付了。波莉還在的時候，我們就經常欠繳，自從她失蹤以後，房東幾乎每天都上門來要錢。憑我一個人根本付不出來，被房東趕出去也只是遲早的事。萬一我真的無家可歸，也可以跑去德茲家寄住，不過要是我去打擾他們一家三口的美滿生活，總覺得會傷害到我們的友情。

「算了，反正船到橋頭自然直。」

「跟他拚了」和「順其自然」是我的座右銘。不管是要當個乞丐，還是當「搜刮者」，我總有辦法活下去的。

「原來你在這裡啊。」

背後傳來我原本以為再也沒機會聽到的聲音。我下意識地停下腳步轉過身。

她應該才剛從「迷宮」回來吧。全副武裝的艾爾玟・梅貝爾・普林羅斯・馬克塔羅德就站在我面前。

腦海中立刻浮現出「為什麼」這三個字。我這種人對她來說應該早就沒用了。還是說，她是為了除去後顧之憂，打算把我暗殺掉？

「嗨，原來是妳啊。」

我隱藏自己內心的動搖，努力擠出笑臉。

「妳是要問翡翠項鍊的事嗎？我正在四處向贓物商人打聽，要是找到東西了，我會幫妳寄放在凡妮莎那邊。」

「這樣啊……感謝你的幫忙。」

艾爾玟對我深深地低下頭。

「不過，我今天來找你，並不是為了這件事。」

「妳是為了之前那件事對吧？我這邊還有些問題，應該還要一點時間才能解決。大概要再等一千年吧。」

「你是要我等到那時候嗎？」

唉，公主騎士殿下應該聽不太懂庶民的暗示吧。

「那些話都是騙妳的，只是開個玩笑。我當時是想試探妳的決心，看看妳是否會不惜犧牲自己，也要去幫助一名娼婦。恭喜妳，妳合格了。雖然我無法給妳獎品，然而妳再也不需要跟一個無能的大塊頭扯上關係了。」

「你是說我被擺了一道嗎？」

她的口氣變得凶狠。

「要是讓妳覺得不舒服，我願意道歉。我再也不會出現在妳面前了。這樣總行了吧？」

「你打算讓我變成一個騙子嗎？」

心中的焦躁與煩悶讓我搔了搔頭。

「妳這人真奇怪，竟然會主動要求跟我這種噁心的男人上床。」

她簡直聽不懂人話。明明是個讓人心癢難耐的美女，難不成她是在自暴自棄？她的腦袋根本不正常。

「因為那是我們的約定。」

她的笑容非常美麗，卻讓我額頭冒出冷汗。

「如果你不想跟我上床就算了。不過，我有件事想拜託你。」

「什麼事？」

「我想請你當我的小白臉。」

我不由得懷疑起自己的耳朵。

「妳知道小白臉是什麼意思嗎？」

「不就是只要收取微薄的酬勞，就會幫助、治癒並撫慰女性的引導者嗎？」

聽到她一臉理所當然地這麼說，害我不知道該做何反應。想不到她還在相信我隨便亂掰的那些話。

「如果這位引導者是『百萬之刃』的『巨人吞噬者』馬德加斯，那就一點問題都沒有了。」

「……原來妳知道啊。」

「在我的祖國也能聽到你的大名，而且能跟『移動要塞』德茲那樣親密交談的人並不多。」

原來是德茲害我露餡的。那個大鬍子沒能順利隱瞞自己的身分嗎？

「因為那傢伙沒什麼朋友，我才會不得不陪他聊天。」

「你這樣算是承認了嗎？」

我無力地垂下頭。

「還是說，你已經決定要去當別人的小白臉了？」

「這倒是沒有。」

畢竟我前陣子才剛跟客戶解約。

「那就沒問題了。我們就這麼說定了。」

我嘆了口氣。不知道為什麼，艾爾玟好像看上我了。我心裡非常明白，要是「深紅的公主騎士」殿下身邊多了我這種傢伙會發生什麼事。那些感到嫉妒與充滿愚蠢正義感的傢伙都會跑來找我麻煩，絕對不會帶來什麼好事。而且艾爾玟身上隱藏著重大的祕密，我也做過許多見不得光的事情。我八成遲早得再次弄髒雙手吧。對方可能是社會底層的某個小混混，也可能是我身邊的熟人。我反倒可以輕易想像自己死在巷子裡，身上沾滿小便的樣子。不過，我現在心裡完全沒有拒絕她的想法。

反正這種人生也沒什麼意義。不管我身上沾了多少鮮血與屎尿，待在「迷宮」深處的公主騎士殿下也不會看見。

「好吧，那我們就先來談談條件。首先是住的地方……」

後來，我直接住進了艾爾玟家裡。

然後就這樣走到今天。

我跟她後來到底怎麼樣了？我們兩個有沒有上床？這種問題經常有人問，我真的聽膩了。可是，我不打算回答這個問題。

因為要是我繼續給她添麻煩，真的會被她帶到「迷宮」裡面放生。拜託各位放過我，別再問了吧。

後記

這次承蒙各位閱讀這本《公主騎士的小白臉》，小弟不勝感激。這部作品是「第二十八屆電擊小說大賞」的「大賞」得獎作品。我開始寫小說已經過了好幾個年頭，也幻想過好幾次自己成為職業作家的樣子，想不到「真的」可以得到這種獎，只能說我運氣很好。我真的非常驚訝。

也許有人會覺得這書名很奇怪。一部小說發想的過程會因為作家與作品而異，但這部作品是從書名誕生的。

幾年前，我在某個小說投稿網站隨便翻看排行榜時，腦海中就突然冒出了這個書名。直覺告訴我這個故事好像會很有趣。如果用這個書名寫一部小說，不知道會寫出什麼樣的故事。然後我就開始思考設定與劇情。因為我還在中途跑去工作和寫其他作品，曾暫時停筆。不過，我覺得如果沒寫完這部作品就無法繼續前進，所以還是決定寫完拿去參賽。我沒想過這部作品會得獎，只覺得如果可以通過初選就謝天謝地了。

因為這個緣故，我寫了自己過去不曾寫過的內容。我讓馬修做出不像正派人物的行為，還像煮黑暗火鍋一樣，把所有自己覺得有趣與帥氣的點子統統放進這個故事。儘管書名曾讓我陷入煩惱，最後還是決定直接採用這個書名。畢竟如果沒有這個書名，這部作品就不會誕生。我快馬加鞭地寫完這部作品，當我透過網站完成參賽的手續時，已經是截稿日當天的傍晚了。

結果就跟各位知道的一樣。因為許多的偶然與幸運，讓這部作品得以成功問世，而且還有許多作家前輩幫忙促銷與宣傳，真是令我感激不盡。

在此向幫忙寫推薦文的三雲岳斗老師、其他諸位擔任評審委員的老師、電擊MediaWorks編輯部與所有評審工作相關人士、田端責編、為本書畫出美麗插畫的マシマサキ老師，以及所有讓本書得以出版的相關人士，致上我最深的謝意。

衷心希望這部作品可以留在各位的心中。

白金透

下集預告

公主騎士的小白臉

He is a kept man for princess knight.

第2集

Story

王都派遣近衛騎士隊前來維持治安。

他們的存在為道德淪喪的迷宮都市日常帶來各種影響。

在害蟲作亂的城裡，

一名近衛騎士針對離奇死亡的公會鑑定師——

自己妹妹的死，獨自展開調查。

這個騎士的模樣令一名小白臉萌生什麼樣的想法——

越趨激烈的黑暗系異世界故事！

敬請期待

虛位王權 1~2 待續

Kadokawa Fantastic Novels

作者：三雲岳斗　插畫：深遊

志在讓日本再次獨立的流亡政府背後，
另有新的龍之巫女與不死者的影子！

八尋拜訪了橫濱要塞，在那裡等著他的是「沼龍巫女」姬川丹奈，以及不死者湊久樹。彩葉則接到來自歐洲大企業基貝亞公司的合作提案。然而基貝亞公司是日本人流亡政府「日本獨立評議會」的贊助者，其目的在於將彩葉拱為日本再次獨立的象徵——

各 NT$240~260/HK$80~87

國家圖書館出版品預行編目資料

公主騎士的小白臉/白金透作；廖文斌譯. -- 初版. --
臺北市：臺灣角川股份有限公司, 2023.06-
冊；　公分.
譯自：姫騎士様のヒモ
ISBN 978-626-352-622-8(第1冊：平裝)

861.57　　112005536

Kadokawa
Fantastic
Novels

公主騎士的小白臉 1

（原著名：姫騎士様のヒモ）

2023年6月7日 初版第1刷發行
作　　者：白金透
插　　畫：マシマサキ
譯　　者：廖文斌
發 行 人：岩崎剛人
總 編 輯：蔡佩芬
編　　輯：孫千棻
美術設計：洪晨萱
印　　務：李明修（主任）、張加恩（主任）、張凱棋
發 行 所：台灣角川股份有限公司
地　　址：104台北市中山區松江路223號3樓
電　　話：（02）2515-3000
傳　　真：（02）2515-0033
網　　址：www.kadokawa.com.tw
劃撥帳戶：台灣角川股份有限公司
劃撥帳號：19487412
法律顧問：有澤法律事務所
製　　版：巨茂科技印刷有限公司
ISBN：978-626-352-622-8